傅菲 著

雨中山果落

Mountain fruits
fall in the rain

人民文学出版社

图书在版编目（CIP）数据

雨中山果落 / 傅菲著 . -- 北京 ：人民文学出版社，
2025． -- ISBN 978-7-02-019173-4

I．I267

中国国家版本馆 CIP 数据核字第 2025XG1178 号

责任编辑　杜　丽　陈　悦
装帧设计　刘　远
责任印制　宋佳月

出版发行　**人民文学出版社**
社　　址　**北京市朝内大街166号**
邮政编码　100705

印　　刷　**侨友印刷（河北）有限公司**
经　　销　**全国新华书店等**

字　　数　210千字
开　　本　850毫米×1168毫米　1/32
印　　张　11　插页1
印　　数　1—5000
版　　次　2025年3月北京第1版
印　　次　2025年3月第1次印刷

书　　号　978-7-02-019173-4
定　　价　65.00元

如有印装质量问题，请与本社图书销售中心调换。电话：010-65233595

目　录

后记

第一辑　声闻于野

人如草木，不仅仅是简单的比喻，更是深邃的格言。

普通鵟

一个少年在峡谷奔跑，穿着一双球鞋，衬衣解开，风吹得他白衬衫哗哗作响。少年仰起头，从斜坡往山墒跑，嚷嚷着，说：鵟在盘旋，鵟在盘旋。少年跑着跑着，不见了。他追普通鵟去了。我也仰着头看普通鵟。

普通鵟从山巅盘旋下来，在山谷呈"O"形回旋。它张开宽大如僧袍的翅膀，也不扇动，凭气流环绕。山梁在它翅膀之下，高大挺拔的黄山松在它翅膀之下，喜鹊、褐林鸮、黄冠啄木鸟、赤红山椒鸟、松鸦等鸟在它翅膀之下，河流在它翅膀之下，屋舍在它翅膀之下。翅膀之下是万物，是匆匆而行如蚂蚁搬食的人们。普通鵟鹰翅膀之上是流云，是斜斜照射的阳光，是被阳光隐去踪迹的星辰，是时而旋转而上时而旋转而下的季风。

从一个山谷，盘旋到另一个山谷。"呋呋呋"，普通鵟突然惊叫了一声，让人惊骇。惊叫声如滚雷，炸了下来。我不知道它是因为快乐，还是威慑地上用四肢奔跑或爬行的动物，才发出如此尖厉如此惊恐的叫声。兔子突突突躲入草丛，蛇藏进了洞里，黄鼠狼乱头逃窜，花栗鼠仓皇钻入岩石缝。普通𫛢还在盘旋，它的影子投在地上，像一块被风拽起的黑布。黑布蒙上走兽或爬行动物的眼，如死神降临。"呋呋呋"，无疑是死神发出的指令，丧魂失魄的指令。

吃食的鸡，咯咯咯叫了起来，撇起八字脚，拍打着翅膀，抖着肥肥的身子跑进屋子里。小狗蹲在树下，对着天空汪汪叫。在玉米地吃食的乌鸦扑在地上装死。

站在山谷的垭口，仰望着普通𫛢。它的翅膀如机翼，或者说像两叶悬帆。天空就是它的大海，悬帆而行。山峦只是浩瀚大海中突现海平面的岛屿。帆鼓起来，必将是自由远航。普通𫛢一个腰身翻转上去，飞越山巅，不见了。

追普通𫛢而去的少年，气喘吁吁跑了回来，大汗淋漓。他还仰望着空荡荡的天空，似乎盼着普通𫛢再回来。他兴奋。他问我：𫛢还会回来吗？

当然会回来，不过，不一定是今天回来。𫛢在相对固定的区域觅食，这一带山坡有很多山老鼠，它最爱吃了。我说。

少年愉快地回村了。我还在峡谷徒步，不忍离去。油桐花盛开，山沟沟里满眼白。乔木之中，油桐是唯一在初夏开花的树。山中一日晴一日雨。太阳催发了花怒放，花苞三日绽开，花瓣纯白如胜雪，花心殷红如烛火。一场雨一场伤。雨淋透了，花瓣慢慢蜕变为霭黄色，不几日，花萎谢了。谢落的油桐花一瓣三色：浅白、霭黄、淡红。入了山沟，油桐树下纷落了不少花瓣。有两棵油桐树长在溪边，花落在水里，被小小的水浪打走、打散、打烂。一个中年妇人提一个宽边竹篮，在捡油桐花。花捡了半篮子，她还在捡。问她：油桐花有什么用呢？

油桐花可好了，治痈疮，治烫伤。妇人说。

油桐树高达十数米，粗枝，叶圆肥厚，冠层叠叠。在油桐林，既是观花，也是寻找树上的鸟窝。高大树木是喜鹊、乌鸦、红嘴蓝鹊、树鹰、灰背鸫、黑卷尾等鸟营巢首选之地。普通鵟却营巢在悬崖石缝、二十米以上高大树木（如枫香树、苦槠、短柄枹栎、刺楸、大叶榉、黄连木、鹅掌楸、锥栗、樟树、黄山松）。我已连续三天来到峡谷了，发现普通鵟在油桐林落过脚。普通鵟的鸟巢会不会在这片林子呢？可我并没有看到参天大树。

问了妇人，才知道，油桐林有很多乌梢蛇，尤其喜欢在溪边捕蛙和小鸟吃。乌梢蛇盘在河石上如一块牛屎饼，翘着头晒太阳。小鸟在溪边喝水或蛙蹲在石块上，被蛇一口吞了。

普通鵟是来吃蛇的。动物有就近取食的习性，以降低被猎杀的风险，同时节约能量。普通鵟也不例外。油桐林食物丰富，是它主要食场之一。

在五府山的不同地方，多次看见了普通鵟。年冬，阴雨。去丰泽湖看人钓鱼。丰泽湖禁渔禁钓，但仍有人偷钓，蹲在湖湾某一个角落抛竿收线。冬季枯水，坝底被泄洪冲出深水潭。鱼躲在深水潭过冬。坝底则没有禁钓。有七八个钓鱼的人坐在坝顶，抛鱼线入水潭，钓鲫鱼和马口鱼。渔获颇丰者，篓里装了七八斤鱼。走山边小路返回时，见一只普通鵟在河道上空掠过。它的爪上抓着一只田鼠，沉沉地下坠，呈波浪曲线飞翔。它落在埠头一棵枫杨树上。我追了三百多米，远远地见它扠在树丫上吃食。

金钟山下有一条狭长的峡谷。山坡上森林墨绿，树木纷披。2020年11月中旬，去看荒田。部分荒田有20余年没有耕种了，但并没有长芒草，而是长地锦。地锦浅绿浅紫，如地毯深色图案。白颊噪鹛、纯色山鹪莺、棕头鸦雀、白鹡鸰、山麻雀、灰头灰雀等体形较小的鸟，成群结队在荒田和矮山坡吃草籽、昆虫、浆果。一对普通鵟在山谷盘旋，久久不离去。若是没有人在山坞，普通鵟会猛扑下来，叼起小鸟啄食。它是顶级杀手。在树林、在空中、在地面，它都可以扑杀小鸟，而不会遇到任何反抗。它尖爪刺入猎物腹部，钢钩形的喙啄下去，啄空猎物脑壳，钩走。飞在空中、跑在地面的动物都是它腹中之物，小者如蚱蜢、蝗虫、小鸟，大者如野猪幼崽、山麂幼崽、野山羊幼崽，更别说野兔、黄鼠狼、山老鼠、田鼠了。它还猎杀散养在山上的家禽、山羊羔。

山脉呈南北走向，但东西山峦与南北交错。交错中，高高的山峰被抬起，像舞狮的狮子头。山峰，让人不由自主地仰望。在横亘的山脉之中，有许多东西会让人不由自主地仰望：如峰峦，如突然展现在眼前的某一棵高大古树，如突然掠过的飞鸟，如夜晚的星辰和冷月。看似幽深无人的山谷，早已被人遗忘，其实，仍有古朴的山民生活其中，如养蜂人，如养羊人。在高州的一个山谷，遇上了一个养羊人。养羊人五十多岁，皮肤黝黑，戴一顶船形的草帽。

养羊人买了24头黑山羊来，养了两年，有了73头。他舍不得卖，等有150来头，可以一年卖两批，一批卖15头。他给每头羊耳朵穿孔，夹个小铃铛。雄羊穿右耳，雌羊穿左耳。铃铛摇着，当啷当啷。羊往山坳跑。羊回圈了，少了一只雌羊羔。夜幕下垂，羊羔还没回来。他急死了，打着手电去找。找了两个山坳，他也没找到。第二天又去找，找了一天还没找到。养羊人的老婆坐在羊圈旁哭：谁吃了我羊啊，得告诉我一声啊，我自己都舍不得吃。

谁会抱走我们羊羔呢？可能被野猪吃了。可羊骨也没看到一根啊，羊毛也没看到啊。

羊羔丢了，也就丢了。养羊人不再去想丢羊的事。

前些时间，他的羊羔又丢了。丢了的羊羔被挖黄精的人抱了回来。羊羔全身骨头粉碎，头骨裂开，满嘴血。挖黄精的人说：鵟抓着羊羔，羊羔太重了，爪钩不牢，掉了下来。养羊人的老婆又坐在羊圈旁哭：天杀的鵟啊，你不去抓山老鼠，抓羊羔干什么啊，我自己过年都舍不得宰一头啊。

我在十来岁，笼养过普通鵟。老樟树冠盖云天，鹰、白腹隼和普通鵟爱在冠顶筑巢。大树冠有十几个巢，鸟们轮番栖息。普通鵟在试飞时，掉在了稻田里。早稻已扬花，稻垄有浅浅的积水。稻浪青青，把普通鵟给遮住了，泥浆裹了羽毛。我祖父捡了普通鵟。我把它养在鸟笼里。

这是我见过最凶狠的鸟了。喂活鱼给它吃，它不吃。手伸到笼子边，它跳起来啄手。喂虫子给它吃，它不吃。去肉铺找碎骨碎肉给它吃，它也不吃。站在笼前，它张开翅膀，怒视我。它的眼睛滚溜溜，像个玻璃球，又大又圆，黑得深邃，有一圈金黄的环斑。它的眼神具有一种荡魂摄魄的力量，让人胆寒。它随时摆出一副战斗的姿态。我把鸟笼挂在屋檐下的晾衣竿上，它日夜哀叫：呋呋呋，呋呋呋。

不吃不喝三日，普通鵟便死了。它的头夹在自己的翅膀里。抓它在手上，很轻。养它，是想施救于它，没想到养死了。我不懂施救。正确的施救方法是把普通鵟洗干净，晒干羽毛，送回樟树或者放在树下。它的亲鸟听到它的呼唤，会叼走它。

对这件事，记忆很深。有些鸟，不适合笼养，与人天生不亲近，拒绝与人相亲。尤其是猛禽，无论是大猛禽如普通鵟，还是小猛禽如伯劳，养在笼里，大多绝食而死。它们的性格暴烈。到了中年，读庄周《逍遥游·北冥有鱼》：

> 北冥有鱼，其名为鲲。鲲之大，不知其几千里也。化而为鸟，其名为鹏。鹏之背，不知其几千里也。怒而飞，其翼若垂天之云。是鸟也，海运则将徙于南冥。南冥者，天池也。
>
> ……

对生灵多了几分敬重。鸟为食亡。为食是鸟的天性。但也有鸟为了别的，绝食而亡。如普通鵟、雀鹰、游隼、林雕等。不关乎它们的性格，关乎它们的精神：崇尚自由，崇尚在天空翱翔。不自由，毋宁死。人也如此。不是所有的人都为权奴钱奴，他们为自己的精神存活于世。如谢叠山、方志敏。肉身会消亡，但精神永存。

五府山主峰名五府岗，可眺望旧制的江西"广信府""饶州府"，和浙江省"衢州府"，以及福建"建宁府""延平府"，故名五府山。也有说，是山中开户先祖为五户。还有一说，是先祖在山中同一天发现了五只老虎（赣东北方言："虎"与"府"同音）。五府岗海拔1891.4米，是华东第三高峰，与华东最高峰黄岗山相距约20公里。在这条地理线上，藏有赣东北最丰富的原始森林。在《武夷山自然保护区鸟类》（科学出版社，2011年6月第一版）记录的隼形目和鹰形目鸟类有黑冠鹃隼、黑翅鸢、蛇雕、白腹鹞、白尾鹞、凤头鹰、赤腹鹰、日本松雀鹰、松雀鹰、雀鹰、苍鹰、灰脸鵟鹰、普通鵟、大鵟、林雕、乌雕、白腹隼雕、鹰雕、红隼、游隼。

因为有了丰富多样的森林，才有了丰富多样的鸟类。隼形目和鸡形目鸟类的多样性和种群数量是森林广阔度、生态丰富性的主要标志之一。普通鵟是鸟类的顶级猎食者。它的栖息地，需具备两个必不可少的客观条件：丰富的食源供其觅食，30米以上高的乔木供其营巢。

普通鵟是南方的冬候鸟，在东北度过夏秋，并繁殖。它属于鹰科鵟属的中型猛禽，体长50—59厘米，翅展约1.5米，体色为暗褐色，下体具深棕色横斑或纵纹，初级飞羽基部有白斑，翼下白色，尾呈扇形，以山鼠为主要食物。

油桐花期结束，普通鵟便离开了南方。作为远途迁徙者，它需要大量吃食。我也每日来到山中。它是这一片山林的旅居者，最后将作别，来年相见。每天中午，少年也来到山中。深长弯曲的峡谷把群山分开，山峰耸立。山腰之上是墨绿的杉木林，山沟沟则是油桐、木荷、栲树。少年颈脖子上挂了一副望远镜。他举着望远镜望着天空，寻迹普通鵟。

但普通鵟不是每天都会来到山谷。究竟它去了哪里，我和少年也不知道。群山在它目视之下。它飞掠群山。也许，它藏身在某个山垄的某一棵乔木，被树叶遮蔽了。它一只脚（通常是左脚）站在树丫上，另一只脚缩在腹羽里或抓自己的脸部，梳理脸毛。它的眼睛搜寻四周，任何的动静都无法逃脱它的窥视。它有着惊人的食量。它一天至少可以吃两斤肉食。它的爪既是凶器，又是分食餐具。山老鼠在找食吃，普通鵟飞扑下来，爪如匕首刺进山老鼠内腔，钩起来飞掠上树，啄烂脑壳，撕肉下来吞咽。喙粗而硬，带尖钩，像屠夫手上的拉钩。

没有看到普通鵟，少年也不失望，还是快乐地奔跑。若是普通鵟飞临，他举着望远镜，很专注地"扫描"它。他的嘴巴发出略显夸张的惊叹声：鵟，驾着彩云的鵟。他追着普通鵟跑，鞋子跑脱了还在跑。它是少年眼中的神。

油桐花落尽了，枝上结出了青桐子。青桐子油滑，圆圆的，一日比一日鼓胀。普通鵟再也没有来。山谷是一个鸟世界。松鸦、暗灰鹃䴗、煤山雀、黑短脚鹎、棕背伯劳、虎斑地鸫、灰纹鹟、短嘴山椒鸟、金翅雀……但它们仅仅是栖在枝头的鸟，驾不了彩云。少年对它们没有神往。

普通鵟让少年仰望，也让我仰望。它飞得那么高。它鸣叫得那么凄厉，震慑行脚的"贩夫走卒"。只有它配得上少年去追。

在很多时候，我们忘记了肉身的自然属性，精神世界也没有更宽阔的延伸。我们拘泥于生活，拘泥于日常，拘泥于人际，让自己的内心窘迫。在森林中，一只凌飞山巅的普通鵟，让人惊喜，让人奔放。不仅仅是因为它罕见，更因为它带来了自由精神，让我们渴望肉身展翅高飞。

东方白鹳

二楼办公室右窗下有个院子，栽有两棵柚子树，一棵枣树，一棵枇杷树，一棵石榴树。原来还有一棵梨树，移栽一年后死掉了。杂工孙师傅说，清扫了的鸡鸭粪，堆在梨树下，咸死了梨树。树怎么会被鸡鸭粪咸死了呢？不解。"家鸭粪含盐量高，树怕盐，当然死了。人吃多了盐，也会死，何况是树。"孙师傅说。

"院子里，这几天，常常有两只鸟来，咯哩哩咯哩哩，叫得好快活。也不知道它们为了什么事，这么快活。"孙师傅在给鸡鸭拌糠饭，手上搅着木勺子，低着头，对我说，"也不知道是什么鸟，以前没见过。"

我正在院子里修剪石榴树，5月骑着流水的白马来了，石榴即将开花，再不修剪，枝叶过密，透不了风，石榴花开不出来。我说："鸟长得怎么样，也没看到，哪知道是什么鸟呢？"

拌完了糠饭，孙师傅去埠头买鱼了。埠头有五六个卖鱼人，提着鱼篓，装着满满的鱼，摆在一起，等人买。埠头有五六条搁起来的麻石条，卖鱼人坐在麻石条上，杂七杂八地聊天，抽烟。我修剪好了石榴树，再修剪枇杷树，修两棵粗粗矮矮的栀子花，又给蔷薇、水仙、茉莉浇水。

"你说的两只鸟，是白头黑脖子，鸟毛有黑有白有褐的吗？"孙师傅买了鱼回来，在厨房里杀鱼，我问他。

"你看见了？是那两只。"

"看见了。浇水的时候，它们站在瓦屋檐角，翘着尾巴叫。是黑领椋鸟，土名叫黑脖八哥。这种鸟好聪明，会学人说话。"

"鸟说人话，太恐怖，和人说鸟话一样恐怖。"

"没训，怎么会说人话。"

下午，搬了一把椅子，坐在办公室看书。窗户和枣树、柚子树差不多高。院子外是菜地、坟茔和几块稻田、橘子林。拿一本普里什文的《大自然的日历》，摊在双膝上。一对黑领椋鸟去田埂衔草枝，5月初的田野，还没翻耕，稀稀的紫云英吐出妍紫的花朵。黑领椋鸟衔干稻草，衔干枯的扫帚草。它把扫帚草啄成两截。它长长有力的喙尖，嘟嘟嘟，扫帚草从中间断开，它叼起断下的一截，呼噜噜飞走，飞到枣树中间的枝丫上，筑巢。黑领椋鸟站在田埂的石块上，"咯哩哩"叫几声，啄草茎，啄断了，衔起来，回到枝丫上，溜着眼，四周望几下，把草枝横在丫口。算了一下时间，它衔一根草，差不多要五分钟。草是短短的白茅。白茅已油青，抽着青叶，茎灌着浆。

枣树有三米多高，还挂了两个旧年的雀巢。小山雀和麻雀都喜欢在枣树上筑巢。白鹡鸰也在枣树上筑过巢。柚子树和石榴树，也有鸟来筑巢。黑领椋鸟在院子里筑巢，还是第一次见。

看书，不如看鸟衔草筑巢有趣。鸟像赶工建房的乡民，挑沙运石搬砖扛木料，一刻也不得闲。

晚上吃饭，我对同事说："那两只鸟在筑巢，它们要在枣树上安家了。""4月、5月，鸟筑巢的季节，鸟要找一棵适合筑巢的树，和我们找一块地皮盖房一样难。它找到小院里的树，是树的福分。有些树长了几十年，也没鸟筑一个巢，那不是树，是木头，枉费了枝枝叶叶。"孙师傅说。

"你这是歪理。树有没有鸟筑巢，关树什么事？鸟喜欢在哪棵树筑巢，鸟自己选。树又没叫鸟不要来。"伙房做事的张阿姨用筷子敲敲碗边，哈哈笑起来。

"你笑什么，和你说不清。你见过枸骨树、皂角树、石楠有鸟窝吗？枸骨、皂角刺多，鸟飞进去，全身刺出洞。石楠花臭，鸟也待不住。鸟筑窝，要避着风又要透风，进出方便，找吃食容易。"孙师傅白了张阿姨一眼。

"我不懂怕什么。你懂就可以。"

"鸟是建造大师，也是风水大师。枣树上筑巢，当然理想。过半个月，枣花开了，昆虫多，随口吃吃，都是美食。"

我说。

这段时间，事太多，没顾得上去小院子走走，更没留意到院子里的"来客"。鸟孵卵育雏的季节，不应该忽略。隔着窗户，可以清晰地看见窗外的几棵树。每天早上、中午、傍晚，在窗户边站十几分钟，看黑领椋鸟筑巢。

天开亮，黑领椋鸟便咯哩哩叫，在枣树上，叫得忘乎所以。它是早醒的鸟，但没看出它在哪儿过夜。它开叫了，山雀也叫，唧唧唧。院子里一下子热闹了，亮堂堂。黑领椋鸟叫得花哨，叫声有些哑，有快速的颤音。叫得畅快了，它飞到田里、菜地里觅食。菜地新种了两畦萝卜芽，芽苗还没完全长出来，露出稀稀的芽头。黑领椋鸟撇着脚，在萝卜芽地走，歪着头，突然啄入松土里，叼出一条肥蚯蚓。干黄的稻草被土浅浅地压着，把菜地围了一圈。黑领椋鸟啄起稻草，拖起来，飞到枣树上。

傍晚，去河边散步的时候，看到了二十几只黑领椋鸟，在河堤的芝麻地吃食。我略感吃惊。黑领椋鸟常十几只甚至几十只一起觅食，但在这片生活的区域，黑领椋鸟并不多见。它是一种很容易辨识和发现的鸟，白头黑脖，嘴黑色脚黄色，翅羽尾羽有白斑，背部麻黑间杂少量白，在河流边，在山脚平原，在草坡、荒地和开阔田野栖息。它叫声花哨，羽色花哨，也叫花八哥，也常和八哥混在一起觅食。而这一带，八哥也极少见，多见的是雀和莺，及鹡鸰和鹨。黑领椋鸟和珠颈斑鸠一般大，行动迅速，边飞边叫。我往芝麻地扔了一块石头，黑领椋鸟呼噜噜，一下子飞走，飞到一棵大樟树上。

枣树丫上，堆起来的干草越来越厚，也蓬松。也看不出巢的形状。第十七天，黑领椋鸟钻进草里，窝在里面，一个多小时也不出来。又过了三天，草堆中间，露出一个洞，内巢像一个平置的可乐瓶。原来它在草堆里面筑窝。

5月艳阳，毛茛急匆匆地抽叶开花，野蕾结出圆塔尖一样的苞头。偶尔的春雨稀稀拉拉。鸟巢建好了。鸟巢有小脸盆大，半圆形顶盖，像个切开的篮球。外巢毛毛糙糙，卷着稻草、布条、枯草和干枝，蓬蓬松松。丫口处，碗底圈一样大的洞，藏在草里。

鸟巢虽然大，但很难被外人发现。枣枝披散下来，一层一层如叶瀑。枣花完全开了，星星点点，从叶芽口绽出来。蜂嗡嗡嗡，翘着毛笔尖似的蜂尾。小院的初夏，石榴和柚子一并开花。石榴花如满树小火苗旺烧起来，柚子花则白如碎雪。小山雀和麻雀不舍得闲着，在树丫之间跳着，唧唧地叫，吃花籽和昆虫。

雌黑领椋鸟产卵了。5月26日，一次性孵卵五枚。两只黑领椋鸟轮流抱窝。一只抱窝，另一只外出觅食。巢口圆形，隔着窗户，可以看见巢内，巢内有五枚鸟蛋，青绿色，椭圆形，和水果西红柿一般大。

辨认不出来，哪只是雌鸟，哪只是雄鸟。雌鸟、雄鸟毛色差不多，叫声也差不多。一只鸟抱窝的时间，大约四十分钟。觅食鸟回来，咯哩哩咯哩哩。巢里鸟也咯哩哩。若觅食的鸟没有按时回来，巢里的鸟会一直叫，叫声越来越大，像在说：怎么还不回来啊，我快饿昏了，饿得受不了了。

"院子里很快会有一窝小鸟，再隔半个月，这里可就热闹了。我们的福分来了。"我对孙师傅说。

"积福。小鸟孵出来了，我得抱我孙子来看看。"孙师傅说。

第三天，午饭的时候，孙师傅对我说："你说鸟窝里五枚蛋，我数了数，是五枚，可其中一枚更大，蛋壳有麻黄麻紫斑点，壳皮是淡白色的，和其他蛋颜色不一样。"

"不可能，一窝鸟蛋有两种？"我说。

"我看得很清楚。我眼睛还没花呢。"

放下筷子，往办公室走。一只黑领椋鸟在巢里抱窝。它露出半长的喙，尖尖的，青钢色，像一根锤扁锤尖了的铁丝。白绒绒的头羽很是醒目。此外，什么也看不见。盯着鸟窝 —— 即使中午不休息，也要看清巢里的鸟蛋。我相信孙师傅的话。那显得另类的一枚蛋，很可能是寄生蛋 —— 四声杜鹃、鹰鹃、噪鹃、雉鹃等鸟类，善于把自己的卵产在黑领椋鸟等鸟的巢穴里，由这些鸟代孵化代养。

在黑领椋鸟换岗孵卵时，我看清了，确实有一枚麻壳蛋。查资料，比对了鸟蛋的颜色和大小，判断麻壳蛋是噪鹃下的。噪鹃有偷蛋的习性。它趁黑领椋鸟离巢之际，把巢内的蛋叼走一个，吃了或扔掉，把自己的蛋产在巢里。巢寄生出来的噪鹃雏鸟有推蛋啄雏的伤害行为，会让代亲鸟"断子绝女"。

翌日，孙师傅去埠头买鱼。闲着没事，我去看看卖鱼人。在路上，对孙师傅说，鸟窝里，可能只会养出一只小鸟了，其他鸟可能没有成活的机会。孙师傅吃惊地看着我，吸着烟，说："你说这个话有什么依据？好好的，怎么会只出一只鸟？"

"鹊巢鸠占，你明白什么意思吧？"我说。

"不知道。我一个割草挖地的，知道那么多干什么。"

"巢里的那个麻壳蛋，孵出小鸟后，会把其他蛋推出巢外，摔烂，或者把其他蛋孵出的小鸟，啄死，或推出巢外，摔死。这是鸟的一种巢寄生现象。"

"我要把那个麻壳蛋偷偷摸出来。这么残忍的鸟，我不能让它出生。孵了它，它却灭别人后代，忘恩负义！"孙师傅又点了一根烟，把刚刚吸剩的烟头狠狠踩在鞋底下。

"这是动物繁殖的一种自然现象，不存在忘恩负义。自然的残酷性也在这里。因为残酷，物种才会进化。"

天燥热，熏人的燥热，烘着身子，也烘着大地。路边田边溪边开满了菊蒿花，黄黄的。树木发出的新叶，油光滑绿。院子里的两棵美人蕉，叶子一天比一天肥厚，厚得往下耷拉，卷下去。枣树的花已谢，丫节上缀满了比豌豆小的枣果。我出差两天回来，黑领椋鸟巢里的麻壳蛋没了。吃午饭时，问孙师傅，你是不是摸走了那个麻壳蛋？孙师傅嘿嘿嘿地笑，说，田有稗草，哪有不拔的呢？西瓜地长野葛，哪有不割的呢？

"这是两个道理。稗草、野葛影响农作物，当然清除。可鸟的生活习性和繁殖方式，遵循自己的规则，你怎么可以摸走呢？"我有些生气。在自然状态下，人不能干预自然，包括动物植物的生命。

"鸟蛋煨了炭火吃了，我也吐不出来。明天台风来了。我们要预防一下台风，玻璃门窗要全部关紧，竖起来的杆子要放倒，花钵移到房里。几棵树，最好剪一下枝，不然被风吹断了。"孙师傅说。

台风说来就来。到了晚上，风呼呼呼，大货车轧公路一样，咕咕咕，轮胎磨着路面，呼呼呼，夹带着强烈的气流呼啸。天气预报失灵 —— 天气预报经常失灵。失灵的时候，往往是最关键的时候。躺在床上，睡不着。风太急，关紧的门窗，被风拍得啪啪响。围墙外的一丛苦竹林，沙沙沙。起身站在窗前，见竹林向北弯下去弯下去，弯出一个半圆的弧度。完蛋了，枣树上的鸟巢，可能被台风掀翻了。我喊上孙师傅，扛了木楼梯，去院子里。风往人身上压过来。孙师傅扛不住木楼梯，我们便两个人抬着，借着路灯，脚步蹒跚，一前一后，晃着身子。

将楼梯靠在枣树上，用一张大塑料皮包住了鸟巢，但又不敢包得太紧，便围着枝丫，用强力透明胶带一圈圈扎起来。我感到整个身子在楼梯上摇晃。孙师傅紧紧扶着楼梯，生怕我摔下来。幸好，枣树挨着房子，房子挡住了大部分强风。

到了下半夜，暴雨来了，噼噼啪啪。路灯下，雨线白白，绷得紧紧，像弦。雨珠从地面上跳起来，落下去。

清早，去看花圃，蔷薇花被打得七零八落。雨未歇，徐徐而落，软酥酥的。山野却一片明净。看了花圃，去办公室喝茶，见鸟巢安然无恙，黑领椋鸟缩在巢里，眼巴巴地看着外面。鸟在孵卵时，最大劫难便是台风，其次是蛇吃蛋。台风会把鸟巢整个掀翻在地，鸟蛋全碎。"覆巢之下无完卵"，就是这个意思吧。很多鸟，如灰椋鸟、八哥、红翅旋壁雀、黑眉柳莺、红隼等，喜欢把巢营在树洞、石岩洞、崖石缝隙，既隐蔽，又能躲避台风。有一种叫声特别明媚又暧昧的鸟，专吃昆虫，比麻雀小，外观和相思鸟很相似，叫棕脸鹟莺，在低山地带枯死的竹子洞中营巢，既避雨避风避热日，又干燥舒宜，还躲过了巢寄生。这样的生存智慧，无鸟可出其右。

6月7日，抱窝第十三天早上，我对孙师傅说："鸟今天可能破壳了，四天内肯定会破壳，你守着，什么事也不要干，见了破壳，你叫我来。"孙师傅嗯嗯地应着。守了一天，他也没叫我。晚饭时，孙师傅说，再守一天，人会疯的，盯着窝看，自己像个傻子。

"你还真是个傻子。窗户外，有一个鸟巢，鸟孵化破壳，可以直接看到，比电视上好看，更直观，这是一辈子也难以遇上的大好事。你还不愿看，是不是真傻子？"

"孵小鸡小鸭，见多了，有什么值得看？是傻子才看。鸡也是禽，鸭也是禽，鸟也是禽，禽破壳还不是一样的。你才是真傻子。"我被孙师傅说得哑口无言。

第十五天中午，黑领椋鸟站在枣枝上，咯哩哩，咯哩哩，叫得十分敞亮。巢内，一枚鸟蛋，慢慢被撑开，裂出条缝。雏鸟顶着小半边壳，探出了头。雏鸟眼部黑黑，喙部黄黑，脖子细细，如出泥藕芽，似乎难以承受脑袋的重量，脑袋便软耷耷垂下来。壳慢慢裂下来，雏鸟出来了，全身肉红红，椎骨可见，脊背横着一排稀疏的黄毛。鸟从封闭世界破壳而出，第一次感受到了光（眼还没睁开），感受到了风。雏鸟缩着，扒动着脚，扒动着翅（翅像没有成形的脚趾）。

到了傍晚，四只雏鸟都破壳了，瘫睡在巢里，偶尔张开竹汤匙一样的嘴巴，露出肉红的喉咙和黄喙角。闭着眼，张开嘴，也不叫，张着张着，脑袋耷拉下去，继续睡。

破壳第三天，雏鸟张开嘴，低低地叫几声，喊喊，喊喊。黑领椋鸟一前一后，忙于喂食。食物是蚯蚓、小蛾、菜虫、甲虫。鸟站在巢里，长喙夹着蚯蚓，四只雏鸟全抬起头，张开嘴，喊喊叫。雏鸟身上有浅黄色的绒毛，眼睛睁开，眼睑下垂，一副欲睡未睡欲醒未醒的样子。

破壳第七天，中午，我正在看书，突然听到了窗外咯哩哩咯哩哩的鸟叫声，叫声很激烈，很惊慌的样子。扔下书，连忙站起来，看见一只猫扑向鸟巢。两只黑领椋鸟扑着翅膀，叫得十分痛心。打开窗户，摸起烟灰缸，砸向猫，猫跳下了树。雏鸟可能受了惊吓，有两只从巢里掉了下去。跑下楼，奔向枣树。一只雏鸟已被猫叼走，不知去向。把雏鸟捡了起来，托在手掌上。雏鸟腹部剧烈起伏，急促地呼吸，喊喊喊，叫得哀伤。鸟巢离地面有三米来高，幸好雏鸟落在石楠绿化带上，没有被活活摔死。

单位的大院子里，有三只外来的流浪猫，来了，再也不走。其中有一只母猫，已在大院子里生活五年，生过四窝猫崽。这些猫崽都送了人。大院子里老鼠多，鸟也多。我和孙师傅说，在鸟留巢期间，我们得把猫拴起来。

"猫聪明灵活，抓猫难度很大。"孙师傅说。

"吃饭的时候，猫去饭堂吃鱼骨。你用抄网扑它，小心被咬到，它再灵活，也逃不出网罩。"

"拴了大院子里的猫，若是还有外来猫，我们怎么防得了？"

"听天由命。我们是能防则防，能护则护。天然物，天然生天然死，各有各的命数。"

一天，正在办公室午睡，被嘟嘟嘟的敲窗声惊醒。谁有这么高，可以站在窗户下敲窗啊？侧脸一看，一只黑领椋鸟在啄玻璃。它站在窗台上，撒开翅膀，对着玻璃照自己，还不时用喙啄玻璃。我一下子笑了。看着它，不知它是不是也看见了我。心想蒲松龄写《聊斋志异》，可能是受了鸟照镜子的启发，不然，鬼狐哪有那么美、那么通人性呢？

破壳第二十二天，雏鸟开始试飞了，飞到窗台上，飞到柚子树上，飞到矮房顶上，还飞到田野里，啪嗒啪嗒，扇着小花蒲扇一样的翅膀，跟着母鸟去吃食。雏鸟飞得并不远，飞十几米，歇一下，跳来跳去，欢叫。

可没过两天,孙师傅拎着一只试飞的黑领椋鸟,找我,说,鸟在菜地吃食,被乌梢蛇伤了,右边的翅膀断了,羽毛撒了一地,鸟身上沾了好多血。其他几只鸟,在菜地叫了好一阵子。我接了鸟过来看了看,说:"去诊所,找廖医生消炎包扎一下,喂养几天。"

"谷子养麻雀,小鱼养白鹭。可这个花八哥,用什么养?"孙师傅问。

"蚯蚓、菜虫、肉松面包,它喜欢吃。"

孙师傅是个细心人,挖蚯蚓、掰面包喂它。嘘嘘嘘。孙师傅吹一下口哨,它就咯哩哩叫几声。它叫了,隔不了几分钟,伙房窗户外,也有咯哩哩的叫声。它的父母在叫。它们呼应着,秘密地。

廖医生给它包扎了六次,便不用包扎了。鸟可以扇翅膀了。又养了两个星期,孙师傅把鸟放在院子里,让它自己去山林。

这一家子,一直在这一带生活。在橘子林,在河边,在大院子里,在荒地,我常常见到它们。有时,孙师傅在菜地干活,无聊或开心了,情不自禁地吹几声口哨,嘘嘘嘘。一只黑领椋鸟神不知鬼不觉地飞到他身边。他不知它从哪儿飞来。他把挖出的蚯蚓,用木棍夹起来,鸟啪啪啪,快速走过来,张开喙,把蚯蚓啄进嘴巴,边吃边歪着头看他。吃完了,咯哩哩地叫。

水 雉

2月，南方的旷野油青，桃花开始暴蕾。时而稀稀时而稠稠的春雨，梳洗着大地。雨沿着墙根，沿着草根，慢慢汇到田畴，汇到水沟，河流上涨。鱼斗水而上，逐浪飞波，寻觅草丛产卵。天晦暗又阴潮。石板上，屋檐下，青黝色的苔藓水汪汪。我等着惊蛰这个节气到来。惊蛰，带来了春雷，也带来了万里之遥的白鹭。

白鹭是南方核心的写意符号之一，如北方的雪。没有白鹭，南方还能称为南方吗？它们一行行地书写，把大地的原色书写在蓝天。它们是河流的缩影，是湖泊的代名词，是草泽的别称。它们以人字的队形，掠过头顶，嘎嘎嘎，叫得我们驻足，仰望它们。白鹭是奔跑在空中的白马，是河边的翩翩少年。白鹭是梨花也是桃花。白鹭是青青禾苗，也是细细柳枝。白鹭是河面飘过的《茉莉花》，也是树林深处的《生佛不二》。

在春寒料峭的雨日，我等着白鹭来。白鹭飞过南方葱茏的开阔田野，会把我从房子（房子是肉身的另一种囚牢）里提出来，领着我走向自由的无边世界。追随着它，戴着雨水打湿的斗笠，去芦芽抽叶的河边，去翻耕的泱泱水田。

白鹭飞，鳜鱼肥，莲藕泥里发芽，山樱始华。"两个黄鹂鸣翠柳，一行白鹭上青天。窗含西岭千秋雪，门泊东吴万里船。"杜甫喜不自胜。他一生漂泊，关心民间疾苦，诗作多为沉郁顿挫，少有清新明媚之作。公元763年，安史之乱得以平定，杜甫看到春风扶摇，翠柳依依，黄鹂啼鸣，白鹭斜飞，信笔落墨。鸟的舞姿，鸟的啼鸣，都是天籁之美，给人喜悦。

在千余年之后，重读这首《绝句》时，作为一个土生土长的南方人，又获得了自然知识：柳树吐绿时，白鹭在南方翩翩飞舞；白鹭群居生活。假如杜甫看见二十几万只白鹭栖息在一片树林里，他又会写出什么样的诗句？

数十万只白鹭，那该有多么壮观？—— 我看过这样的场面。

南昌西北郊新建区的象山森林公园，属于丘陵和湿地交错地带，比邻鄱阳湖，地势平缓，山塘众多，湖滨虾螺丰富。每年3月初，便有白鹭遮天蔽日，迁徙而来，筑巢、孵卵、育雏，在这里无忧无虑地生活。

我从象山野生动物保护站得知，鹭鸟是鹳形目鹭科鸟类，在1980年代开始来到象山，一年比一年多，栖满了树梢。在1989至1993年，达到繁盛时期，据鸟类观察家监测，最多时，达60余万羽，计12种。象山森林公园是全世界最大的鹭鸟栖息地之一，有9种鹭鸟常年来到这里繁殖，最多时，有14种鹭鸟来此安居。

鹭鸟是涉禽，常见的鹭鸟有大白鹭、中白鹭、小白鹭、黄嘴白鹭、岩鹭、夜鹭、草鹭、池鹭等。鹭鸟去沼泽地、湖泊、潮湿的森林和其他湿地环境，捕食浅水中的鱼虾类、两栖类动物。春天，正是稻田里秧苗旺长的季节，几十万鹭鸟落在稻田觅食。

惊蛰，古称"启蛰"，是二十四节气中的第三个节气，干支历卯月的起始，标志着仲春时节的开始。农谚说："惊蛰麦直""惊蛰，蛇虫百脚开食"，惊蛰到了，三麦拔节，毛桃暴芽，杂草返青，百虫苏醒开食，开始有雷声和蛙鸣。《月令七十二候集解》："二月节……万物出乎震，震为雷，故曰惊蛰，是蛰虫惊而出走矣。"李善注引《吕氏春秋》时说："闻春始雷，则蛰虫动矣。"从这一天开始，气温上升，土地解冻，南方地区进入春耕季节。桃花开，鱼虾肥。

惊蛰后的第三天，第一批鹭鸟来了，呼呼呼，驱赶着惊雷，云一样盖过来。满天空都是呱呱呱的鹭叫声。到了象山森林公园，鹭鸟便一直在森林上空盘旋，呱呱叫。

这是一片郁郁葱葱的开阔树林，平缓的林面像轻微起伏的湖泊，墨绿色，散发杉木油脂浓郁的芳香。

这一切，从万里之遥而来的鹭鸟最为熟悉。树林的颜色，树林的气味，树林的形状，网纹一样，烙印在鹭鸟的大脑里。

鹭鸟有关节气的记忆，与生俱来。第一批鸟来，它们并不急于在树林里过夜，也不急于选择林地。它们在杉林上空盘旋，在林子里面来回飞，起起落落，在树上跳来跳去，拍打着翅膀，亮开嗓子叫。在象山森林公园飞了两天，鹭鸟最终确认，树林没有毁坏，林子里没有网。鹭鸟似乎在说：这片林子，和去年的林子一样，适合安居，食物丰富，生活平安。

来的第一批鸟，至少万只。它们找到了去年筑巢的树，那些树依然冲冠而上，蓬松婆娑，开权的枝丫欣欣向荣。大部分鹭鸟，都是在这里出生的，这是它们的故园，是它们在遥远他乡日思夜想的故土。这里有它们的食物，有它们的天空，有它们的壮阔的湖滨。

最后一批来到象山森林公园的鹭鸟，在惊蛰之后的第六日。20万只鹭鸟，在近7平方公里的森林里，安歇了下来。浑身雪白的白鹭像羽扇纶巾的公子，绿色羽毛的池鹭像穿袍服的高雅贤士，黄色的草鹭像隐居在乡间的隐者，麻色的麻鹭则像个道姑，苍鹭像翩翩俊俏的公主。

相较于数量庞大的鹭鸟群，森林面积不算大，甚至可说，它们是挤在一起的。但它们从不争夺营巢之地。各类鹭鸟选择不同的树林片区营巢，分片栖息：麻鹭灰鹭在东片林，白鹭在西片林，池鹭与草鹭在南片林。夜晚降临时，树梢上，白鹭如群星闪闪。它们在森林里，婀娜多姿，翔舞翩翩。

我国有鹭科鸟禽20种，其中白鹭属最为珍贵，也是鹭鸟中极美的一种。白鹭属共有13种鸟，其中大白鹭、中白鹭、白鹭（小白鹭）和雪鹭四种鹭鸟体羽皆全白，通称为白鹭。白鹭也叫白鹭鸶、白鸟、春锄、鹭鸶、丝琴、雪客、一杯鹭。乳白色的羽毛像白色的丝绸，覆盖全身。繁殖季节有颀长的装饰性婚羽，在东方的古代礼服和西方的女帽上，被用作贵重的饰物。

白鹭站在田野里，扬起长颈轻啼，长长的脚支撑着雪团似的身子，确实很优雅，像修道院里穿白袍的修士。

白鹭的美，让人震撼。从美学上，它代表东方古典美学的审美标准：纯洁，近乎留白的虚化，高蹈，静中有动，虚实相生。当白鹭突然出现在油青的旷野，会一下击中我们的内心 —— 南方田园油画般的静穆和空灵。

白鹭也因此一直"飞"在我们的古典诗词里。南北朝时期的诗人萧纲写过《采莲曲》：

> 晚日照空矶，采莲承晚晖。
> 风起湖难渡，莲多摘未稀。
> 棹动芙蓉落，船移白鹭飞。
> 荷丝傍绕腕，菱角远牵衣。

莲蓬熟时，正是白鹭幼雏试飞的时候。莲塘多鱼虾多蜗牛，白鹭啄食，养肥身子，以便继续往东迁徙。

唐代诗人张志和写的《渔歌子·西塞山前白鹭飞》，却是另一番景象：

西塞山前白鹭飞，桃花流水鳜鱼肥。

青箬笠，绿蓑衣，斜风细雨不须归。

桃花初开，鳜鱼产卵，南方细雨绵绵，正是白鹭初来西塞之时。在诗人眼里，白鹭不单单是美景，还是田园生活的积极写照。

宋代诗人丘葵写了一首《白鹭》：

众禽无此格，玉立一闲身。

清似参禅客，癯如辟谷人。

绿秧青草外，枯苇败荷滨。

口体犹相累，终朝觅细鳞。

把白鹭比喻成禅客，是他自己的另一个形象。丘葵成长于南宋末年，社会动荡，笃修朱子性理之学，而终生隐居，不求人知，长期避居海岛。明代的著名方志学家黄仲昭在《八闽通志·卷六十七·人物·泉州府》中说："丘葵，字吉甫，号钓矶，同安人。风度修然，如振鹭立鹤。初从辛介叔学，后从信州吴平甫授《春秋》，亲炙吕大圭、洪大锡之门最久。时宋末科举废，杜门刻志，学不求知于人。"白鹭高洁，飞翔在湖泊村野，栖于高枝，是自由、纯洁、高贵的象征。

在南方，鹭鸟是常见的夏候鸟。在田野，在河边，在湖滩，它们三五成群，低空飞，孩子一样戏水，甩着长长的鸟喙，掠起翅膀，嘎嘎叫。晚歇时，夕阳已落山，暮气垂落，天空稀稀澄明。鹭鸟贴着山边归巢。

鹭鸟初到象山森林公园，雄鸟开始求偶。呱哇，呱哇，呱哇，雄鸟的叫声，特别响亮，像街上吹口哨的青年。雄鸟边飞边叫，在秧田觅食也叫，探出尖尖的头。鹭鸟只有在求偶时，才会叫个不停，嘎嘎，嘎嘎。因为爱情，它们有了海潮般涌动的激情，如潮汐，在月下哗哗作响，浪奔浪涌。早晨，晚上，树梢上，湖滨，扑扇着翅膀跳舞。它的脚细长，翅膀张开，像涨满了风的船帆。雌鸟也跟着跳舞，浑身颤动，像初恋的少女。

鹭鸟求偶期一般是一个月，之后便是营巢、产卵、孵卵、育雏。巢大多营造在杉树、樟树、枫树、槐树等树的高枝之上，无高大树木时，也营造在偏僻无人的岩石高处。巢用枯枝搭建，浅碟形，结构简单粗糙，巢体比较大。"夫妻"共同抱窝，卵淡蓝色或绿色，壳面光滑细腻，卵体较大，椭圆形两头圆尖，和麻鸭蛋差不多。

一只鸟抱窝，另一只鸟觅食，相互交替。抱窝近一个月，幼雏出壳，毛茸茸的脑袋从壳里露出来，探出毛茸茸的身子。白鹭破壳，绒毛便是雪丝般的乳白色。育雏需要两个月，一只鸟护巢，另一只鸟觅食。雏鸟食量大，鸟爹鸟妈整日来回奔波，四处觅食。

鹭鸟有"覆巢"的习性。巢期生活约一个月，小鹭鸟试飞了，鸟爹鸟妈把鸟巢掀翻，不让雏鸟窝在巢里。"父母之爱子，必为之计深远。"鹭鸟如人类智慧的父母一样，懂得生之艰难，为子女作长远打算：没有练就一双坚硬的翅膀，飞不了远途。在6月中下旬，每天有数万只小鹭鸟在试飞，扑棱棱从树梢上跌跌撞撞地起飞，摇摆着身子，晃着晃着，纸飞机一样飞。第一天，飞十几米、几十米；第二天，飞百余米、几百米；第三天，飞千余米、几千米。

是的，鸟的生命在于飞翔，在于征服遥远的旅途。

覆巢那几天，有些雏鸟还不能熟练飞，哪怕飞几百米远。雏鸟举起翅膀，拍几下，落了下来。在没有人看护的情况下，落下来的雏鸟基本上落入其他动物口中，或活活饿死。它们回不到枝头，觅不了食，也不被喂食。鸟爹鸟妈眼睁睁看着它们，乱拍翅膀，作最后的挣扎。

肥美的湖滨，把雏鸟养大了，养肥了，它们会飞了，翱翔在蓝天下。但它们暂时还不会离开象山，还要继续觅食。因为更远更艰难的征途在等待它们。它们将去南粤，作最后的休整，再飞越高山大海，去往渺渺的异乡。

秋分这一天太阳到达黄经一百八十度，开始昼短夜长。《月令七十二候集解》："八月中，解见春分""分者平也，此当九十日之半，故谓之分"。分就是半。秋分有三候："一候雷始收声；二候蛰虫坏户；三候水始涸。"秋分后阴气开始旺盛，不再打雷；天气变冷，小虫蛰居土穴；天气干燥，雨水变少。农谚说："白露早，寒露迟，秋分种麦正当时。"繁忙的秋种，已开始。虫惊，为惊蛰；虫蛰，为秋分。这是一个生命周期，万物轮回。在这一天，鹭鸟远飞，离丌象山，在南粤短暂休憩，继而继续南飞，度过寒冷的冬天。

白鹭悉数离开南方。它们依时而来，依时而去，像大地转动的时钟。

黄腹角雉

　　太平洋而上的季风消融了武夷山的雾凇，凝冻冰害天气行将结束，茶叶吐出了嫩白嫩绿的幼芽。迎春花绽放了。林间滴滴答答的雾珠，散出寒湿的朝气。苔藓滋长，藤萝翻绿。3月的早春，暖阳日渐驱散料峭的寒意。黄腹角雉开始求偶了。

　　在仙山岭，我已经守了3天，等待那激动人心的一刻。

　　黄腹角雉是中国特有的雉科鸟类，仅分布4000羽，被称作"鸟中大熊猫"，北武夷（归江西铅山管辖）分布着500羽，有着地球上最密集的种群，与黑麂、南方铁杉并称武夷山国家公园"三宝"。

　　2021年4月28日，在黄岗山（武夷山山脉主峰，归江西管辖）猪母坑（海拔1200米）的南方铁杉林，守候黄腹角雉，不见踪迹。猪母坑有北武夷最大的黄腹角雉种群，约40羽。高大茂密的南方铁杉，覆盖了沟谷，地势陡峭，落叶层积，山矾正开花，细白如雪如霜。涧水哗哗哗响，声传数华里之外。

2022年3月16日，我来到了仙山岭（海拔850米）。仙山岭处于闽赣交界的分水关隘口，花岗岩石峰傲立苍穹之下，树木阴森葱郁。石峰之下，有一块约300亩的老茶园，呈平缓的坡状，与山腰村舍比邻。这里活跃着黄腹角雉的种群。仙山岭是黄腹角雉在北武夷海拔最低的栖息地。

一条石阶古道从闽赣公路深入茶园。古道是茶马古道的重要一支，已有千年的历史。花岗岩石阶依灌木林而上，坚实、平整，溪涧从竹林幽幽而出，风雨塑形的巨石横陈在古道两边。百合、半枝莲、败酱、白茅等草本已经泛青。步行500余米，便是茶园。

茶园入口有木质门寮，可坐可依，可遮阳可躲雨，茶园在视野中一览无余。一座木桥横架在涧水之上。芒草和矮柳、古茶树、油茶树，把溪涧藏得很深。茶园泛起一层绿浪，山雀、噪鹛、鸥鸫在叽叽叽地叫。太阳暖暖的，远处的竹林在涌动。淌在崖壁的水，折射白白的光。

鸟是早起的。我也是早起的。我在门寮前的古道来回踱步，或在茶园的外围散步。守候黄腹角雉，需要足够的耐心和细腻。茶叶尚未开采，山野无人。守到第三天，房东张师傅问我：你天天去茶园，是想收购茶叶吗？

开春了，黄腹角雉该求偶了。我想看看它求偶。我说。

张师傅噘着嘴笑，说：黄腹角雉在茶园觅食，但求偶不在茶园。

我问：为什么不在茶园求偶呢？

张师傅说：茶垄遮挡了视线，雌鸟看不见雄鸟表演，这个偶怎么求得到呢？要看它们求偶，我带你去一个地方。

我说：现在就去。

张师傅说：哪有那么急不可耐的，现在才刚吃了午饭。在太阳刚升起或太阳快下山的时候，是黄腹角雉求偶炫耀高峰。雄鸟一天有两次炫耀高峰。

下午3点10分，张师傅推出摩托车，叫我：看鸟去。

车往村头的坡上开，突突突，绕着山塆跑。绕了四个山塆，在一片橘园停了下来。橘园无人打理，长了许多蕨萁。橘树却高。再过一个山塆，是一片阔大的竹林，竹林之上是峭立的石峰。连绵的石峰呈两条山梁之势，形成一个数公里之深的山谷。那是黑熊和短尾猴的栖息地。

"我先回去，傍晚了，我来带你下去。"张师傅说。张师傅六十三岁，身体健壮，脸大嘴大。他一直生活在仙山岭，大半生以伐木、扛木为生，在1996年，种了茶叶，才停下了手中的板斧。他没读过书，却非常聪明，能辨识300多种草药。

半球形的山包种满了橘树。各种形状的巨石，看似杂乱无章地滚在山上。这是悬崖滚下来的石块，被当地人称作滚石。滚石麻黑麻褐，底部裹着青苔，有的如桌面，有的如床板，有的如皮球，有的如长凳。山塆有一棵冬青树，冠盖如七层塔，枝丫蓬散。我站在冬青树下，既可隐身，又可俯视半边橘园和整个茶园。

到了下午4点43分，看见3只黄腹角雉从茶垄里飞出来，斜斜地低空掠过茶园，慢慢飞高，掠过橘园，飞向一片阔叶林。飞行的时候，身子略有沉沉下坠，翅膀张出半个扇面，呼呼振翅，赤红的双脚勾缩，头往前平伸，看起来非常灵巧而优美。那是一公两母，公在前，母在后。太阳挂在蓝海的峭壁上，即将西落。山影倒扣下来。

大部分的雉科鸟，就外形而言，公鸟与母鸟差别比较大。黄腹角雉也是这样。雄性角雉上体栗红色，夹染着黄色卵圆斑，腹部羽毛黄色，有黑白相间的眼状小斑纹，冠羽两侧各伸翠蓝肉角。所以被称作黄腹角雉。冠羽黑长发亮，垂向颈部，喉部下方长有艳丽肉裙。雌性角雉通体棕褐色，密布黑、棕黄及白色细纹，下体有白斑。

走禽，也叫陆禽，强奔走，飞行迁徙能力较弱。黄腹角雉是南方（长江以南）走禽中体形较大的鸟，种群栖息地比较固定，栖息地在海拔800—1600米的森林。在北武夷的栖息地，主要分布在黄岗山猪母坑、仙山岭、独竖尖、七星山、篁碧。因分布广、种群多，铅山被中国野生动物保护协会授予"中国黄腹角雉之乡"称号。

翌日早上9点15分，我已在冬青树下，守候了半个小时。一只雄性黄腹角雉从茶园飞向橘园，落在一块平石上。它在茶园觅食至少超过了40分钟。它窝在茶垄里，吃植物的嫩叶和幼芽。据前几天的观察，在仙山岭，它的食物非常丰富。

它的食物包含：植物的花、茎、幼叶、嫩芽、种子，蕨类和苔藓，白蚁、毛虫等。据武夷山国家级自然管理局的黄腹角雉研究专家程松林，通过野外目击黄腹角雉采食植物行为24次，鉴定分析，被采食植物分属11科12属12种，采食嗜好具有季节性变化倾向；采食习性的地域适应性较强。

茶园是长杂草和昆虫大量繁殖的地方，隐蔽性极强，视野又开阔，确实是黄腹角雉觅食的理想之地。在觅食时，它是极安静的。

怎么突然飞到橘园呢？我好奇。它站在平石上，发出了"咯哦咯哦咯哦"的叫声。它的叫声比较平缓、圆润，但热烈。通过鸣声可以想象它鸣肌在一张一收地抽拉。叫了约2分钟，它开始激烈地抖头，上下抖，翠蓝的肉角竖得直挺挺，肉裙从脖子往下挂。抖一下，肉裙往下挂一些，挂得越长，肉裙张得越开。抖头抖身，使得肉裙因充血而张开，如一张围兜。肉裙翠蓝色与朱红色相间，如一个繁体的"寿"字，因此被称作寿鸡。肉裙垂下来，如吐绶带，又因此被称作吐绶鸟。

它开始张开翅膀，抖身子，抖得缓，但幅度很大，尾羽如扫帚一样刷在地面上，随着翅膀的振动而剧烈地抖动。

这个时候，一只雌雉从一棵橘树下，走到石块下，却对雄角雉视而不见，低着头，在稀草间啄食。雄性黄腹角雉一直在抖，肉裙如一道彩帘在垂动，尾羽张得非常夸张，眼睛很"深情"地看着啄食的雌性黄腹角雉。

突然，雄雉从平石疾走了下来，张开翅膀扑上去。这个勇士般的动作，吓坏了雌雉，转身"飞奔"去了坡下。

激情洋溢的雄雉瞬间木然，肉裙在1秒钟之内，弹射般缩了回去——求偶失败。咯哦咯哦，它低叫了两声，闲步走入稀草丛，细致、飞快地啄草叶。

黄腹角雉不会筑巢，在树杈上夜宿（雉科鸟类有一部分是站在树上睡觉，如山鸡），于靠近山脊的阴山或阴沟，在高大乔木天然形成的基干处枝杈、凹坑等隐秘的地方营巢。繁殖期，一只雄雉占据一片山林，体弱的雌雉争夺不了"生育权"，在林间"孤独流浪"。雌雉隔天产卵1枚，一窝产1—4枚，有时一年仅产1枚，孵卵28天破壳。与大多数雉科鸟类一样，幼鸟出壳即可振翅。幼鸟发育缓慢，两年发育成熟。

据曾在黄岗山工作的林业专家郭英荣说，黄腹角雉反应比较迟钝，人走近了，也发觉不了，即使发觉了，也不知道跑，匆匆钻进草丛或灌丛，露出长长的尾巴。山里人把它叫作笨鸡或呆鸡。

产卵少，成活率低下（10%），使得黄腹角雉繁殖艰难。大森林食物丰富，天敌也多。黄鼬、松鸦、豹猫、蛇都是它难以抗争的天敌。黄鼬、豹猫，在北武夷随处可见，活得非常滋润。

每一个珍稀的物种，都有定数。定数就是天然的局限性。局限性越大，繁殖量就越小，也就越珍贵。

2021年4月28日，在黄岗山，遇见一个台湾同胞，登山进林观鸟。他说，他连续16年来黄岗山观黄腹角雉了。

台湾同胞白发苍苍，步态稳健，背了一个长镜头单反相机。他说：没有比黄腹角雉更神秘的鸟了，那么美，是林间"贵人"。陪他一路闲聊。他很诚挚地说，爱我们的鸟，就是爱我们的乡土，乡土是永生的。

　　见了黄腹角雉的求偶，我又想起了老人的话：乡土是永生的。

　　对于生于斯、长于斯的人来说，永生的才是厚重的。美是厚重的，生命是厚重的，爱是厚重的。

白腿小隼

　　婺源是古徽州的一部分，古树遍野，河溪交错，覆盖着广阔的亚热带阔叶林，蓝冠噪鹛、白腿小隼、东方白鹳、中华秋沙鸭、白鹇、黄腹角雉、白颈长尾雉、鸳鸯、绶带等珍稀鸟类种群在此栖息。

　　晓起，是婺源的一个古村。村子沿狭长山谷而建，古宅错落有致，古树疏密掩映。眺眼望去，山峦逶迤，绿水回环。这里栖息着白腿小隼种群。白腿小隼黑白两色似熊猫，因此被称作"熊猫鸟"。

　　2010年3月，晓起的一棵古香樟来了一对小鸟，鸣声略显嘶哑却洋溢着娇羞，头部和整个上体蓝黑色，颊部、颏部、喉部和整个下体为白色，尾羽黑色，具白色横斑，前额一道白线往眼上与白眉纹相连。这对小鸟引起村人注意，不是因为它长得黑白两色，而是它住在一个洞口似酒盏的树洞里。小鸟醒得早，太阳还没升起，就呼呼地飞出洞口，栖落在另一棵古樟的枯丫上，轻轻地喊喊叫。小鸟从翅端开始梳理羽

毛，作揖似的翘着身子，扇开尾羽。黑黑的尾羽点缀着白色
斑点，美如绢扇。

樟树上的树洞，不是天然空心洞，而是啄木鸟的弃巢。
村人对这个树洞，太熟悉了。啄木鸟在凿树洞时，村人听得
很清晰：笃笃笃，笃笃笃。凿三下，再凿三下。鸟有自己的
干活节奏。树下的老人初听啄木鸟凿洞，还误以为是有人敲
房门。凿了两个月余，深如升筒，洞成了鸟窝。啄木鸟从洞
口伸出头，嘎咿嘎咿，叫得脆亮悠远。过了小半年，啄木鸟
带着一家子飞走了，再也没回来。

巢弃了两年，没鸟进去住。偶尔下暴雨的时候，麻雀把
树洞当作雨亭，飞进去躲雨。弃用了多可惜。树洞就像个老
宅，白墙黛瓦马头墙，冬暖夏凉，太师椅、茶几、床笫、梳
妆台、老水井，一应俱全。这是一座多么雅致的老宅：两条
薜荔老藤绕着洞口，如雕花门罩；绕藤之下有一窝小蚂蚁，
像个勤勉的清洁工，时时清理洞内的脏物；洞距地面有三楼
之高，向阳、通风，如嵌入古树的一个木阁楼；树枝垂下来，
像个常绿的屋檐。

小鸟到来之季，恰逢油菜花盛开。山谷横亘十数公里，
层层梯田悬挂在山边，油菜花开遍，花奔花涌。小鸟以老巢
为窝，出双入对，在枯丫上鸣叫，以荤为食。这是什么鸟呢？
无人认识。

5月初，树洞耸出了四个贪吃的小脑袋。幼鸟听到亲鸟
的叫唤声，就急不可耐地伸出黄喙，齐刷刷地张开嘴巴，喊

喊喊叫。一棵古樟,破壳了一窝幼鸟,多了一分生机。古树上有了鸟窝,返回了年轻,容光焕发。这是生命的力量。

一日,一个鸟类摄影家来到晓起,拍下了亲鸟喂食的照片。摄影家对村人说:这是白腿小隼,属于珍稀鸟类。

婺源珍稀鸟类十分丰富,尤其在饶河源、星江、鸳鸯湖、大鄣山等鸟类保护区。星江下游的太白镇,于2000年5月14日,发现蓝冠噪鹛种群,引起了世界自然科学界的高度关注。蓝冠噪鹛是中国最濒危的鸟类,2012年被列入世界自然保护联盟(IUCN)濒危物种红色名录ver3.1——极危(CR)。1919年,一名法国神父在婺源获取了三个蓝冠噪鹛标本,这是最早记录。1923年之后,再也没有发现它的踪迹。婺源是蓝冠噪鹛的唯一栖息地,全球仅存的200余只仅在此分布。

鸟类摄影家如过江之鲫,来到婺源,出现在乡间、林区,走山过岭,一觅鸟踪,拍摄鸟类样本。白腿小隼也因此被发现。

白腿小隼是世界上体形最小的猛禽,与麻雀一般大,站在枯丫上,抖着翅膀,娇小可爱。一家子紧挨着,排排站。粗壮的枯丫有两枝,有十余枝指粗的细丫。老树必有枯丫,坚硬如铁,雨蚀雪压却不断,只是脱落树皮,露出灰白的木质。枯丫是白腿小隼最喜爱的地方,没有树叶,视野开阔。它们在这里嬉戏,也在这里觅食。

蜻蜓飞过,它啄下来;蝴蝶飞过,它啄下来;蛾罗飞过,它啄下来。白腿小隼是嘴刁的食客，啄下蝶蛾，踩在脚下，啄去头，啄去触须，啄去翅膀，吃肉乎乎的身子。

枯丫是白腿小隼的观察哨，它随时观察着四周的动静。小隼属的鸟，以飞行快速著称，在高高的树上巡察猎物，发现了目标，一圈圈地绕飞下去，扑杀。

作为猛禽，掠食是天性，猎杀是本性。白腿小隼见了老鼠或麻雀、北红尾鸲、灰山雀、鹡鸰之类的小鸟，顷刻间飞冲下来，鹰钩状的嘴啄入猎物头部，旋即飞入树洞，啄空脑壳，啄食鲜肉。

从枯丫翻飞下来，黑翅张起来，呈半弓的弧状，白斑点点，如暗空雪花；爪勾起来，双脚并拢，似一把火钳；头往下拱，鹰钩闪闪发亮。它不像个猎杀者，像个跳水运动员。它在扑向一只伯劳。

伯劳是一种食肉的小型雀鸟，性凶猛，是雀形目中的"顶级杀手"，以蛇、鼠、小鸟、蛙、蜥蜴、小兽为食。伯劳机警，飞出矮灌木上，逃向一棵盐麸木，还没落下脚，就被白腿小隼抓住，啄入脑壳，踩压在树枝上，啄死，叼入树洞。

晓起水环村而去，注入星江。水脉脉也默默。河并不宽广，却丰沛。水流走了四季，也带来春暖秋爽。这对白腿小隼夫妻，再也没有离开晓起，以树洞为安身之家。它们留下了繁盛的种群。古樟的枯丫上，不再是一只或两只白腿小隼在嬉戏，而是三五只，多则七八只，最多的时候有十一只。

惊蛰后，白腿小隼开始求偶。在枝头上，雄鸟发出嘁喊喊、嗤喊喊的鸣叫声，轻悦、清脆，一阵一阵地叫，边叫边四处张望，等待异性的出现。

雌鸟来了，雄鸟去衔一片树叶，作信物定情。信物必是至美之物。献给"心上人"信物，经过严格挑选，须是红艳、绚丽，如山乌桕、槭、香枫、黄栌等彩色树的叶子。雌鸟接了信物，唱起最古老的情歌：嗤喊喊、嗤喊喊。它们将形影不离，双宿双飞，终生相伴。是的，坚贞的爱情并非人类所独有。

订了终身，它们开始清洁巢穴，把洞里的碎屑、杂物，清理出来，垫上昆虫的碎片。

白腿小隼每窝产卵3—4枚，孵化期约28—30天，雏鸟喂养约30天离巢。但凡事都有例外。古樟上的这对白腿小隼，这10年，繁殖数量至少4只，最多的一年（2020年），繁殖了6只。

在营养充足的情况下，鸟的繁殖能力在增强。晓起素有种植油菜、黄菊的传统，昆虫也因此大量繁殖，为鸟类提供了丰富的食源。

雏鸟晚成性，离巢后，仍留在种群。2019年8月，我去晓起观鸟，见到亲鸟给离巢的雏鸟梳理羽毛。亲鸟站在两只雏鸟中间，用喙梳理雏鸟的上体羽毛，梳理翅端，梳理背部羽毛。被梳理的雏鸟会翘起尾巴，头部下垂，轻轻地摇摆。亲鸟给雏鸟慈祥、仁厚的爱。

晌午，天下起了细雨，白腿小隼却不躲雨，而是站在农家飞翘的檐角，静静地沐雨。羽毛湿了，它抖搂一下身子，继续沐雨。雨细细地斜拉着，山林静穆、迷蒙。享受了一阵细雨，一个斜飞，它飞向古樟树。

入了巢，它又把身子退出来，尾部露出洞口，排出体物。体物白白稀稀，落下来。它开始清洁巢穴，叼出废物扔掉。它高洁。

据当地人说，晓起是国内唯一可以常年近距离观察白腿小隼的地方。村中有人详细地记录白腿小隼的生活习性、繁殖方式、种群现状。他们说起白腿小隼，说鸟夫鸟妻如何恩爱，让人羡慕。有一次，一条乌梢蛇悄悄溜上树，捕食巢中雏鸟，被鸟夫鸟妻发现，把乌梢蛇的头啄得稀烂。

村头有古樟群，枝丫如阡陌，遮天蔽日。树冠是鸟的圣殿，喜鹊、红嘴蓝鹊、领雀嘴鹎、红山椒鸟、灰山雀、麻雀、鹊鸲、白头鹎等鸟类，聚集于此，啾啾唧唧不歇。白腿小隼也来此嬉闹。绿荫下，仰头一看，但见树枝上满是鸟。

鸟的世界，是福满的世界。

现在是菊黄的时候，村人抱着竹筐，在秋阳下剪着皇菊。红蜻蜓四野飞舞。山冈上，香枫红了，梧桐黄了。秋染之色，铺满了斜深的山谷。中华秋沙鸭在星江的僻静之处，等待冬天来临。很是想念晓起的白腿小隼。雏鸟也成熟了，它们将离开种群，去寻觅属于自己的栖息地，繁衍自己的种群。

人是奇怪的，有些东西，看了一眼，就会产生深刻的情感；有些东西，天天看，也不会产生情感。比如说白腿小隼，我也只是三两年去观赏一次，但我每次去别处的野外，就盼望有白腿小隼意外出现。这种盼望源于白腿小隼有着真美、忠诚的伟大力量。正是有了这样的力量，种群才得以繁衍、保存。而这样的力量，在人类当中慢慢沦丧。

自然界的事物，始终在启迪人类，去崇尚真善美，给心灵注满清泉。又有多少人明了这个道理呢？大自然是智慧的，却不语。我们所有的迷惑，在大自然中都可以找到答案。

野 猫

　　终于下了一场雪，来垄杠（山名）的针叶森林白皑皑。山呈笔架形，积雪层叠。青翠的针叶暂时被白雪藏了起来，山崖上的落叶乔木林灰扑扑，如白衬衫胸襟的补丁。山体似乎显得更为厚重、单纯、雅洁。新雪弥散冰凉、潮湿、草馨的气息。晌午的树林，雪消融，叶尖滴着残漏般的水滴，滴 —— 答，滴 —— 答，如钟摆，长长短短的韵脚在回荡。清冷地回荡。针叶上的雪，如雪绒花。雪绒花不是在凋谢，而是在脱落。在毛楂坞雪地，沿着梅花状的脚印，寻找野猫。已经有七天没见到它们（一个小家族）了。它们还在树林里，因为在一株高大的板栗树下，看到了新鲜的黑色粪粒。粪粒有8颗，甜棒形（胡颓子的浆果称甜棒），有一股腥臭味。掏出纸巾，包了粪粒，揣进裤兜。一捧新雪有被爪抓乱了的痕迹，那是野猫涮了鼻子。野猫爱涮鼻，涮净鼻腔，保持灵敏的嗅觉。

　　雪覆盖了毛楂坞。茅草是白的，刚竹是白的，菜地是白的，树是白的。小路消失了，山脊线消失了。山脊线与灰白的天空融为一体。野猫的脚印在树林弯来弯去，深深浅浅，如纷落的白梅花。

野猫生活在毛楂坞，我认识它们。毛楂坞是一个很小的山坞，有三五亩菜地和一个小水塘，及一丛杂树林。水塘积雨水，供人浇菜。山坞左边是一块废弃了几十年的荒地，右边是山梁延绵而下的松树林。十余株泡桐树、一株伞盖形的垂叶榕、一丛苦竹、两株槭树、一株斜弯的野枇杷、两株落叶枣树、林缘边的灌木林，使得山坞有了丰茂的气息。一座山，需要树木去展示生命气象。早晨或傍晚，去山坞看菜民搭菜棚、浇水种菜，和树木一起呼吸。

荒地是梯级的，长了密密的刚竹、莎草。茶树弯弯扭扭、枝杈杂乱，花却盎然，繁花胜雪。两株杨梅树在荒地中央，长得肆无忌惮。一座水泥坟堆在一株柃木下，给人阴森之感。坟里有一窝野猫。

9月27日，第一场秋雨来临。风卷着雨，压弯了树冠。雨珠弹射，飞溅起水泡。暴雨下了一个多小时，地面积水如溪。云散去，艳阳高照。急着去毛楂坞看茶花。茶树有长盛的花期，初秋至入冬，花白如夜灯。雨后的花更娇美更野性，花蕊含着雨珠，晶晶莹莹。站在杨梅树下，看见墓前有两只大猫和三只小猫，躺在水泥地上晒太阳。猫很警觉，其中一只大猫站了起来，望着我，发出"呜呜呜"的叫声，丝毫不畏惧我，竖起两扇耳朵，瞪眼，似乎在警告：你不能再靠近了。也像是对猫家族报警：有人来了，快躲起来。

我不敢挪步，不敢发出声响。发出的任何声音，对猫来说，都是冒犯，甚至是挑衅。另一只大猫站了起来，伸了伸懒腰，噗呲一声，像是打喷嚏，甩了甩尾巴，钻入刚竹丛，三只小猫尾随其后。发出警告声的那只大猫护家心切，见我很友善，转了一下头，对着我，很温和地叫了一声：喵 ——它钻进了刚竹丛。猫是普通的家灵猫，体毛深灰色，有深灰黑的纵纹，鼻端深褐色，脸窝深黑色，耳毛和额眉浅白色。大猫体壮身健，小猫约两个月大，较瘦弱。

离村舍略显偏僻的山坞，怎么会有野猫呢？它们还组建了家庭，繁衍了自己的子嗣。家猫被弃养，一般生活在村舍附近，找吃食方便，不会挨饿。它们怎么到这里来的呢？

翌日中午，包了一纸盒的吃食（鱼骨、排骨、虾壳、蟹壳、蛋卡、肉松面包），放在墓前，就去挖葱莲了，不盯梢野猫。毛楂坞有一垛矮石墙，长了七八丛葱莲，绿得葱油。葱莲也叫玉帘、葱兰，7月开小白花，色质如玉，花期至9月，无惧干旱、烈日，也无惧严寒、阴湿。种在哪儿，它都能活得很好。喜欢种这样的植物，贫贱、高贵、拙朴、坚韧。

李师傅是铜矿退休的钣金工，两年前迁到竹鸡林生活。他在毛楂坞种了半亩菜地，有榨菜、菠菜、卷心菜、白菜、红萝卜、莴苣，两垄大蒜套种小葱长得油绿喜人。他的菜棚搭了半个来月了。他戴一个头盔，焊钢筋条，呲呲呲，绿火星四溅。钢筋条大拇指粗，焊成半弧形，浇筑在地上，做棚架。我数了一下，有40多根。他又砍下苦竹，破出竹片，弓起来，简插在钢筋条之间。我和他一起破竹片，弧口刀劈进竹口，劈出一个深口，脚踩住竹竿，用力拉深口处竹头，啪啦一下，一根竹子分为两片。他天天涨着酒酢色的脸，脸宽而厚，一双大手粗粝又绵实。他说：种这么多菜，三户人家也吃不完，你要菜了，自己来摘。他是个很细心的老人，搭菜棚还带上自画的设计图纸，卷尺量钢筋条的长度、曲度和间距。他说，菜棚中间开门，浇水、摘菜方便，也通风。一日下午，不知因为什么事，他没来搭菜棚了。我去松树林找松鼠。

　　松树林常见花栗松鼠，卷着鸡毛掸子一样的尾巴，在松树上蹿上蹿下，一副乐颠颠的样子。山梁而下，松树密匝，弥眼青翠。一株枳椇树下，传来吱吱吱的惨叫声。隐在松树背后，看见一只大野猫在扑一只野山兔。猫的一只前肢压住兔头，另一只前肢压住兔脊，在咬兔脖子。山兔折腾着，翻身子，翻起来，又被野猫压下去。山兔深黄色体毛沾满了血，仍在折腾，跳了起来，嗦嗦嗦，往丛草逃跑。野猫一个纵跃，扑住了它，咬住头骨，叼了起来。野猫的嘴巴差不多包住了山兔的半个头，血丝淌了下来。骨头裂了。山兔的身子垂软下来，尾巴直直地垂下来，滴着血。野猫甩下山兔，伸爪戏弄山兔。山兔扁着头，翻身欲逃跑，没跑出三步，倒毙了下去。野猫又逗山兔，山兔一动不动了。野猫叼起山兔，往墓地方向跑去。惊心动魄的猎杀，让我一下子回不过神来。

　　这才想起，墓地还有一窝野猫，有半个多月没有去探访它们了。被弃养在野外的猫或狗，没有被人领养，大多数会死于饥饿和寒冷，生命被饥寒交迫所威胁。它们浑身肮脏，体毛裹着黑污，瘦弱体虚，眼神呆滞，十分惧怕人。曾在四十八亩地（地名）遇见过一只被弃养的土黄狗，断了右后腿，腹部干瘪得凹陷进去，半边腹部因皮癣而脱毛，见了人，远远躲着。它在荒郊野外游荡，勾着断腿。它在烂田找食吃，前肢陷在烂泥里。它呃呃呃地叫着，腹部剧烈抖动。它唯一的后肢用力撑，越撑，身子越陷。它四处张望。我抄起竹竿，一头压在田埂上，抬起它，拉出烂泥。它往田埂另一头跑去，晃着满身乌黑的烂泥，边跑边回头看我，汪汪汪叫。

　　丧家之犬，指的就是这样无家可归的弃犬。司马迁在《史记·孔子世家》写孔子在郑国与弟子走散，无处投奔，郑国人对子贡说："东门有人，其颡似尧，其项类皋陶，其肩类子产，然自要以下不及禹三寸，累累若丧家之狗。"人亦如此，情何以堪。丧家就是最大的绝境。

　　猫轻巧、灵活、敏捷，钻窗户、爬阳台、上树，入家舍偷食，偷面包、偷鸡蛋鸭蛋、偷鱼、偷肉，日盗夜窃。毛楂坞无人烟，野猫无食可偷，野化，依仗捕食"自食其力"。三只小猫那么弱小，毛翻着，许是母猫奶水不足的缘故。隔三岔五去投食，不固定投在墓前，四处撒。投的食物主要是鱼块、鸡排、鸡壳肉、蛋卡、肉松面包。猫嗅觉灵敏，300米之远可嗅出肉腥味。投了食，第二天上墓地四周察看一下。

不天天投食，以免造成野猫食物依赖。

有一次，去新营菜场买菜，一个中年妇人在吆喝：卖花鲢，山塘捞出来的花鲢。十余尾白花鲢挤在大脚盆里，哗哗哗地打尾鳍。花鲢肉糙，无人买，鱼价低贱。一条花鲢约两斤来重。妇人说，久旱，山塘快干涸了，鱼不捞上来，会被黄鼠狼捞吃了。天天有十几只黄鼠狼去捞鱼吃。买了三条，用棕叶穿鳃，提了回来，将白花鲢挂在杨梅树的三根枝丫上，坐在20米之外的垂叶榕下，等猫来吃。

鱼在蹦跶，树丫在晃动。鱼嘴张得像个畚斗。过了一刻钟，两只大猫带着三只小猫来了。墓后有一丛刚竹，竹梢摇动，野猫钻了出来，蹑手蹑脚地穿过一块荒地，站在杨梅树下。鱼距地面约1.5米高。鱼滴着水，尾巴摆动。野猫看着鱼蹦跶，眯着眼睛。其中一只大猫突然跃起来，咬鱼尾巴，往下拉扯。棕叶绑在树上，扎得太紧，咬不下鱼，扯下一块鱼皮。鱼蹦跶得更猛，晃着。另一只大猫呼溜溜上树，用爪去抓鱼，往上拉。鱼头太滑，拉上去又滑下来。大猫抓了三次也没抓上鱼。它蹲在树上，拨弄鱼，鱼弹起身子。大猫一个猛扑下来，咬住鱼脊厚肉，往下拽，鱼掉了下来，半边鱼头挂在树上。我不忍看，穿过松树林，往山梁走，去另一条山垄。

投食20余次，便入冬了。霜打草叶，雨打行人。天冷，喜欢枯坐。敞开门，可以看见屋外青黛色针叶森林。从水里捞出青黛色，略显幽蓝。一日，在饭厅刨红萝卜皮，刨了三个，一只大野猫溜进来，蹲在靠背凳下，对着我眯眼叫：喵、喵、喵。它慵倦，前肢撑着身子，眼睛看着我。它的眼睛乌黑，有一圈黄金色的眼环，眼睛投射出一束光，柔和、有力，似乎要把我看进它心底。它的眼睛多像夜空，充满了柔情，蓝冰似的幽深。它怎么知道我住这儿呢？

每次去投食，都觉得自己是神不知鬼不觉的。投了食就走，不会去惊扰野猫吃食。切了一块五花肉，扔给野猫吃。野猫用爪拨了拨，并不吃，对着我眯眼，喵喵叫。又扔给它一条鲫鱼，它也不吃。拍了一下桌子，野猫蹿出门，跑下楼道。追了下去，野猫不见了。

野猫怎么知道我的居室呢？百思不得其解。它是不是尾随过？是不是猫和狗一样，可以记住人的气味呢？下午，整理过冬的衣服，一件件叠起来，才想起野猫过冬会很冷，三只半大的小猫会冻伤或冻死。找出一只木箱（绿化工人装小木苗用的），垫了塑料皮，铺了两件旧衣服，再铺了一条旧抱被（天冷时我盖膝盖），抱去墓地，把木箱塞进墓后刚竹丛。又打下四根木桩，搭了个塑料布雨篷，给木箱遮挡雨水。

下了坡，看见一只半大的野猫浮在塘面。它身上没有伤口，它是溺水冻死的。李师傅在水塘放养了五六条半斤重的红鲤鱼，野猫去抓鱼，滑下水，被冻僵了，溺水而死。霜冻天气，哺乳动物幼崽轻易地被活活冻死，如狗獾、野山兔、刺猬、野猪、山鼠、山麂等动物幼崽。见过被霜冻死的山兔幼崽。山兔在草蓬打窝，以草遮风挡雨，既隐蔽又暖和。深山野草地露水太重，湿透了草叶，霜蒙下来，露水结冰，把草叶和湿泥冻了起来，山兔幼崽被冻在冰里。霜冻是幼崽的生命灾难。捕山鼠的人有绝活，在草甸或山谷草丛，洒酒米，山鼠吃了酒米，醉醺醺地睡下，被霜冻死。第二天早上，捕山鼠的人拿火钳，一条条地夹起来。

霜打了三天，槭树叶全落了。葱莲在阳台上，却抽出了新芽。隔日，一场夜雨，噼噼啪啪下了前半夜。入睡不了。雨叮叮当当地敲打着窗玻璃，像一个无家可归的人。樟树在沙沙沙地摇着雨声。翌日清早，我去新营菜场，买了两条草鱼、一副鸡骨架、两斤鱼杂，放到墓前水泥地。

晴了两天，收拾了衣服，回老家。窝在山里有两个月了，还没有回去看望父母。过冬了，得给老人买木炭买柴火买衣物，果树也得好好修剪。在老家住了三天，回到居住地，阳台上一箱奇亚籽肉松面包被谁咬开了，面包也吃空了。房门紧锁，阳台空着，放了一台洗衣机、两钵三角梅、两钵葱莲、一箱面包。野猫从水管爬了上来，进了阳台饕餮。清扫阳台，暗自发笑：轻功好，就要爬阳台吗？

天太冷，很多动物都冬眠了，如蛙蛇。很多动物活动急剧减少，如松鼠山鼠。甚至鸟也少了很多活动，只有天晴了，鸟才会唧唧啾啾地在树林里叫上一阵。野猫找吃食越来越艰难。三天，买一次鲫鱼，挂在杨梅树上，一次两斤。

　　李师傅给我送来一缸冬菜。白菜泡的冬菜，我喜欢吃。李师傅说：你帮我破了两天的竹片，冬菜也要吃吃呀。我说：冬菜好，冬菜配冬笋丝豆干丝，下粥下饭下酒，没有谁不喜欢的。拉开橱柜，给李师傅一盒藜麦，说：藜麦煮粥，吃冬菜，是冬食一绝。李师傅哈哈大笑。送李师傅下楼，转身回来，见四只野猫蹲在阳台上，肥肥壮壮的。我找了找，也没什么东西扔给它们吃，拿出半斤肉，切了块，扔在畚斗里，给它们吃。它们一边吃，一边喵喵叫。幸好李师傅送来了冬菜，不然呢，我晚餐的菜没着落了。

　　猫是阴性之物，被神灵护佑，可见鬼神。当然这是乡间迷信的说法。在孩童时养过家灵猫。它是个捣蛋鬼，在床上拉排泄物，吃小鸡，掏枣树上的鸟蛋吃。它就是不抓老鼠。春夜，猫在屋顶上叫春，喵喵喵，叫得撕心裂肺，让人毛骨悚然。它在屋顶上蹿来蹿去，边蹿边叫，忽东忽西。操起晾衣竿赶它，它叫得越发凶狠，有仇似的。

　　冬雨绵长，山风凛冽。怕冷，缩着脖子走路，走到十里外的农贸市场，买来一个饭窠（饭窠是一种乡间保暖器物，稻草编织，箩筐形，用于放饭甑），放在阳台上，做野猫窝。翌日早晨，又搬走了，搬到中土岭一个废弃的矮屋里（乡人放农具的小土房）。不想野猫在阳台打窝。我终究会离开这个居室，或许是一个月后，或许是半年后，或许是两年后。它们终将依靠自己过冬，依靠自己活下去。这样想的时候，心里特别难受。

雨后，晴了两日，又阴沉下来，北风从山巅滚下来，风球越滚越快，压断干枯的树枝和老死的松树。空气如惊涛骇浪。滚了一个下午，风球破了，夜陷入沉沉的死寂。雪飘了下来。嗦嗦嗦。雪落进了我阳台。一夜无睡。不知那一窝野猫睡得怎么样。

山　猪

　　BBC 曾推出过一个自然地理的片子（我不记得片名了），讲述假如人类消失，谁将统治地球。这个假设，很有意思。我也会这样去假设。片子里说，人类消失第一年，是老鼠统治地球；人类消失第五年，是野猪统治地球；人类消失第十年，是狼统治地球。科学家用数理作为推论，解释人类消失的地球。我的假设和科学家的假设有所差别。我认为，在人类消失以后的一百年内，地球都属于野猪统治。理由是：野猪是杂食性动物，食物太丰富了；野猪体形庞大，强悍，长有獠牙，群体性生活，它的天敌太少，即使狼和鬣狗这样的大型捕食者，要捕食野猪，也要付出生命的代价；野猪繁殖太快，超过豹、虎、狮、狼、鬣狗、豺等高等捕食动物的繁殖量。

　　郑坊镇下辖的洲村、台湖、西山、钱墩、石峡、楼村、枫林等几个村，均有先民垦荒出来的大量山垄田和耕地，以种植水稻、番薯、玉米、高粱、芝麻、黄豆、南瓜等农作物。

近二十年，山中田地大多荒废了，长满了茅草、灌木，人都无法进去。不是不种，而是无法耕种——种下的物产，被山猪糟蹋了，收成低微。离我家不足五百米远的地方，有一块坪塬，约有两百亩，是种瓜种豆的好地方。野猪每年下山，把地拱一遍，地成了荒地，再也无人种。董家山坞有二十余亩田，也种不了。那里有野猪窝。

野猪即山猪。一日，去山中一户远亲家看望老人。远亲诉苦说，种了几亩地番薯，被山猪拱得不成样子，又没办法解决山猪，地里种不了吃食了。土铳在十几年前被收缴了，任凭山猪糟蹋物产，山民毫无办法。我说，你带我去看看番薯地。番薯地在一个山坳，有七八亩，一个斜伸的山垄敞开得像一个口袋。山上林木粗壮茂盛。番薯地被拱翻了，一半多的番薯藤焦黄。山猪拱地，不仅仅是为了吃番薯，更主要是找蚯蚓、找蚂蚁、找蛇吃。我说，可以设个陷阱，把山猪捕获上来。

山民大多安放铁夹子，捕山猪。铁夹子放在地头或路边，用草虚遮一下，山猪踏过去，夹住了脚，被活活饿死，或被人击毙。山猪被夹住，嗷嗷嗷嚎叫。听了山猪叫，山民组织三五个人，扛着锄头，拿着斧头，握着大柴刀，赶往事发地。山猪见了人，疯狂地原地打转，露出满嘴钢牙，咆哮着向人发动进攻。铁夹子深深嵌入腿骨，山猪又无法脱身，便一直嚎叫。山民取下长竹棍，架进山猪的下身，四肢架得离地，一人用斧头猛力敲打山猪脑门。山猪喷出满嘴鲜血，血顺着鬃毛往下淌。嗷嗷嗷，山猪一直叫，叫得精疲力竭，腹部紧张地收缩，叫声渐渐喑哑下来，头往下耷拉，血糊了嘴巴，腿伸直，尾巴下垂。山民把猪放在地上，麻绳绑了四肢，抬回村。山猪太强悍，即使脑壳敲裂开，还暂时不死。若是四五百斤重的山猪，没有七八个人，还解决不了它。也有这样的事发生，架空了的山猪，突然挣脱了铁夹子，如同洪水迸发出来的体力，在瞬间发作出来，把人拱翻在地，疯魔一样撕咬人，或者把人推向深渊。

会打山猪的人，就是远远守着山猪，看着它困在铁夹子里，一天天饿下去，饿个三五天，山猪站都站不住了，趴在地上，伸出长舌头，舔土（补充水分）。体形越大、性格越凶悍的动物，越难忍受饥渴。饥渴是一把最锋利的刀，也是一把最柔软的刀，可以宰杀任何动物。山猪最终被饥饿击垮，它甚至没有表达愤怒的机会，便瘫倒在地。肉身难以承受饥饿的折磨。食物可以驯化任何凶悍的动物。驯鹰驯雕就是这样：把鹰或雕蒙上眼睛，饿三天，再喂肉给它吃，又继续饿，饿透了再喂肉，把鹰或雕的脾性磨灭了，便被驯服了。驯狮子、驯老虎、驯狼也是这样。越凶悍，越易被食物驯化。对食物需求量极少的动物，人无法驯服，如蚂蚁、泥鳅、萤火虫。越凶悍的，就是越贪婪的。

铁夹子却很少用，因为常常夹到人。远亲问：设什么陷阱可以捕野猪呢？我说，那太容易了，知道它爱吃什么，就可以设什么诱饵。远亲说，在山区，当然是番薯了。察看了山坳的地形，在入番薯地的靠山边空地，适合设陷阱。我说，在空地挖三米深两米宽两米长的立方体，三根竹棍横在距地面十厘米深的墙面上，盖板盖在竹棍上，用茅草遮一下，十来个番薯放在茅草中间，山猪过来吃番薯，脚踏在盖板上，盖板承重不够，往下快速坍塌，山猪没办法不落入地窖，再也上不来。为了防雨水落进地窖，可以盖一个四根柱子的茅草棚。这样的地窖，可以一直用下去。

远亲是个很有意思的人。陷阱先后捕获了三头山猪：两只小山猪，一头大山猪。大山猪有三百多斤，两颗獠牙如两枚匕首插在嘴巴里，随时可以行凶。远亲建了一个近似牢房的猪舍，把山猪养了起来。山猪是公黑毛猪，拱鼻粗大，鬃毛长且硬，眼睛陷在肉缝（眼眶）里。他把家养的母猪跟山猪交配。他说，山猪抗病能力很强，猪瘟发不到山猪身上。他养了一年的杂交猪，不再养了。杂交猪太能吃，他应付不了那么多嘴巴。他专门卖猪崽。

低山地带，山猪常出没，浩浩荡荡，十几只山猪一起进入西瓜地，扫荡一次，一季西瓜全无。有一次，山猪群进了村街。三只大母猪，带着八只小山猪，从猪毛坞跑到一片玉米地，又闯入一间无人住的屋舍，再游荡到村街。母猪嗷嗷嗷叫着，走在前面。小山猪嗯吟嗯吟嗯吟地叫着，跟在身后。挑粪桶去浇菜的李家老四，是第一个看见山猪的人，大叫一声："野猪进村了，赶野猪啊！"此时正午，呼噜一下，十几个男人拿着锄头，从自家厅堂奔出来，边赶山猪边叫："野猪来了，把野猪赶进巷子里，截住它！"山猪惊慌之下四处乱闯，有的跑进厅堂，有的沿街跑，有的往水田跑。

厅堂里的妇人见了横冲直撞的山猪，吓得爬上八仙桌，叫着自己的男人："猪把开水壶踢烂了。"山猪嗷嗷嗷叫，椅子凳子被掀翻在地，门板被撞裂。

几十号男人追赶着山猪。山猪跑得太快，跳墙、钻屋弄，一下子跑远了。人虽端着锄头竹棍，谁也不敢正面拦截它。有三个人被山猪撞翻在地。有两只各四十多斤重的猪崽，跑入田里，再也跑不了啦。田是烂田，泥浆深，泥浆裹腿。山猪跑了两块田，茫然地站在田中央，嗯呤嗯呤叫。它们在找母猪。几个人正要捉小山猪的时候，大母猪从山边反身回来，扑向田里，想把小猪崽带走。母猪斜横着头，咧开嘴，往人这边冲。一群拿着锄头的男人，往田这边赶过来，和山猪对峙着。山猪嗷嗷嗷嗷狂叫，耳朵竖起，眼睛从肉缝里暴突出来，咧开竹筒一样的嘴巴，亮出钢牙。人用锄头挖下去，山猪也不躲避，冲撞人。对峙了一会儿，大母猪背脊挨了两锄头，流着血，嗷嗷，嗷嗷嗷嗷，愤怒又伤心，跑回山中去了。其中一个站在田里的男人，吓得瘫坐在泥浆里，浑身大汗淋漓。

山猪确实会咬死人，尤其受了伤的山猪，眼珠发黄，不把伤它之人干倒，死不罢休。有逃生经验的人，不是跑路，而是爬上高大粗壮的树。人跑得再快，不如山猪快；人的体力再好，不如山猪体力好。山猪不会爬树，用身子撞树，或用拱鼻拱树根。山猪的力气再大，对一棵粗壮的树，毫无办法。人坐在树杈上，抱着树，安然无恙。有打山猪的人，一枪没干死山猪，慌神了，手忙脚乱，忘了补一枪。山猪受了枪伤，着了疯魔病一样，往人身上扑，把人撕咬得面目全非。

受伤的山猪扑人，抱着"与敌人同归于尽"的念头。它不是报复人，而是以死相搏，保护家族成员。这是三舅的经验。三舅说："野猪宁愿自己死，也要保护家族。"三舅是个老猎人，打山猪无数。他说，有一年，在田畈，伏击了一头大山猪，把山猪的拱鼻炸裂开了。他又补了一铳，射进山猪耳朵。山猪满头喷血，但并没倒下，反身跑。两条猎狗一路狂追。过了一个山坳，山猪用身子堵在洞口。洞是黄泥洞，洞内足够藏大山猪。两条猎狗咬山猪的头部，往外拉扯。山猪流了一地血，奄奄一息。三舅放下土铳，去拉山猪。山猪突然跃起身子，往外扑。三舅用长巾包住山猪的头，把山猪摔在地上。山猪离洞口的一刻，一头母山猪从洞里跑出来，带着九只小山猪，往山腰跑。

这件事，让三舅很感慨。他说，山猪对家族的爱护，并不弱于其他动物，也不弱于人。三舅把山猪埋在洞前的茅草地，压了三块石头在坟头。三舅再也不打山猪了。山猪值得他敬重。三舅说："野猪脾气暴躁，只有在生命受到威胁时，才这样疯狂。其实山猪很温顺，奶猪崽的时候，任猪崽折腾，母山猪躺在地上，一动不动，不会对猪崽露出凶相。"

前些年，有人在林地边拉电网，电击山猪。街上有卖山猪肉的铺子，卖不完，拉进村里卖。山猪肉价比家猪肉价高。电网晚上开闸，早上关闸。有晚上偷木头的人，不知道有电网，晃着手电打着酒嗝，进山。第二天被人发现，偷木头的人死在电网下，寸肤皆黑。偷山猪的人赔了款入了刑，可还是制止不了其他偷山猪的人拉电网。执法部门的人，去搜山里的电网，搜一副电网抓一个人，再无人拉电网了。

山猪最值钱的东西，是山猪肚。在赣东北，有一个治疗老胃病的土方，即吃山猪肚。把山猪肚晒干，和田七、人参一起磨粉，一天吃一小羹勺。吃三个山猪肚，胃病好了。山猪爱吃五步蛇，吃一条五步蛇，在山猪肚里留下一个黑斑点。黑斑点越多，山猪吃的五步蛇越多，山猪肚也越值钱。一个老山猪肚，卖一千多块钱。有人很信这个土方，四处搜罗山猪肚。我也曾很信，但现在不信了。

至今不明白的是，山猪为什么不怕蛇。无论多毒的蛇，山猪也把它吃进嘴里。它对蛇毒有天生的免疫力吗？山猪吃蛇，就像人吃一根油条吃一根麻花。对于山猪而言，没有什么不可以吃的。它吃草、吃小树、吃瓜菜、吃蛇、吃老鼠、吃蝎子、吃蜈蚣、吃蚂蚁，有吃尽吃。它真是不挑食的动物。不挑食的动物，就是烂贱的动物，易养易长，生命力特别旺盛，生育繁殖力特别旺盛。

在枫林，山猪最多的地方，是董家山坞。山坞的二十几亩山田荒废二十余年，茅草比人高。一条山路早被茅草灌木遮盖了。山猪常下山。一群山猪有十多只，跳下田垄，往山外跑，跑到太阳庙外的芋头地，拱东西吃。山猪在早晨或傍晚跑下山。养山羊的人说，董家山坞至少有三群山猪，一群体毛黑色，一群体毛栗色，一群体毛青褐色。最大的一群，有二十多只。有一次，我爸去董家山坞砍苦竹，看见一头大山猪死在茅草丛里。他反身回来，叫了巷子里三个年轻人，带上棍子绳子，去抬山猪回家。我爸说，山猪至少有三百多斤，鬃毛乌黑，分了肉，可以好好吃上十几天。三个年轻人很兴奋，说，山猪腊肉下谷烧，天王老子见了，也要坐上桌。

三个年轻人翻动山猪身子，发现肉孔钻出了很多肉蛆，大头蚂蚁满地都是。"野猪起码死了四天，肉腐了，不能吃。"我爸很失望地说。一个星期后，我爸跟我说了山猪的事，我忙不迭上董家山坞。在百米之外，嗅到肉腐的酸腥味。山猪四肢粗短，头大耳小尾短，脚有四趾，硬蹄，犬齿如钢牙。数万只大头蚂蚁爬在山猪的身上，钳肉。山猪的鼻孔、口腔、耳朵、肛门，塞满了蚂蚁。肉蛆肥粗。这是一个触目惊心的分解世界，蚂蚁作为微小的昆虫，分食了体量庞大的山猪，一粒一粒的肉糜被蚂蚁托举着，排着浩浩荡荡的长队，搬进蚁巢。鸟——绿翅短脚鹎、黄腰柳莺、棕噪鹛、红头穗鹛、短尾鸦雀、小仙翁——加入分餐的队伍，啄食肉蛆、酸腐的糜肉、蚂蚁。蚊蝇嗡嗡嗡，一团团地飞舞。

海洋中，有"鲸死，万物生"的说法，一头鲸死了，这个区域里的食物链生物复活了，丰富了。山猪是陆地上的"鲸"，为食腐动物、食虫动物，提供了充足的食物，腐肉进入土质，滋养了植物。

　　山猪被分解，让人不胜唏嘘。其实，任何动物在死后，都是被鸟啄、昆虫分食、细菌蚕食，化为尘土，回归乌有之乡。万物之神塑造一个物种，竭尽了自己的想象，尽其所美，尽其所能，尽其所长，让每个物种享其所养，乐其所供。万物之神才是全能神，所有的物种在大自然中找到安身立命的地方，不亏待任何一个物种，也不恩宠任何一个物种。

　　看不出山猪是怎么死的。它可能是自然死亡吧。山猪寿命一般是十五到二十年。据三舅说，山猪能预感自己的死期，临死前，独自离开猪群，找一个隐蔽的地方，躺下来，等待死神来临。山猪是何等智慧，独自享受安静的死亡。

黄麂之死

死亡是神秘的，甚至无法窥视。在低海拔森林，目睹过黄麂的自然死亡。

欲雨未雨，积雨云散去，阳光突然亮起来，葵花黄，盖满了森林。耀眼的瞬间，林木显得更挺拔。五裂槭、青冈、鹅耳枥、三尖杉、蒙桑、鹅掌楸等高大乔木把阳光撑了起来，滤下斜光。花叶扶桑、俏黄栌、九里香、红桑、毛杜鹃、木绣球、双荚决明、硬骨凌霄、杜梨等灌木，扎起一道天然的林缘篱笆。马溪从崖壁泻下，冲击着崖底岩石。崖壁数十丈之高，如刀削。站在竹塆村，可以看见瀑布湍泻，如一张巨大的白布。瀑声轰轰，传之数华里之外。

竹塆村是大茅山南麓半山小村，只有两户人家：一栋瓦房，一栋别墅。后山是一道无人涉足的山梁。荒僻，毛竹、乔木丛生，泥土路巴掌宽。路被高高低低的茅草、沿阶草遮掩。竹林往高山之巅蜿蜒，形成了壮阔的竹海。有一块山坡，被人砍了毛竹，无人管理和栽种，长起了乌饭树、硬毛漆、山楂、山毛榉、野山茶等灌木，以及芒草、蛇床、藚、野荞麦、野芝麻、姜花、野大豆、鼠曲草、败酱等草本。辛丑年丁酉月丁卯日晌午，我来探山，站在石磴上，看见一丛野芝麻晃动得厉害，便拨开草过去，发现一头黄麂躺在草窝。

黄麂是鹿科麂属动物，当地人称山麂或麂子，生性胆怯、谨慎多疑，白昼躲在灌木丛，晨昏出来觅食。黄麂十分惧人，略有风吹草动，就躲藏起来。它怎么躺在草窝呢？野荞麦被它压在身下，歪着头，斜躺着身子，四肢缓缓地伸一下，又缓缓地缩回来。它瘦弱如干柴，肩胛肉陷了下去，体毛蓬乱。它拉下眼帘，又睁开，看着我。它的腹部在剧烈地起伏，看起来它的每一次呼吸都很困难。它的嘴巴张一下，又闭合，周而复始。一同进山的朋友说："它的症状像中毒。"它虚弱而无力。它伸脚缩脚的频率在减缓，它呼出的鼻液有了黏膜。白白稀稀的黏膜，如米汤。

这是一头雄性黄麂。雄性黄麂具长而向后内弯曲的两叉角，如两枝卷柏。野荞麦正扬花，瓣白蕊黄，茎节各开一枝。我对朋友说："黄麂食草，不中毒，全身无伤口。是寿数到了，衰老而死。它的犄角又粗又短，角尖磨掉了。老黄麂才会这样。"

"趁肉热，我们抬回去吧，可以好好吃两天。"

"将死之兽，人亦哀之。古人尚且如此，我们更要人道。黄麂死在这里，你不能告诉任何人。"

黄麂在极力地撑眼皮。眼皮是最重的物体，撑起又盖下来。它撑不动了，留着一条眼缝，睫毛在抖动。一群苍蝇叮在它湿湿的眼角。我摸了一下它腹部，热热的烫烫的。黄麂的眼环在慢慢变黄变白。它的脚再也不伸缩了，勾曲，僵硬。它的腹部瘪了下去，微微起伏。它的舌头伸出了牙关，缩不回去，舌苔发黑。它的喉部在艰难地蠕动。它始终不发出声音。我拔野芝麻，盖着它。

坐在石碛上，有些茫然。山梁对面，是南北横贯的苍莽峡谷和峡谷之上梧风洞，山峰苍翠缥缈。空空茫茫的竹林，山鹪莺在嘘嘘嘘地欢叫。生命个体无论多雄壮，也必将死亡。

黄麂是鹿科动物中最小的鹿，叫声似犬吠，故称吠鹿，毛黄如焰苗，又称赤鹿，是独居动物，在低地山谷、丘陵、矮山冈，喜出没灌丛、草丛。我遇过黄麂在溪涧边吃草。

春日，一个人徒步去山中寺庙，途经水库，在山塆处，有沙沙沙的树叶晃动声从灌木林传来，我停下了脚步，隐在一棵喜树下。一头黄麂扬起圆滚滚的脖子，伸直前肢，竖起耳朵，啃食矮灌木叶。它脸短且宽，体毛棕褐色，颈背部深棕褐色，腹部白色，一对犄角如两把半月之弓。它潦潦草草啃食，嗦嗦嗦，把树叶撩进嘴巴。我拍了一下巴掌，啪啪啪，黄麂跳出灌丛，往山上跑，一跳一跳地纵跃，消失在松林。

癸巳年己未月至甲午年乙亥月，在福建浦城生活，认识一个杀麂人。九牧是途经的高山下小镇，竹木遍野。杀麂人在家门口摆麂肉铺，当时的麂肉价是一斤45元。肉铺斜对面路口，有一家小餐馆，烧农家菜，很合我口味。三天两头来光顾小餐馆。常见到麂肉铺上，堆着半边麂子，蝇虫飞舞。杀麂人是一个中年男人，个头偏矮，腰上扎一条蓝布菜裙，裙口袋塞着一包"利群"烟、打火机和散钞。看过他杀麂。黄麂被箩筐绳绑住了四肢，他老婆按住麂臀，他右手按住麂头，左手握着一把尖刀，试了试，找喉管。黄麂睁大了乌眼睛，在挣扎，四肢扭动。他一刀捅入喉管，血沿着刀背飙射出来。黄麂张大了嘴巴，呃呃呃呃呃呃，叫得很惊恐。血射在脸盆里，足足有两大碗，红红的，番茄汁一样。他老婆倒一碗盐水下去，搅动血。黄麂慢慢咽气，血在凝固，起了一层带血丝的白泡。

咽了气，黄麂的肉还是热热的。杀麂人伸出舌头，舔舔刀尖的鲜血，开始剥皮。刀尖从头割向脊背，割向臀部，一分为二。杀麂人左手拉紧皮，掀开，右手用刀剔皮肉，分割出皮。杀麂人抽了一根烟，喝一口浓茶，继续剥皮。烟一根接一根抽，抽到第5根，他把半截烟头吐出来，一张黄麂皮剥完了。

皮挂在竹竿上，淋着血。狗舔着地上的血，舔净了，又舔皮上的血。皮上的血凝固了，黑黑的，成了血块。杀麂人剖麂腹，剁刀剁下光溜溜（没有皮）的麂头，扔进木桶。剁刀厚刀背，刀口半月形。刀重沉手，他沿着喉管往腹部深深切下去，一直切到排体物处。他掰开腹肉，伸进血糊糊的手，掏出一把把热气腾腾的血团，掏出肠，掏出肺，掏出心，掏出肾，掏出胰。肺胰扔在地上，他噜噜噜噜噜唤狗。狗摇着尾巴，舔着下巴的血，叼起血物走到屋檐下吃。

沿着脊椎骨，他剁黄麂。一头黄麂分两半。他老婆舀起热水冲洗木墩，冲洗只剩下一堆肉骨架的黄麂。杀麂人开始叫卖：肉热，一口鲜，一口鲜。

盘亭镇与九牧镇毗邻。盘亭有一家餐馆，麂肉烧得好，食客盈门。餐馆由婆媳主厨，儿子负责烧锅、杀麂。他把活麂吊在院子的桂花树上，刀割麂喉，吊着剥皮，刀剔皮肉，把皮往下拉，现杀现剥，血洒满地。肉割干净了，树上吊着一副麂骨。取下的肉，直接入热锅。青椒炒麂肉，白萝卜丝炒麂肉，红烧麂肉，氽汤麂肉，炭焖麂肉，火锅麂肉，冬笋炖麂肉，火炉干锅麂肉。有少数食客不吃麂肉，吃麂骨。烧锅的儿子架起一口大锅，把白骨堆下去，放老生姜、胡椒、陈皮，熬一个时辰的骨头汤，汤熬好了，剁白萝卜、切豆腐下去，一锅煮。食客吮吸着骨髓，吃得满嘴油。

有一次，去盘亭，时间尚早，看烧锅的儿子杀麂。麂吊在桂花树上，四肢拼命地犟动，犟动一下，泪窝滚出一泡水。它的泪窝比眼窝还大，眼里的水不断地注入泪窝。它的喉咙鼓起来，发出"喔啊喔啊"的声音，既像犬吠，又像鸭叫，还像婴孩的哭叫。那是一种难以描述又忘记不了的尖叫声。刀割喉管，它的眼睛突然睁大，大得骇人，眼睛的光却瞬间暗下去，也无水涌出来。它的四肢撑了几下，慢慢伸直、伸直，脊椎挺直，头蔫耷下来，舌头伸直发硬，耳朵软耷，竖起来的体毛软下去。血顺着皮毛往下泻。他用手拍拍黄麂的头，说：这头麂蛮重，有40多斤。他剖开黄麂鼓胀的腹部，掏内脏，掏出一团血糊糊的肉。肉有小小的四肢和鹅蛋大的头。是麂胎。杀麂人的女儿十来岁，默默地流泪，哀绝似的低号：爸爸，你为什么这样残忍？

小孩子瞎说什么？一头麂可以赚半年酒钱呢。杀麂人说。

甲午年开始，我不吃家禽家畜之外的飞禽走兽。我曾是个热衷于吃的人，没有什么食物不敢吃。我也曾是麂肉店的食客之一。所以，我也是背负罪孽的人，并不因为禁口了，而消除了罪孽。吃下去的生命，永远无法救赎。

大茅山山脉东西横亘30余公里，山体堆叠，渐渐抬升，形成大茅山主峰。这里有着茂密的原始次生林。山脉以东，高大的山体交错，如大地隆起的肌肉。交错地带是小峡谷或高山盆地，涧水飞泻，山坡低缓，灌草丛生，阔叶乔木参天。这是黄麂最理想的栖息之地，食源丰富，易于藏身。东部高山之下有一小村，叫革畈，有职业捕黄麂的猎手老汪头。

黄麂有自己的领地，活动范围半径约为3公里，以草窝为巢穴。老汪头会辨认兽迹。兽有自己独特的路，野猪、野兔、黄鼬、狐狸，莫不如此。草往两边压倒，脚印如梅花，便是黄麂之路。草丛有团状干涩粪便，就确凿无疑了。他不用铁夹子捕猎，而是用绳套。绳子一端绷紧在树的高枝，另一端打一个绳套，绳套圈在机关（陷阱）上，黄麂踏上机关，树枝弹回去，黄麂被吊起来，倒立在树下。方圆几十个村子，唯老汪头有此绝活。我表哥很想拜老汪头为师，提着烟酒去了好几次，他也不收。他说，猎人无善终，作恶太多。

胎不离身。这是赣东北一带的说法。小黄麂长5个月，即性成熟，离开母麂独自生活。母麂怀胎7—8月，生下小麂，在哺乳期也可怀胎。雄麂在发情期间夜夜吼叫，声传3华里之外。雄麂夜间满山游荡，翻过一山又一山，喔啊喔啊地吼叫，去寻找"情人"。它像个孤魂，出没于丘陵、河滩、山冈。猎人驼背老五说，雄麂会离开巢穴60华里，找母麂求欢。陪伴母麂3天，月引雄麂沿山脊线回到自己领地。也有迷路的黄麂，进入村舍，误闯农家小院。

进入农家的黄麂，不可以打也不可以收留，得放回山林。不然厄运降临。入了院屋的黄麂，是自己的先人，想家了，回来看看后人是否安康。这是赣东北民间俗规。有很多动物，入了农家不可以伤害。蛇无论多毒，不能打。蛇是故去的父母或祖父母或外祖父母来托梦。黄鼬是庙殿里供奉的神仙，也不可打。狐狸是前世相恩相爱之人，也不可以打。松鼠是土地公的报信人，也不可以打。用现在的话说，这是迷信。在农耕时代，这些哺乳动物在乡野常见，以宗教或寓言的方式，代代人口口相传，形成俗规，以育村人良善，与动物和睦相处。

黄麂性怯，但刚烈。误入院子，它出不去了，就猛烈撞墙，咚咚咚，脑壳撞裂而死。这个时候，有人施以援手，施救它出去，它一步三回头，恋恋不舍，然后发力奔跑，去往山野。

黄麂性僻，除了它的母麂，它不与其他同类为伍，也不与异类为伍。它没有任何朋友。它是世间最孤独的动物。麂之死，是孤独者最后的涅槃。

自然死亡，于哺乳动物而言，十分神奇。哺乳动物可以预知自己的生命最后期限。猴子、野猪、老虎等族居动物，在预知自己死亡的前一天，会离开族群而去往秘密之地，安然躺下来等待死亡的来临。死前，它会饿自己，饿到没有排泄物了，找一片草蓬或灌木茂盛的坑道或洞穴，舒舒服服地躺下去。

目睹黄麂之死，觉得死亡并不会如想象当中那样可怖可怕。它死得安然坦荡。它几乎没有挣扎，面部也不狰狞。它的呼吸慢慢衰竭，如水慢慢减弱直至断流。或者说，它放弃了与死神的抗争。作为生命个体，没有任何能力与死神搏斗，任何搏斗都是徒劳的。死亡是个体的，也是神圣的，需要一副安详、良善的临终面容。从容不迫地活过，就该从容不迫地面对死亡。死神就是没有尽头的时间，以无限的时间结束有限的生命旅程，一切都变得微不足道。

过了两天，去看死黄麂。百米之外，我就嗅到腐肉腥酸味。鸦、鹊在喳喳叫。普通鵟在山谷上空盘旋。棕腹树鹊、松鸦、喜鹊、鹊鸲，啄食糜肉。黄麂的腹部胀胀的鼓鼓的，像灌满了水的囊袋，眼窝爬满了皮蠹。它的身子爬满虫子：土元、大头蚂蚁、粪金龟子、食腐甲虫、蛞蝓、千足虫。它的耳朵还挂着两个蜗牛。绿头苍蝇嗡嗡嗡，成百上千只。它的排体物处，渗流出黄脓的液体。

第7天，腹部破膛了，内脏流了出来。肉孔蠕动着肥嘟嘟的白蛆。眼睛被噬空了，皮蠹在口腔和耳朵内蠕动。排体物处溃烂出一个杯口大的洞，线蚯钻了进去。伯劳、银脸长尾山雀、山噪鹛、王鹟，在啄食虫子。乌鸦扑在腹部啄食糜肉。

第12天，黄麂露出了脊椎骨、肋骨、腿骨。鸟雀在吃成堆的蛆虫。头骨空空，一副骷髅的模样。脸骨很窄，额骨短而宽。眼睛和耳朵，成了互通的洞。在竹坞瓦屋歇脚，屋主是一对年过七旬的老夫妇。大婆患有白内障，看人眼朝天，走路踮着脚。她是个热情人，给客人泡茶。大叔偏矮偏瘦，听力不怎么好，不爱说话。大婆说，她的大儿子在好几年前意外死亡，儿媳妇带着小孩改嫁去了绕二镇炉里，30多岁的二孩子还单身着。瓦屋是她借居的。天下雨，雨水从瓦缝滴下来，打在香火桌上，啪嗒啪嗒。

第37天，黄麂只剩下一副骨架和破破烂烂的干鬃皮。我铲起泥土，把剩物填埋了。剩物最终在泥下消失，皮骨化为泥土的一部分。似乎它从来不曾来过这片山林，甚至不曾活过。它所有的肉体痕迹被抹去，脚印消失，吼叫声消失。它吃过的草叶无影无踪。它的肉身彻底消失了。但它并非终结，并非消亡，生命是断断续续的存在。一头自然死亡的黄麂，进入了万物的循环。个体生命的伟大与渺小，均在于此。

　　自然死亡，是生命的至高境界。站在瓦屋前，眺望群山。群山缄默。天已半秋，风带半寒，茅草半枯，毛竹半黄。似乎一切都不曾发生，也似乎正在发生一切。

黄脚胡蜂记

　　我一眼就看到了大蜂巢吊在枫香树上，像个大蒲袋，也像个褪色的手提灯笼，细看之下，还像个竹丝油篓。蜂巢泥白色，呈长筒状，吊在枫香树冠层下斜出的枝丫上，被泛红的树叶缀饰。枫香树高约25米，从溪岸的常绿阔叶林突围而出，露出塔形的枝杈。溪叫焦坑水，大源林场在溪的最上游，蜂巢就吊在林场老屋后。

　　林场仅仅作为地名存在，在二十多年前，屋舍已成废墟。屋舍是一栋木结构的排屋，有六个房间，房门紧闭，一条大黑狗拴在一个木桩上，见了陌生人就汪汪汪叫。洪德泉老人说，三年前，有养蜂人居住了，后来不养蜂了，屋舍又空了。屋舍左侧、右侧被竹篱笆围出两个大菜园，篱笆爬满了扁豆藤，藤上是密密的叶、不多的花，结着零星的扁豆。这是两块菜地，种着黄芽白菜、油冬菜、芥菜、卷心菜、白萝卜、香葱、大蒜。站在篱笆门口，就可以看见蜂巢招招摇摇地悬吊着，像个用旧了的长脚鼓。洪德泉老人站在门槛前的台阶上，抬眼就望见蜂巢，自言自语：吊得太高了。他一直想把蜂巢取下来，他接了两根竹竿，在竿头扎了一把钩刀，割蜂巢，可刀够不着。他说，割下蜂巢，取蜂蛹泡酒，可以治牙痛、顽癣、腰疼、关节痛，明眼，祛风湿。他长期生活在山区，就想祛湿气。

在大茅山南麓、灵山西北麓的大山区，有非常多的大蜂巢挂在高树上，尤其在溪边高树常见。这是黄脚胡蜂的蜂巢。当地人称黄脚胡蜂为油箩蜂。油箩是指蜂巢形状。也有当地人称之游锣蜂。黄脚胡蜂是昼行性昆虫，飞行时，翅膀舞起来，发出"当当当"的振翅声，像打锣。它在林中飞舞，就像打锣人在漫游。黄脚胡蜂以蝗虫、蚱蜢、中华益蜂、蛾、蜻蜓为食，它尖长的螫针细如蚕丝、硬如蒺藜，扎入猎物体内，注入毒素，猎物瞬间瘫痪。家蜂（学名中华蜜蜂）扎螫针，针钩入肉，拔出时会拖出自己内脏，扎一次，自己也死掉了。家蜂以死相拼，防卫自己或蜂群。黄脚胡蜂的螫针无钩，像一支注射针头，可以无数次使用。黄脚胡蜂尤喜吃家蜂。

与林场排屋隔路相对的，是一栋废弃的木构民房。民房较为低矮，檐廊却宽，摆放了九个蜂箱，房子侧边的余屋（通常堆放杂物或圈养家畜）也摆放了八个蜂箱。蜂箱盖了棕衣，棕衣上盖了破圆口锅。养蜂人走了，蜂箱还空留着，蜂箱口的箱板被蜂油浸透。檐廊角一个蜂箱还有蜂，在进进出出，嗡嗡嗡嗡，虽已入了深秋，蜂还在采蜜。这是残留蜂，过了三年，它们还在繁衍生息。一只黄脚胡蜂在蜂箱口，在杀蜂，它用肢足撑住蜂，螫针刺入蜂的腹部，蜂振了振翅膀，就瘫在地上了。

　　卖蜂蜜是山民很重要的收入之一。山民大多养蜂或收蜂。洪德泉老人会箍桶、会育菇、会剥篾，也会收蜂。他一辈子没有离开过大源。在二十世纪八十年代，林场有四十七户，在2000年，只剩下他一户。大儿子亨勇、二儿子亨平成家后，外迁了，去了城里和绕二镇重溪生活。洪德泉和爱人王细你留在了大源。大源没有通讯设备，他要打电话了，往下游走三里到施家。施家有二十余户，溪环村向西而去，枫香树、樟树、枫杨树等高大乔木，遮了半边村舍。他爱人王细你是绕二镇炉里人，1975年，她二十二岁嫁来大源，就是看中了他厚道，会养蜂、收蜂、育菇，不然，哪会走三十多里路来大山区过一辈子呢？

　　在山上，洪德泉放了二十多个蜂箱，蜂箱放在石崖之下或倒塌的老木之下，收野蜂。野蜂大多是山蜂。山蜂产蜜量高，蜜质清香醇厚，无杂质，蜜价也高。可一年也收不了几箱蜂，今年（2023年）一箱蜜也没刮上。他又箍了十二个圆桶蜂箱，用栲木箍，粗铁丝箍桶板，桶盖桶底都是栲木。栲木有浓郁的木香。他在蜂箱内板涂上蜂蜡，一个一个背到山崖上。他说，他最想收的是油笋蜂，也始终没收到。没收到，是因为他爬不了高树，捉不了蜂王。

　　有了蜂王，蜂群才会跟着来。油笋蜂以蜂王为群，蜂王到了哪里，蜂群就到了哪里。新出的蜂王大多被创始蜂巢的蜂王杀死、吃掉。油笋蜂会种内相食，确保创始蜂王的"王位"。年轻时，洪德泉敢爬高树，用绳子绑住腰身，穿上防护服，去捉油笋蜂蜂王。他把蜂巢剥开，群蜂飞出来，叮住他，密密麻麻。

剥蜂巢极度危险，胆小的人被蜂围攻，掉下树，不是摔死就是残疾。油笋蜂是剧毒蜂，蜂毒可致人之死。油笋蜂脸如虎，颊、后头、颜面下部、触角为赤褐，有黄黑相间的腹节环，被当地人称作黄马蜂。我有同学在大茅山东麓革畈教书，他有一个学生在山上砍杂木，惊动了树上的油笋蜂，被蜂群围攻，全身赤肿，当夜就毒发而死了。这是多年前的事。去年，畈大乡有山民去山中干活，被油笋蜂攻击，痛了两天，毒发而死。被蜂蜇死，是因为蜂毒，也是因为山民对蜂毒的危害程度不了解，失去救治时间。有一种收蜂王的技术，不用剥蜂巢就可以直接收，叫呼蜂。呼蜂需要准确算出新世代的蜂王破蛹时间、飞离蜂巢时间，以与油笋蜂相同的口哨声，呼叫，把新蜂王呼叫过来，收进蜂箱。新世代的蜂王不会在创始蜂巢久留，离巢创建新蜂巢，形成新蜂群。离巢、建巢，是收蜂人唯一捕捉新蜂王的时间。呼蜂是难度最高、最神秘的收蜂技术，洪德泉不会。在大茅山，我见过很多收蜂人，没见过掌握这门技术的人。

在武夷山脉北部余脉的龙泉山张老岩，我见过呼蜂人。他世代在山里养蜂、育木耳香菇。他对油笋蜂的世代繁殖烂熟于心，他根据蜂进出蜂巢的数量，就可以判断新世代处于什么阶段。油笋蜂是全变态昆虫，一生经历卵、幼虫、蛹和成虫阶段。9月下旬至10月初，雄蜂先1—2天羽化，等待与新蜂王交配。交配后，新蜂王寻址营巢，产卵过冬。在羽化期，他几乎守在高树下，等着新蜂王离巢出来。油笋蜂不产蜜，收蜂，只为它的蛹。蛹富含氨基酸、蛋白质、多种矿物质，蛹既是食物，也是药物，很是金贵。

　　大源峡谷是绕二镇境内最长的一条峡谷，约八公里长，从重溪村转入米亭畈，一直往东而入，过了横港，入了喇叭口状的大山谷口，曲折弯回，两边山梁渐渐抬高，像两条斗旋的草龙。溪约十米宽，从乔木林之间隐约奔流。溪哗哗哗，有一种古老、不朽的韵律。这种声音会掩盖一切的声音：鸡鸭啼叫声、电瓶车声、秋蝉声及人声。与溪水声相较，一切的声音都是极其短暂的。溪对于辽阔大地，不仅仅是流水，也是一把竖琴，被水不知疲倦地弹奏。过了施家，峡谷荒芜村烟，树兀自生长兀自枯死，鸟兀自飞翔兀自鸣叫。溪石黑色，裹着厚实的青苔，或长着石菖蒲、水蕨。数十米高的枫杨树从溪中拔地而起。溪边开了各种紫菀花。大源林场再深进峡谷一华里，便是洪家，这里是交通道的尽头。交通道并无车辆往来，平常只有一辆爬山虎拉砂石进来。开爬山虎的师傅叫苗苗，半秃，高大，年轻时可托举手扶拖拉机头，甩起拖拉机以后轮为圆心打转。这么长的峡谷，在溪边，有三个黄脚胡蜂蜂巢吊在树上。

交通路的尽头，并不是路的尽头。路哪会有尽头呢？路在走路人的脚下。交通路在水潭前分岔，往右边山麓而上，是龙潭穴，翻过山，是横峰县第一高山米头尖；往左边山麓而上，是更深更陡峭的山谷，枫香树、漆树、青冈、木荷、杉、翠竹等遍野，翻山而下就是华坛山镇刘家林场。往左或往右，路是荒废的老路。山田长起了杉、野山茶、野枇杷。两条溪流中间的山尖，叫茅草杠。山尖是稀草地带，再也无乔木。

在野路边的石崖缝，放着洪德泉的蜂箱。他在收山蜂。这里是野花的世界，也是山蜂的世界。山蜂比家蜂小，尾部金黄，头部漆黑，抗寒，一个大蜂群有数万只。黄脚胡蜂吃山蜂。胡蜂以群袭击山蜂巢穴，绞杀、猎食。若三五只或数十只胡蜂入侵巢，山蜂就分割小胡蜂群，一团一团地包住，反猎杀。黄脚胡蜂成了食物。

溪谷有很多老树自然死亡，倒下来，横在岸边或溪面。老树有水青冈、枫杨树、枫香树、土松、栲树、苦槠、麻栎。栲树木质坚硬，洪德泉锯了树头、去丫，拖原木回来，解板，做蜂箱。倒下的树，有的是他见证了发育、生长、茁壮、衰老，有的是他自小就见到一直苍老到现在，毫无变化，直至突然倒下。老树倒下，会引起他内心一惊。很多老树倒下，是因为被白蚁蛀了树皮，树腐烂，轰然倒下。也或因为被天牛蛀空了木心，木质蛀出纱布似的纤维，被风或山洪摧倒。露在树皮外的白蚁，被黄脚胡蜂做了食物。

不做蜂箱的老木，被锯成两米长一截，堆在门前空地，育菇。菇是平菇，菇菌沿着木头寸寸发出菇，菇肉厚，麻褐色。他已经四年没有放菇菌了，木头还在发菇。菇成了野菇。这是地道的纯菇。黄脚胡蜂喜欢在菇木上歇脚。朽木多昆虫、多蛾。初夏时节，毛毛虫羽化为蛾，翩翩然然。那个离开大源的养蜂人，我没见过。是不是因为黄脚胡蜂太多，杀死了他家蜂，放弃了养蜂呢？

严厚福兄是重溪人，也是我同学，他说，大源油笋蜂多，普通鵟多，可为什么只有冬春季看见普通鵟呢？

普通鵟是冬候鸟，4月之后，就回北方了。我说。

鹰科鸟，大鹰为雕、中鹰为鵟、小鹰为鹰。普通鵟翼展122—137厘米，腹白，初级飞羽有白斑，有栗色的髭纹，背部褐色或灰褐色，以蜥蜴、野兔、鸟类、蛇、蛙类等为食。在吃饭的时候，王细你老人说：昨天下午，我去溪边洗菜，看见大鹰（普通鵟）吃我的番鸭，翅膀啄烂了，头啄空了，我挥手赶它，它飞走了。留下了这半只鸭。大鹰吃过的鸭，谁吃过？

说罢，她很开心地笑了起来。她说，番鸭太重了，大鹰叼走不了，就用脚踩在石头上撕肉吃，鸭子养得肥，还是好处多。鸡被大鹰叼了，就飞到大树上吃，一只鸡被吃得干干净净，树下一地鸡毛。

洪德泉老人说，山上野鸡、野兔多，大鹰吃不完。野鸡在茅草杠以下的两边山谷栖息，有环颈雉、白鹇、白颈长尾雉。他的话让我一下子激动起来。环颈雉、白鹇，我见过很多次，可白颈长尾雉没见过，它的栖息地我也没去过。据我所知，大鄣山、五府山、铜钹山等高海拔腹地，有白颈长尾雉栖息。但我都没有登上去过。在大茅山山脉与灵山山脉交会的大源，出现白颈长尾雉，令我惊喜惊讶。我便约他，明年开春了，去龙潭穴山林寻看白颈长尾雉。

开春好，油笋蜂也出巢了，满山都是蜂打锣的声音。老人说。

洪德泉老人四季种菜，不施化肥，不喷杀虫剂。他两个孩子每个星期来大源，带时蔬去吃，菜头菜脚喂鸡鸭。白菜、卷心菜、菜薹、甘蓝、芥菜等十字花时蔬，是很多蛾类、蝶类寄主。两个大菜园孕育了虫蛾，也食养了黄脚胡蜂。一个大峡谷有一对老夫妇，可称天地之合。蜂巢吊在枫香树上，有十余年了。黄脚胡蜂是老夫妇最近的邻居，相互仰瞻。

黄脚胡蜂营巢需要八个月完成。巢就是安居之所。随着蜂群增大，巢也增大。在大茅山东麓，我取过一个箩筐大的蜂巢。据山民说，这个蜂巢有四十多年了，一直有蜂进出，空巢还挂了十多年。取下巢，我一片一片掰开，发现死蜂蛹和死蜂极少，正边六角形的蜂室看起来像一个个孔。孔连着孔，形成了一层层的巢瓣，巢瓣正圆形，叠出了圆塔，塔端如笠帽。黄脚胡蜂是死在巢外的，死不占室，空出巢室，供下个世代的蜂使用。蜂巢挂在野外，十几年也不腐烂和霉变，手捏搓一下，破如废纸屑。巢无蜂蜡，由唾液混合的植物纤维垒巢。一个箩筐大的蜂巢，其实非常轻，约四斤来重。我数了中间一层巢瓣，有九百六十七个孔，全巢有十七层巢瓣。一个创始蜂王，在一个蜂巢里创建了自己的帝国。正六边形创造出了极限生命空间。

神　灯

　　夜，一盏茶的时间便来临了，来得不知不觉，柔纱般蒙了视野。夜的重量与露水相等，垂压草叶。我在乡民家喝茶。乡民是一对老夫妇。他们是唯一生活在石头部落（龙头山乡的一个自然村）的住户。这是一个僻远、树木掩映的山中小村，有十余栋石墙或黄泥墙的老房子，枣树遍地，溪床宽阔，青山高耸。其他住户外迁了，留下了空空的老房子。老房子木门虚掩着，随手一推，咿呀一声，灰尘落下来，像迎接不归却终归的人回来。厅堂里的八仙桌还在，长条凳还在，木柴堆在灶膛下，水缸里的水（山上引来的泉水）还是满满的，溢出缸面的水汇入水池里。鱼在水池里忘然而游。鱼的世界只需要一池活水。土墙长了黝青的苔藓，络石藤爬上窗户。指甲花开在墙缝，无人打理的蕙兰遮盖了花钵，枇杷黄熟在树上，米枣婆婆，燕子在空落的厅堂筑巢。

　　喝了茶出门，四野虚黑，夜吟虫唧唧唧唧。村口一棵老香樟，耸起一团墨黑的影子，屋里的灯光虚淡。溪边飞舞着一粒粒萤火。溪水叮叮咚咚。这里是泊水河源头之一，处于大茅山东麓，与怀玉山西麓相衔。萤火，我已多少年没有看过了。萤火，梦境一样存在于每个人的童年。

萤火虫、蝴蝶、蜻蜓、蟋蟀、蚂蚁，构筑了乡野孩童的生命底色。它们既是彩绘，又是音乐和舞蹈。它们以光色、音质、舞姿，及形体之美，塑造了我们的生命之韵。

我收集过萤火虫。我们坐在院子樟树下歇夏。星星来得迟缓，萤火虫打起萤光闪闪的灯笼，从水边腾空而起。一个个灯笼，藏着世间最美最小的火。我祖母摇着蒲扇，对我说：一粒萤火就是一盏来自阴间的灯。我问祖母：为什么是阴间的灯呢？

阴灯没有热度，阳灯会发热。我祖母说。

是啊，白炽灯热得烫手，蜡烛燃得噗滋滋作响，油灯点着灯芯供佛。飞蛾扑扇着翅膀，朝灯扑去，扑着扑着，落了下来，被灯火烧死。田野里架着星落似的灭虫灯，荧光灯下架一口大锅，虫蛾扑着荧光飞舞，发出吱吱呲呲的翅翼振动之声。虫蛾被光魅惑，跳起死亡之舞，翩翩然然。那是另一种蝶恋花。虫蛾落在大铁锅，被水溺死。细雨之夜，雨筛下来，雨线被荧光刷白，丝丝缕缕，寥寥轻轻，娉娉袅袅。虫蛾追逐着雨线，追着光，上上下下翻飞，被雨滴击落。一群群虫蛾前赴后继，追逐、死亡。一盏灭虫灯，一个晚上灭杀大半锅虫蛾。虫蛾捞出来，倒在田埂上，被鸟啄食被蛙吞食。

我们追萤火虫，捉它。我们跑动，它就飞得更高。它们飞散。我们跑动带起的风，惊扰了它们。它们可以敏锐地感受到风的流动。它们飞在树叶下，飞在瓜架下，或者干脆低飞在溪面上。萤光坠在水面，漾开，不下沉。光有了白绒绒的雪绒毛，如蒲公英在夜梦飞。溪面数百数千的萤火虫在低飞，萤光忽闪忽闪，照见了溪鱼，照见了临水的射干花，照见了洗手人的脸庞。看着那么多萤火虫，我们停下了，恍惚了起来，不相信这是个真实的世界。

孩童时顽皮，我剪下旧纱布蚊帐，制作一个手抄网，捉萤火虫。网对着萤火虫扑下去，捞一下，粘住了，捉起来，放入玻璃瓶。玻璃瓶是雪梨罐头瓶，一个空瓶可放二十多只，萤火虫在壁上爬，尾部翘起来，萤光扑闪。我把玻璃瓶放在床头柜上，沉沉睡去。半夜醒来，瓶里仍有萤火。漆黑的夜，促织在唧唧，油蛉在嘻嘻，水螅在嘘嘘。天方亮了，夜吟虫才会停止鸣叫。萤火照亮我房间，壁虎在墙上捕蜘蛛吃，月光被木窗隔在外面独自白亮。玻璃瓶里是另一个美妙无穷的世界，里面住着七个小矮人，住着白雪公主，住着美人鱼。卖火柴的小女孩在里面度过飘雪之夜。萤光多像雪花在飘啊。

我确信，萤火虫是离我们最近的星星。星星铺在水里，落在我玻璃瓶里。天亮了，星星隐去，退到我们看不见的地方，等待夜晚来临了，又回来。只要有夜幕，星星就会闪耀，在眼际飞舞。它们在唤醒我们，也在唤醒你们。唤醒过来的人，冰雪残融，溪流在心里涌动，杜若开出了紫白色的花，三白草和地锦长满了院角。歇夏了，我每晚收集萤火虫，要么放入玻璃瓶，要么放入火柴盒。一只火柴盒，放4只萤火虫，半闭半开，萤光从盒缝溢出来，淌满了木桌或抽屉。那是一种神奇的光，黄白、橙白、红白、绿白、纯白，幽柔之色融在白里。光随着夜黑的加深，渐渐明亮，亮如星瀑。瀑光在匀射，光核在无声炸裂，持续炸裂。每炸裂一次，我看到夜的壁垒在倒塌，空出了凉夜之下的旷野。溪水潺潺，川穹瓦蓝如海，禾苗在默默灌浆，吹叶笛的少年望月吹奏。我把玻璃瓶浮在水缸里，搅动水，玻璃瓶一荡一荡地旋转。萤光也一荡一荡地旋转。大水缸里，落满了幽蓝浸透的白光，罩着一个广袤的星空。我去巷子里玩，不带手电也不提灯笼，把玻璃瓶举在手上。一团团的光从瓶里洇开，蓝莹莹。巷子似乎变得更狭长，墙影拉得更短。萤火虫是魔术师，变幻着夜的格调。

夏天还没过完，空气点一根火柴就可燃起来。萤火虫在立秋之前，便无影无踪了。夜冗长，让人烦躁，死气沉沉。玻璃瓶空空，缺乏想象。

我去了城里读书之后，就没见过萤火虫了。城市里没有，我生活的村子里也没有。萤火虫去了哪儿了呢？它消失了吗？稻纵卷叶螟还是那么漫天飞卷，敌敌畏、甲胺磷也灭绝不了它们。一季水稻打3次农药，稻虫越打越猖獗。近年，我去了很多地方，都没见到萤火虫。

我自学了博物学之后，才了解到萤火虫是一种极其脆弱的昆虫，对栖息环境要求非常严苛，有任何污染（空气污染、水质污染、地表污染）都会致其大面积死亡，甚至灭绝。灭绝之后，却不可逆。有些物种灭绝了，随着栖息地的生态恢复，物种会迁徙而来，或迁居而来，再度恢复。且不说兽类鸟类爬行类，植物和鱼类也会自然恢复 —— 风、鸟、昆虫带来种子，风吹来了鱼卵。但少部分昆虫和两栖动物（如娃娃鱼、棘胸蛙）局限在特定的环境栖息，不迁徙不迁居，高度依赖环境生存，一旦受到污染或侵害，便遭受灭绝之灾，永不存在。萤火虫属于这类昆虫（生态标志物种）。

不是无污染的环境，萤火虫就可以生存。它的严苛在于必须有水源（在水中孵卵），草木茂盛（可供栖息），潮湿温暖（易于繁殖），且在低海拔地带。是的，我们还有哪一片村野没有喷洒农药呢？哪一条溪流没有排放生活污水呢？

萤火虫是萤科发光昆虫的统称，又称亮火虫，依照幼虫生活环境，可分为陆栖、水栖、半水栖；依照成虫活动规律，可分昼行性、昼夜两行性和夜行性。水栖萤火虫幼虫吃螺类、贝类和水中小动物，陆栖萤火虫幼虫吃蜗牛、蛞蝓。萤火虫是变态性昆虫，卵、幼虫、蛹、成虫均会发光。成虫的腹部有一块发光器，由发光细胞、反射层细胞、神经与表皮等所组成，荧光素酶和荧光素在催化的作用下，发生化学反应，发出了多种色谱的光。当然，这是生物学家对萤火虫的分类和研究。我执着的是，为什么萤火叫阴灯呢？

我想起了乡野的另一种火 —— 磷火。在荒山野岭，夜间突然燃起一丛或几丛或数十丛绿茵茵的火，四处跑动，散布冥寂之野，与树影共舞，如鬼魂抬灯。乡人遂称之鬼火。死人之骨燃起磷硝，乡人不知。鬼火亦称阴火。乡人说，阴火是扑不灭的，自来阴魂，没有热度。鬼火是常见的，但并无人触摸过。磷火随风而飘而散，人又怎么可以触摸得到呢？

是火，就有热度（热辐射）。没有热度的火，自然是来自阴间。先人是这样理解的。民间于是有了萤火虫是人死后的精血变来的说法。现代精密的仪器检测出来，萤火虫在发光时，不产生热辐射，也不产生磁场，所以光是冷的，称之为冷光（具有重要的仿生学意义）。仪器是冷冰冰的，科学的解释也是冷冰冰的，让独一无二的物种失去了神秘感。独一无二就是无可代替。阴灯，是一个多么让人遐思的事物，让我们知道这样的事实：有活着的，就有死去的；活着的，都会死去；死去的，会以某种方式活回来。这与人的记忆、思念、缅怀、凭吊，具有很多相似性。一个死去多年的人，我们突然想起，与其共餐或夜话，与其剪西窗烛或听巴山夜雨，那么死去的人在我们心底又活了回来。哪怕是一条家犬死去多年，我们还会记得家犬在门口望着我们踏雪归来，低吠，摇尾。让我们确信，生命不会轻易消逝，消逝的是肉身或生命的表征，鲜活的、动人的、温暖的细节会以某种形式还原回来。生命的伟大在于：一个生命会感染另一个生命，并因此得以保存高尚的品质。

大多数昆虫在成虫阶段，生命期非常短，短则数小时，长则数十天数月。萤火虫一般活7—8天，最长不超过30天。一年完成一个世代。世间万物，皆蜉蝣之物。在时间的比例尺下，长与短，都是相对的。没有绝对的长，没有绝对的短。

造物主是神秘之主，万物皆为它所召唤所安排所派遣所驱离。凡神奇的（具有生态学意义）物种，皆高洁（对生存环境严苛），皆脆弱，如同人间珍贵的赤子。萤火虫属于昆虫界的"赤子"，提灯行走夜间。它是黑夜的灯客。如鲁迅在《这也是生活》中所言：无尽的远方，无数的人们，都与我有关。

石头部落出现了萤火虫，让我惊喜。我不是来寻找萤火虫的。我溯源泊水河来到荒僻之地，见满山的林木、溪边茂密的枫香树、洁净的溪流，进入了荒村溜达。乡民好客，留我用茶。他早年种香菇，在溪边河滩、荒地、山边，种了数千株枫香树，留作孵菌之用。他年迈了，种不了香菇，枫香树自长成林。小村鲜有农田，早年乡民以种山货、采山货为生。生活多艰，他们在30年前陆陆续续外迁，在城镇谋生，留下了大片荒地。那个窄小的山坳，没有机会被农药、化肥所污染，让萤火虫得以生息。溪水清浅，虫吟鸟鸣。我看到围了石墙的菜园长满了荒草，老屋木门被雨霉黑，廊檐木柱倾斜，桃子无人采摘，我心里有一种说不出的滋味。酸楚，是因为那些离开的人；窃喜，是因为留存下来的萤火虫。溪水无尽，不可止歇。溪水沿途发育，汇流成河，聚河成江，江入湖海。江水流到蓝。

星光朗朗，月还没升上山巅。我赤足下河，在细软的沙子上奔跑。

河边树丛、草丛，腾起莹白的萤光，四散而开。它们是坠入凡间的星星。它们以光色、亮度，作为语言，彼此交流（求偶、预警、威胁）。夏蝉在刺槐上，吱呀吱呀地叫。蝉越叫，夜越深，星越白。在我们的神话中，仙女是住在萤火照亮的森林里，沐浴月光，以泉水涤手净足。以前，我对这个情境不甚了了。现在我多多少少有些明白，洁净之物才可以配得上仙女。人世间，还有什么比萤火、月光、泉水更洁净呢？方外之物，滋养方外之人。我便觉得萤火虫提着的灯，非人间之灯，是神灯。神奇之灯，神秘之灯，神爱之灯。造物神眷顾之处，才有萤火虫生息。平凡的肉身，被赋予了神性。

是的，在仲夏之夜，我遇见了神灯。所谓际遇，就是这样的：在适合的时间、适合的地点，被神秘之物愉悦地安排。

第二辑　林籁泉韵

在森林中，一只凌飞山巅的普通鵟，

让人惊喜，让人奔放。

野池塘

　　野池塘是大地的蓝眼睛。蓝眼睛里，只有天空，对其他一切视而不见。天空会浓缩，夜晚也浓缩，漫天星辰缀出雪色花环。一朵花，两朵花，三朵花 …… 无数朵花，白天凋谢，晚上盛放。蓝眼睛像一个孤独者，看见星群一样庞大的迷途者，在海面上，排着神秘的队形，等待圣餐。

　　我见过这样的野池塘。

　　池塘在两段河堤交错的三角地。挖沙人租用了两块田，剥去泥层，采沙。沙是白水沙，匀细，无泥质，挖上来，不用水洗，直接掺水泥，盖房粉刷。那一带，六十年前是沙滩，筑堤围滩，才有了上百亩田。沙层很深，一天挖十几车。两块田挖去了一半多，被村人制止了，说，取走了沙，土层松动，河堤会下塌，洪水来了，门板是拦不住的，人本事再大，也拦不了洪水。

　　挖了田，便弃在那里，也无人抬田复垦。大沙坑是一个四边梯形，长边约有二十米，两条斜边约十五米，短边约十米。有人在长边，即田的衔接处，筑了一道石墙，免得田塌方。短边是剥出来的田泥，已被拉沙车碾轧得结结实实。两个斜边是两道石灰石筑起来的河堤。沙坑有四米多深，像一个地下球场。

雨季来了，饶北河汹涌滔天，水浪黄浊，浮着枯枝柴屑，浩浩荡荡席卷河滩。最漫长的雨季，叫端午雨。在端午前后，雨锤下来，雨滴像一枚钉子，吧嗒吧嗒，锤入地里。雨滴呈颗粒状，热锅炒豆一样，蹦跳在树叶草叶上。雨击一下树叶，树叶软塌下去，又弹上来，周而复始。竹林沙沙沙，被雨声罩着。雨一直下，无日无夜。田畈一片白，水与天交融的白，白得发灰。饶北河漫上了半截枫杨林，空留树冠在疯狂摇动。水库放闸，大鱼从闸门摔下来，摔成两截，或头部开裂。小鱼也摔下来，摔在浪头，被浪卷走，落水奔逃。汛期从来不耽搁自己如约而至的马蹄。马蹄嗒嗒，马从天空跑下来，跑过山巅，翻下绵延的山梁，把雨水的消息带给每一棵草，带给每一粒种子，带给每一条根须，也带给大地上每一处低洼。汛期催促着朽物飘零，催促着百鸟育雏。

大沙坑储满了水，成了池塘。芦苇、芒、白茅和沙柳，在第二个春天，占领了池塘的四边。芦苇分蘖，根苑要不了三年，大如箩筐。芦苇是高秆芦苇，叶片比人高。芒和白茅消失。沙柳独枝而长，高过了芦苇，纷披枝条。薜荔缘枝而上，缠了每一条柳枝。

也不知道是谁，在沙坑刚废弃的时候，扔下了几节茭白和几节莲藕（也可能是洪水冲来的），池塘东边一个内角，长出了茭白和莲荷。茭白宽叶，挺拔，分蘖而生。4月，莲荷从水中吐出幼芽。幼芽呈笔状，芽叶淡黄淡白淡绿，卷曲成一个叶苞。一枝枝叶苞竖在水面，像春天的浮标。苞叶一天天张开，以顺时针螺旋形的序列张开，翻盖下来，铺在水面。

水蓝得深邃。有几次，我站在堤岸，目不转睛地凝视水面，会出现幻觉。沙沉淀了水质，水也和我一样出现幻觉。它把自己幻想成了晴空，幻想成了柳树的倒影，幻想成了水的梦境。天空有多深，池塘便有多深；倒影有多沉静，池塘便有多沉静；梦境有多变幻，池塘便有多变幻。出现的幻觉，是一群穿水绿色连衣裙的女子，抖着白色的裙摆，站在荷叶上跳月光舞。

我每一次河边散步，尽头便是池塘口。池塘口的芦苇地，足有两亩面积。芦苇地侧边，是一片野树林。树林呈长条形，有二十多棵大香樟树和十几棵枫杨树。芦苇地和树林之间，是一块不大的菜地。树林里，有非常多的长卷尾、松鸦、斑鸠和啼鸣不歇的乌鸫。它们在高高的枝丫上，跳来跳去嬉戏，或者缩着身子躲在树叶遮挡的地方。它们时而来到菜地、河滩吃食；时而成群结队飞到田野浪一圈，在某一条田埂窝很长时间。去芦苇地，随时都可以听到沙沙沙的芦苇晃动声。芦苇里，苇莺和小山雀太多，偶尔还有红胁绣眼鸟来，乌压压一群。

溽热的夏天，池塘有鱼沉浮悠游。鱼是鲩鱼、鲫鱼、鲤鱼。鲫鱼一群群，沿着池塘边，时沉时浮，青黝色的鱼背与水色相融。假如池塘和鱼等比例放大数百万倍，鲫鱼就会像游动的群山，驮着黛色山峰。被海洋浸没的山峰，是自由的山峰。鲩鱼躲在莲荷叶下或茭白丛里。我表弟说了好几次：把鱼网上来，煮汤喝，汤汁肯定非常白，和牛奶一样，鲜美无比。谁看过池塘里的鱼，谁的想法就和我表弟一样。但终究无人下去网鱼。芦苇太密，池塘太深，谁也不会为了吃鱼，而去割芦苇。也还得冒着危险——芦苇里蛇多，池塘也无处落脚。

茭白和莲荷，始终是不多的几株，可能是池塘淤泥不足。它们都长得清瘦，但清雅。有时候，觉得它们活在这里，确实有些楚楚而孤单。这个池塘，于它们而言，更像供奉它们的庙庵。一个没有晨钟暮鼓的庙庵，水是终日萦绕的云雾，鱼是它们的僧童。鱼穿着黝青黝蓝的衲衣，游步于缥缈峰。

相较于荷花初绽的夏天，我更喜欢深秋的池塘。芦荻倒伏在水面，黄黄的荻叶渐渐麻白，有着生命最后阶段的素美。莲荷叶还没完全破碎，也没腐烂，叶尚圆。这是蛙在冬眠之前，乘叶泛舟于冷月之下——诺亚方舟上的鸽子已被蛙取代。但大多数人不喜欢深秋的池塘，因为过于冷清残败，色彩也过于枯黄单调。其实，残败与枯黄，也是大地的原相。世界上，没有一个地方，四季繁盛。盛极而衰，是生命恪守的原则，也是生命之一种。繁盛的过程，其实极其艰难，叶一片片抽绿，每长一厘米的茎，就如人跋涉千山万水。一片芦苇，一丛芦荻，一枝莲荷，从垂死的肃黄到郁郁葱葱，需要数月完成。而极衰，只需要一夜的秋霜。万物在大地上轮回，秋霜是轮回中重要的一环。春天给予万物的，秋天又从万物中索取。给予和索取，永远等量。

2015年冬，池塘来了一对小鹬鹩。小鹬鹩在池塘边的芦苇丛筑巢。天泛白，它们一起出来潜水、游泳，一起吃食。翌年初夏，又多了五只幼小的小鹬鹩。小家伙绒毛灰黑，趴在父母的背脊上，神气活现地出游。父母成了它们的私家豪华游艇。"喊喊喊，喊喊喊"，它们愉快地轻叫，似乎在说：世界太辽阔了，小伙伴们快快长大，一起周游世界。初夏过了，池塘也没了它们的踪影。到了立冬时节，小鹬鹩又来了一对。不知道是不是去年的那一对。站在河堤上，往水中扔一粒小石子，"咕咚"一声，惊出一圈水波。小鹬鹩啪啪啪，撒开脚蹼，拍起翅膀，贴着水面，呼噜噜，躲入芦苇丛，或潜入水中。看着它们潜下去，却再也看不到它们从水中露头。隔了好一会儿（大约一刻钟），它们从芦荻丛游出来，又是一副悠闲快活、与世无争的样子。小鹬鹩每年在立冬前后几天来，在翌年清明前后飞走。飞走的时候，已是一个小家族。但从没见过它们是怎么来的，又是怎么走的。它们与一个池塘，有了相守冬季的约定。

池塘在没有成为池塘之前，是农田，种油菜，种稻谷，种棉花，给予人饱食和温暖。它仅仅是一块田，和所有的田一样，限于粮收。池塘虽无粮收，被人荒弃，却成了小䴙䴘的繁殖之地，足够容纳它们和睦的一家子，那么，池塘就有了无可取代的生物学价值。这是池塘的幸运。也是小䴙䴘的幸运。人谋食取材之地太多，可掠夺的地方，都被人掠夺了，小䴙䴘找一个容身之地何其困难。

洪水每年都会来。洪水来一次，又把河里的鱼冲进来。池塘里的鱼，也会被冲走。洪水退了，鱼便再也出不去。有的鱼，从第一年进来，就没出去过。我不知道，鱼是不是有记忆力。在池塘生活多年的鱼，会不会忘记了河流的湍急与平缓，忘记了自己曾击浪搏水，像河中的勇士，跃过礁滩跃过高高的水坝，追寻河的源头。池塘没有浪，没有水流。但池塘四季不枯竭，维持着高水位 —— 河水渗透了地下砂层，给池塘补充了水。芦苇和莲荷枯死之后，完全腐烂，给鱼提供了腐殖物和浮游生物。鱼，成了水中的王维，成了世外桃源的隐士。

有一次，我突发奇想，干了一件让自己觉得很有意思的事。从浙江一个鲵养殖场，买了十条小鲵，装在雪碧瓶里，带回来，投放在池塘里。再三问养殖场专家，小鲵会在自然的环境中存活吗？专家以绝对保证的口吻说，水质无污染，又无人干扰，小鲵存活没任何问题。他还语重心长地说："鲵长五年才会繁殖，你要有耐性等。"

过了两年，又为这事内疚起来。鲵是两栖动物，爬来爬去且不说，池塘里捕食鲵的动物太多了，如蛇，如小䴙䴘。

鲵即使逃脱了蛇口，也难以逃脱小鸊鷉的"鸭嘴"。

河里以前有很多物种，现在不见踪影了，或者说灭绝了。仅曾所见的水獭、河鳗、石斑、鳜鱼，已二十余年不见了。这些以水为生的物种，对水质的要求特别高。生活排水和农药残留，严重污染了河流，使它们失去了生存的环境。池塘里的水，经过了砂层的过滤，完全可以放养河鳗、石斑。

回到上饶市，找到一个在信江河捕鱼为生的人，对他说：你有河鳗，打电话给我，一定要卖给我。他说，一年也抓不到两条河鳗，太稀少了。

等了一年多，才等到卖鱼人电话：二百八十块钱一斤，有两条，三斤多重，明天早上你七点半在菜市口等。请了一天假，买了河鳗连忙赶路回老家。两条合计三斤多重的河鳗，我有三十多年没见过了。天佑它，千万不能死了。河鳗虽是鱼，却很像花水蛇，白斑绕黑斑，修长俊美。河鳗吃小鱼小虾，吃浮游虫卵，在淤泥藏身。

河鳗放养了一年，也没见过它，也不知道它死活。生死由命吧。大约隔了一年多，我和邻居在河边溜达，他说他儿子用地笼（一种网式渔具）网上了一条河鳗，清蒸吃了，真是鲜，胶原蛋白裹嘴巴。我问，河鳗有多重。他说，三两多重。我悬起来的心落了地 —— 担心他吃下的河鳗，是我放养的。放养河鳗，和放养鲵一样，我是不会对任何人说的，想在池塘繁殖无害的物种，让它们在饶北河再次繁殖起来。甚至，我还想过在池塘里，放养大闸蟹和白水虾，但小鸊鷉会来越冬，它们存活的机会不大，又打消了这个想法。不可能为了放养虾蟹，把小鸊鷉赶走。

七八年了，池塘也没干过 —— 水只有漫过了塘堤才会外流。池塘里有多少鱼，有多大的鱼，无人知道。电鱼的人也不会去，水太深，电不了。芦苇包围了池塘。沙柳半边的树冠，斜在塘面上。

2019年夏秋，郑坊盆地自7月7日下了一场小雨，便一直干旱，到了11月20日，才迎来大雨。饶北河近乎干涸。池塘越来越干，到了10月下旬，露出了淤泥。淤泥晒白了。污泥上，横陈着很多鱼，有鲩鱼，有鲤鱼，有鲫鱼。最长的鲩鱼，有半米多长。曾经的天堂，成了鱼的地狱。它们无处可退，四边是沙壁石壁。鱼连挣扎的余地都没有。它们不会想到池塘也干涸得如此彻底。它们滚着泥浆，翕动着嘴巴，最后和淤泥一起干裂，被鸟啄食。雨水来得太晚了。雨水对死鱼来说，没有任何意义。

雨水带来了冬季，冬雨最终注满了池塘。又一年的洪水接踵而至。芦苇和莲荷比往年更肥厚了。

很惋惜的是，在星月之夜，我没有去过野池塘。那会是另一番景象：星星如玉珠倾泻，月光如梦境游离。野池塘成了大地观察者的心象。

桂　湖

　　一直不知道山坳里，为什么鸟声热烈。站在山梁上，循声而望，只有一片墨绿的树梢在摇摆。山梁平缓，密密匝匝的芭茅沿斜坡生长，山崖上高大的香枫，有一种不可言说的孤独感。

　　这个山梁，我来了十余次，每次都可听见坳里的鸟声，叽叽喳喳，啾啾啾，不论晨昏。我也分辨不出有哪些鸟。在中午，会有苍鹭在坳里盘旋。可我找不到去山坳里的路。

　　山坳里一般是冷水田、菜地、苗木地，或者是芭茅地。牛在山坳里，吃着野草，哞 —— 哞 —— 哞 ——，吃饱了，无聊地仰着树蔸一样的头，干涩地叫几声。或者，把冷水田筑高田埂，修成乡人的鱼塘，养几百条鲩鱼鲫鱼。乡人在晚边（吴方言，意为傍晚）握一把割草刀，背一个圆肚篮，割草喂鱼。鲩鱼在草料下，摆着尾巴，翕动着扁嘴，把草叶拖进嘴巴里。可这样的山坳，都不会有很多鸟。

　　我喜欢在山里乱走，漫无目的，也没有计划，走到哪儿算哪儿，一条山道走上百次，一棵树下坐上半天。有一次，一个在山边种果树的人，见我天天看他打理果树，他斜睨着，问："你是哪里人？"

"广信人。"我发了一根烟给他。

他捏捏烟海绵，又问："广信在哪里？"

我说："广信在广信。"

他咔嚓咔嚓地把玩剪枝刀，说，你是个有意思的人。又问："你天天来山里，找古墓吗？"

我说，草木枯荣，我每一天都想看。

他继续修剪果树。问他：香枫树下的北边山坳，怎么可以进去？

他歪着头，看我，说："要坐竹筏过河去，山林太密，人进不了。"我说，那个山坳有什么，好多鸟飞去那儿。

"那里有一个湖，一年也难得有一个人去。"

去哪里找竹筏呢？更何况，我不会划竹筏。在第二天，我便去对面的矮山上，砍了六根毛竹，又去镇里买了三十米棕绳。等毛竹泡上几天水，晒上几天太阳，请人来扎竹筏。

过了半个月，一个来我这里喝茶的捕鱼人，看院子里晾晒毛竹，问：是不是又要搭花架了。我说，江边的山里有湖，听人说要坐木筏去，便想扎竹筏了。捕鱼人说，不要过江也可以去，江边码头有一条古驿道，荒废二十多年了，走人还可以。

我约了捕蛇人老吕。老吕矮小，乌黑，背一个竹篓。我拿了一把柴刀一根圆木棍，提一个布袋。竹篓里是柴刀、矿泉水和圈绳，布袋里是六个花卷、白酒、望远镜和毛巾，坐上老吕的破摩托，一颠一颠往江边码头去。

很多次进山，我都会带上老吕。老吕会抓蛇。他用圈绳套住蛇头，手腕用力一抖，便把蛇束起来，塞进竹篓里。更厉害的是，他赤手捏蛇七寸，抖几下手腕，蛇不动了，软若无骨。他不是捕蛇为生的人，捕蛇是为了防身。

古驿道，其实已经不存在，长满了荒草。但古驿道的石头路还在。走了一里多，穿过一条溪涧，往右边山侧走三里多，便到了山坳。翻过一个低矮的山梁，一个山中湖泊呈现在眼前。

在山里客居一年多，却是第一次看见山中湖泊。湖泊有三个足球场那般大，深陷在四个矮山之间。矮山是石灰石山体，被人工炸出了悬崖，悬崖上的灌木和松树已稀稀成林。问老吕："在几十年前，这里是不是料石厂？"老吕说，在二十世纪八十年代之前，这里是石灰厂，是个上百年的老厂，弃用已有三十多年了，另一边山侧有一条老路，拉石灰的，山体塌方，把路堵死了，形成了这个湖。

矮山上，有几栋倒塌的矮房子，估计是早年工人临时休息的工房。房前有十几棵枣树，钵头粗，皮糙色黑，牵牛花绕着树身爬。正是小满时节，枣花刚落，绽出细珠似的枣子。

从进山的时候，鸟鸣便不绝于耳。站在湖边，看见悬崖的树上栖着很多鸟。枣树上也窝着鸟巢。野鸭在湖里，游来游去，兀自悠闲自在。小野鸭三五只，在水里浮游嬉戏，叽叽叽叽地欢叫。

我们坐在大枣树下吧，不说话，看看鸟。我说。

老吕说，蚊虫多，坐不了一会儿，满身虫斑。我取出白酒，在身上抹一遍，说，蚊虫不咬人。老吕说，闻了酒就发酒疹，比长虫斑难受。

正午，炎热。看到了麻雀、大灰雀、山雀、乌鸦、画眉、鱼鹰、苇莺、夜莺、相思鸟，还有几种不认识的鸟。在头顶上 —— 一枝横生的枣枝，大山雀站在上面，拉出灰白色的体物，落在我额头上。画眉在吃隐藏在树丫上的蜗牛。

湖是一个不规则的湖，漾起淡淡波纹，像蓝绸。湖面不时地冒出咕噜噜的水花。树影和山影，在飞翔。水鸟低低掠过，细碎的水珠洒落。看上去，湖泊像长满了苔藓的月亮。鸟叫声，此起彼伏。

我去过其他的山坳，大多清静，鸟声也略显孤怜。要么是大山雀，要么是相思鸟，嘀嘀嘟嘟，叫得人心里很空。有时心想，假如我是一只鸟，会叫出什么声音呢？这几乎是一个不可以想象的答案。鸟一般叫得欢悦、轻曼。在两种情况下，鸟会叫得绝望，一种是伴侣不再回到身边（尤其是一夫一妻制的鸟，如信天翁、乌鸦、喜鹊、果鸽），一种是幼鸟呼唤母鸟。有一次，一个在鱼塘架网的人，网了一只幼鱼鹰，被我买回来放生。幼鱼鹰有灰鹊大，已经会飞了，可网丝割破了它翅膀，它蹲在矮墙的木柴上，嘎 —— 呃，一声长一声短。我张开手势，请它飞走，它跌跌撞撞地移动着脚步，瓦蓝的眼睛看着我。嘎 —— 呃，嘎 —— 呃，一直在叫。我退进屋里看着它，生怕被猫抓了。

这样的叫声，听了一次，一生也不会忘。

湖边芦苇油绿。水蛇在湖面弯弯扭扭地游动。在湖边，十几只鸳鸯成双成对地凫游。鸳鸯是冬临春飞的候鸟，却成了这里的留鸟。雄鸟羽色鲜艳而华丽，栗黄色的翅像帆一样，扇状直立。雌鸟上身灰褐色，眼周白色。在澄碧的湖面，鸳鸯像隐约的星宿。老吕摇摇空空的烟盒，说："这有什么好看的呢？看得眼睛发花。"

我说，看到别处不一样的东西，就值得看。老吕哦了一声，说，没看出什么不一样。我说，同一棵树同一株草，每天看，也都不一样，只是我们看不出来，看出来的人就有了佛性。老吕说，看得出和看不出，有什么区别？哪有那么闲的人，每天去看？一株草发芽、开花、结果、枯死，是自然规律，看不看，人都知道这个规律。

"知道这个规律，和目睹这个过程，是有差别的。"我又说，"我们不看湖，湖也是在的，看了湖，湖会入心，每天看，心里有了一片湖，心里有湖的人也就是心里有明月的人。"

老吕说，我才不要那么深奥，我心里只有孩子、钱、女人和扑克牌。

改日我们带渔具来，这湖里一定有大鱼，我说。南方鲜有山中湖泊。山中一般是山塘、水库，用于灌溉。有十几年，我特别喜欢去水库钓鱼，在水边坐一天，吹山风。突然有一天，觉得鱼被一条蚯蚓、一根草诱骗，自己很无趣，便不再钓鱼了。事实上，人至中年，可以生趣的东西，越来越少，朋友也是这样。

这是山中的五月，野蔷薇开得正旺，大朵大朵的白，啪嗒在芦苇上。山樱花已经凋谢，翠绿的树叶跳出枝丫。枇杷橙黄。眺望山梁上的香枫，墨绿绿一团。山下的江水，在翻着白浪。

在回来的路上，我问老吕："这个湖，叫什么名字呢？"老吕说，一个野湖，哪会有名字呢？

第二天，老吕来电话，说："问了好多人，才知道那个湖叫桂湖。"我说，为什么叫桂湖？老吕说，以前石灰厂里有一棵大桂花树，金秋的时候，桂花采下来，有一大箩筐，可以做很多桂花酱吃，后来被水淹死了，便叫了桂湖。

桂湖。默念了几遍。一棵树死了，但魂魄还在，留在湖里，留在人的念想之中。就像一个厚德之人，记在石碑上或族谱里。

桂，是永伴佳人的解意。在一个无人踏足的山坳，桂湖却有了悲伤的意味。那么孤独，却又那般纯净。也或许，只有孤独之物才是至纯之物，像想象之中的天堂。

在很多僻远静美的地方，都会有盖一座草房，住上一些时日的想法。如山溪潺潺之处，如迎接日出的山巅，如密林的入口处。唯独在桂湖，我没有，觉得自己配不上桂湖的孤独和美好。甚至再也没有去过桂湖，怕再去，会改变自己的想法。

在香枫树下，搭建了一个简易的草寮。草寮，是我和一个木工一起搭建的，用了四根粗圆木做四脚柱，寮篷用火烤竹，铺上芭茅匾，花了三天时间。草寮里摆了两个木墩，可落座。从山梁上看过去，像一个古道上的凉亭。

每个星期，我都要去草寮坐坐。有时一个星期去好几次。不为别的，只想听听桂湖的鸟叫声。尤其在意乱情迷的时候，鸟声会灌满胸腔。山风猎猎。流云飞逝，苍山邈远。

往水里加水

峡口溪从罗家墩潺湲而出，注入洎水河，冲出一个鳎鱼形的大滩头。我天天傍晚去滩头看乡民钓鱼。有三五个钓客，在16时30分，骑电瓶车带着渔具，来到入河口，支起钓竿，垂钓鲤鱼、鲫鱼、鲩鱼、白鲦，也垂钓夕阳、蛙声、鸟鸣、树影。钓客坐在自带的凳子或草堆，前倾着身子，握着钓竿，专注地看着红白绿相间的浮标。他们大多不说话，静默地守着竿，留心水面的动静。河水流到这个河段，已经流不动了，河面闪着波光。波光鱼鳞形，闪得眼发花。下游百米的红山水坝传来哗哗哗的流泻声。

滩头是一块杂草地，芒草、菟丝子、芭茅、荻，在疯长。钓客隐身在芒草丛里，如一截树桩。矮山冈叫虎头岭，被人推去了半个山头，裸露出褐黄色的基岩土；余下的半个山头，乔木灌木茂密，葛藤四处攀爬。鸟将归，嘘嘘叽叽，叫得荒山野岭生出一份黄昏的冥寂。

洎水河暗自汹涌。河流到了这里，如同一个中年人，面目平静，内心却随时翻江倒海。我看他们钓鱼，也看暮色将临时的河流。在旷野之中，河流与天空是永远无法透视的，它们不让人捉摸。河流之低与天空之高，是目视世界的两极，它们吸纳一切，却又空空如也。看了几次，便和他们相熟了。一个做工业油漆的钓客，见我很娴熟地给他抄鲤鱼，问我：你会钓鱼吗？

手生了，在10年前钓过。我说。

给你一副钓竿，练练手。钓客说。

给一副机动竿吧。我说。

拉了一下鱼线，嘶嘶嘶嘶，线油滑，鱼线低鸣如弓弦颤动。呼呼呼，转了转滑轮，轮子兀自空转，轮把划出圆形的线影，如飓风吹动水面树叶。"好机动竿。"我说。从竿头抽出鱼线，绷紧竿头，往河面外抛鱼线。绷成半弧形的竿头，弹出"咚"的一声，弹射出鱼线，鱼线呈大弧形，往河面一圈圈扩大，轻轻地落在河的中央。鱼钩拖着鱼饵，钻入水面，咕咚一声，慢慢往下坠，水波漾起涟漪。轮子还在呼啦啦地转，鱼线继续外抛下滑，阳光照在鱼线上，闪着明亮炫目的白光。浮标慢慢浮出水面，露出红头，摇摆不定。

你抛线，抛得优雅，抛得又远又准。教教我抛线。钓客说。

动作和程序都是一样的，没什么窍门。我说。

他有些失望。我又说：钓鱼的关键在于是否钓上鱼，不在于怎么抛线、下钩，谁知道鱼在哪儿上钩呢？

"话不是这样说的，钓鱼是享受过程，不在于鱼钓了多少。想要鱼，不如拉网捕捞。"

"钓鱼是一种体育运动，也是一种内心活动，卸除了内心的渣滓，人就安静了下来，那么你的钓鱼动作会很从容，力道拿捏到位，抛线、提竿、遛鱼，就不会手忙脚乱，自自然然。"

"要做到这样，好难好难。"

"在河边，你一个人坐半年，你就做到了。这就是造化。"

当然，看别人钓鱼，也仅仅是去河边溜达的由头之一。初夏时节，河湾有许多鹭鸟来，一行行，从大茅山之北的峡谷低低斜斜地飞过来，栖在峡口溪的淤泥滩觅食鱼虾螺蚌。鹭鸟以白雪为墨，在河水上空写诗。它是南方的鲜衣怒马，是杨柳岸的明月。它们散在溪边，嘎嘎嘎，叫得芦苇摇曳。在泊水河边，有很多鸟是百看不厌的。越冬的小鹛鸲、燕鸥、斑头秋沙鸭、四季的蓝翡翠、从春分至秋分的白鹭，它们扮演着河流的主角。河里有非常丰富的白鲦、鳑鲏、黄颡、鲃鱼、鲫鱼，以及白虾、黑虾、米虾和螺蛳。妇人下河摸螺蛳，一个上午，摸一大脚盆。螺蛳吃浮游生物，吃脏污之物，繁殖量大。

有一次，做工业油漆的钓客问我：你夜钓吗？我们约一次夜钓。

我说：夜钓选月圆之夜，河鱼活跃。

为夜钓，我做了准备：泡了5斤酒米、螺旋藻配鱼肉配油菜饼制鱼饵，睡了一个下午。

和钓客在滩头静坐，戴着夜灯。我用手竿钓鲫鱼和鲳鳊鱼，钓客用路亚钓鲩鱼和青鱼。至22时15分，我收了竿，没心思钓了。月亮上了中天，油黄黄，像一块圆煎饼。月光却莹白，河水生辉。凤凰山的斜影倒沉下来，虚晃晃。树影投射在河面上，被水卷起皱纹。树影不沉落水底，也不浮在水面，也不流走。树叶树枝剪碎的月光，以白色斑纹的形式修饰树影。这古老的图案，在月夜显现，还原了消失的原始记忆。

河是世间最轻的马车，只载得动月色；河也是世间最重的马车，载着遗忘，载着星辰，载着天上所有的雨水。我听到了马车的毂轮在桑桑琅琅地转动，在砾石和鹅卵石上，不停地颠簸。马匀速地跑，绕着河湾跑，马头低垂，马蹄溅起水线，车篷插着芒花和流云……

一条被河水带走的路，水流到哪里，路便到了哪里。水有多长，水印的路就有多长，月色就有多缠绵。远去的人，是坐一根芦苇走的，被水浪冲着颠着，浮浮沉沉。坐芦苇走的人，如一只孤鸟。

河水其实很清瘦，但月光很深。水就那么亮了，与月光一样亮。或者说，河水是月光的一个替身。只有月光消失之后，河水恢复了身份。月亮并不遥远，河把月亮送到了身边。月色把逝去的事物，又带了回来 —— 曾注目过的事物，只是退去，而并未消失。

月亮搬运来了浩繁的星宿，由马车驮着。星宿那么重，马车哪驮得动呢？ 一路洒落，沉没在深水里，成为星光的遗骸。每一具遗骸，留存了星际的地址。

第一次在泊水河边独坐，是在1993年春。在长田（隶属德兴市黄柏乡）饶祖明家做客，时两个月余。饶祖明是个出色的诗人。和诗人以徒步或骑自行车的方式考察了泊水河、永乐河。那时，是人生困顿、迷惑、彷徨的阶段。不知未来的路在何方，觉得人活着没有任何价值，对人生怀疑。从本质上说，我是个内心阴郁的人，幸好生性豁达，把很多事情看得很开。我是一个活在自己思想体系中的人。他者很难对我造成影响。因此，有时候，显得较偏执。杜鹃花开了，一天（3月10日），莫名其妙地坐上班车，去市郊，独坐银山桥下的泊水河边。望着茫茫的春水，肆意西去，内心莫名伤痛，当即写下《泊水河：流动》：

多舛。无依。九曲回肠
在事物深处　含而不露
你呼吸凝重
剩下荒芜的秋色
黑烟。废沙。一如姐姐布满铜漆的脸
在美好中沦丧

少女骑凤凰降临民间

飘落的灰尘是我们世世咏唱的光辉
琴手以爱抚摧残生命的钢骨
兀自打开残废的诗篇
把脸退到书的背后

一会儿动。一会儿静。
谁能把握。谁就是节日簇拥的神
命运的逃亡者
郁结的心诉说不尽的沧桑：
河水可能会枯竭
但河的名字源远流传

　　当然，这是一首蹩脚的诗，但很体现"为赋新词强说愁"的心境。一个略显青涩的人，哪懂得壮阔的河流呢？现在，几乎每天生活在泊水河边，出了村口（横穿公路）便是银山桥。这是一座老公路桥，有些破败。桥下是泊水河。河水浊浪滔滔。桥上游200米，红山水坝以三股水柱从坝中间喷射出来。雨季，河水漫过坝顶，泻出帘幔。

　　河浑浊，是因为上游的龙头山乡有人在开采大理石。大茅山山脉自东向西蜿蜒，地势东高西低，北部山系有数十支涧溪，与三清山北部溪流，汇流而成泊水河。龙头山处于河流上游，大理石厂磨浮出来的污水，含石尘，部分污水排进了河里，石尘部分沉淀，部分被水冲刷，带入几十华里外的下游。大理石厂却始终关停或搬迁不了。为了开采最大量的石材，大茅山（非核心地带）被炸烂了花岗岩山体，成片成片的原始次生林毁于一旦。看着那些碎石覆盖的山体，觉得那不是一座山，而是人（破坏者和合污者）的耻证。耻证将告示：一小撮人欠下的生态之债，需要几代人去偿还。

1998年秋，第一次去了龙头山乡南溪。枫叶欲燃，万山苍莽。泊水河清澈如眸，河床铺满了鹅卵石，鱼虾掬手可捉。一架木桥横到村前。2018年，再去南溪，往日淳朴、洁净的伊甸园式景象，荡然无存。河道被挖沙人掏得鸡零狗碎。木桥改为公路桥，车辆咆哮。我不知道，这个时代，带给了我们什么，又从我们身上带走了什么。泊水河无法告诉，又什么都告诉了。虽然仅仅时隔20年，却是农耕时代跨到了工业时代，每一个人被席卷，大茅山脚下的偏僻小村也不能幸免。作为个体的人，作为最基层的管理者，远远没有准备好进入工业文明时代。

桂湖是大茅山东部小山村，是泊水河源头之一。桂湖有一自然村，约十户人家，现仅剩两户老人居住。他们砍毛竹、摘菜叶、种香菇为生。幽深的山垄苍翠如洗，一溪浅流从竹林斜出。十余棵枣树老得脱皮，枝丫遒劲，米枣坠枝，雀鸟起鸣。我赤足下溪，慢跑，水花四溅。水清冽，掬水可饮。今年深冬，又去了一次，两户老人闭户了，不知是因为外出还是别的原因。在石巷走，风呼呼地捶打破败的木门板。久无人居的瓦房，墙体爬满了苔藓、爬墙虎、络石藤。十里之外的高铁站运送来来往往的人，有的人前往异乡，有的人回归故里。对在高铁线奔忙的人而言，故里即异乡。

泊水河奔流百里，最终在香屯镇注入乐安河（赣东北主要河流之一）。自海口镇而下的乐安河，饱受铜矿重金属污染，河鱼不可食，河水不可浇灌农田。那是一条死亡之河。花斑鲤鱼在河里闲游，斑斓的鱼鳞如七彩之花在水中绽开，想到游鱼含有那么多重金属，不寒而栗。

乐安河的鲩鱼、鲤鱼、鳙鱼、鲫鱼、鳜鱼、鲳鳊鱼等，在春季，洄游到泊水河产卵，在草丛结窝。桃花水泛滥了，柳叶青青，芦荻抽芽。鹭鸟栖满了河边的樟树、枫杨树、朴树、洋槐。北红尾鸲忙着在淤泥吃虫卵、幼虫。白额燕尾从山溪来到了河石堆叠的河道，追逐鱼群。斑胸钩嘴鹛在柳树上专注地筑窝。钓客过了一冬，背起钓具，坐到河边放线。

钓上来的鱼，他们又放生回河里。逆河而上，在草滩、树丛、荒滩等无人之地，我自得其乐地闲走。期望有自然奇遇，如遇见从未见过的鸟，如遇见蛇吞蛇，如遇见鹞子猎杀野兔。但很少有奇遇。哪有那么多奇遇呢？若说奇遇，花一夜开遍枝头也算，鸟试飞掉下来也算，蛇蜕皮也算。是否属于奇遇，由自己界定。在9月的一次暴雨中，在虎头岭滩头，站了半个下午。暴雨从发生至高潮至结束，全程观察河面。河水被暴雨煮沸，井喷式的水泡盖了河面。雨歇，河水止沸，复归平静。这是一个跌宕起伏、酣畅淋漓的过程。这就是奇遇。

红山水坝抬高了水位，有了一处河中之湖。水幽碧，浸染着山色。傍晚来河边，可见夕阳降落西山。夕阳在水里一漾一漾，被水淹没，留下一河夕光。鹭鸟晚归，驾着清风，低低飞过。它不仅仅是鸟，也是逆水而上的轻舟。白帆摇摇。

洎，本义：往锅里添水。河谷就是斜深锅。大茅山北部数十条小溪注入斜深锅，有了洎水河。水加入了水，水有了汤汤之流。

洎水河是有咕噜噜水声的河，往水里加水的河。是众声合唱的河，万古长流，生生不息。河在日夜淘洗，一年又一年的鹭鸟，何尝又不是一茬茬的人呢？人到了中年，才会懂得河。懂得河，人就不会痴妄不会纠结。其实，常去洎水河边，并非为了什么自然奇遇，而是内心的深井，需要被河流周遭的气息填满。野性的、灵动的、悠远的、纯粹的、内化的气息。这种气息，让自己感到活得无比真实。

溪　涧

　　四马岭有一片三五亩的野草地，草细如灯芯，深秋了，草茎深红，草头低低却开出淡红色的花。我不认识这是什么草。我从机耕道跳下去，脚深深陷入了泥浆。原来这里是一片烂浆田，无人耕种多年，长了密密的荒草。在黄家尖山峰之下的两个大山坞，都长满了这样的荒草，而其他山坞却没有。我拔了一根草，草根裹着厚厚的泥浆 —— 这是一种泽生植物，在旱地不生长。烂浆田渗水，水溢进了沟里。沟很浅，但有半米宽，水积出了浅水洼。找了一块硬石坐下来，洗脚洗鞋子。水太冷，脚一下子冻麻木了。太阳虽照上了山尖，但山坞还是阴沉沉，草叶上还盖着白霜。

　　野草地四周都是山梁，阔叶林墨绿油青。涧水在其中两条山梁之间淙淙流淌。涧水从哪儿冒出的？或者说，仅仅距野草地二十米远就形成了水流了吗？很好奇。沿水沟往下走，却入不了涧沟。芒草和白背叶野桐太茂盛了，压满了沟。白背叶野桐又称桂圆树、狗尾巴树，叶半白半黄，悬在树丫上，给人飘零之感，似乎风随意一吹，它便掉落了。芒草上坠了很多发白的白背叶。

翻上机耕道，从一条窄窄的羊道下来，再爬上一个土丘，想找一个缺口下涧沟，还是下不去。灌木往沟里斜伸，密密匝匝。涧水在脚下叮叮咚咚，却看不见。土丘只有七八米高，一棵山胡椒树却有十余米之高，树冠婆娑，三只矮脚黄莺栖枝鸣叫。土丘侧边有一间矮砖房，是个小山庙。有山庙必有路，路长满了矮灌木。山庙被废弃了至少有十五年。山庙只有半边瓦屋顶露出来。

土丘之下，有一个平坦斜长的土包，横陈了三根圆木，树枝完全腐烂了，树皮也开始霉变。我撕开一块树皮，木质新鲜红润。看不出是什么树。树是被人砍倒的。揣想，是孵（方言，孵即种植）香菇的人砍的。

上山之前，万涛对我说：有人上盖竹洋钓溪涧里的山龟。我只在影像里见过山龟，岩石般龟裂的龟壳、笨乎乎的憨态模样，让人忍俊不禁。在野草地一带，溜达了一个多小时，想找涧沟的入口之处，徒劳而返。

翌日，早早吃了午饭，对万涛说：下午去探一下溪涧，往下走，走到山底，看看有没有山龟。

从古银树下去，是一条石板路。石板路仅容身一人，从菜地边斜插下去，弯过十几块山田，入一个芒草扎堆的山谷口。石板路因年久失修，石板松动，坑坑洼洼，有很多羊粪。羊粪黑黑圆圆像丸子。站在山谷口，有些犹豫 —— 没有路，芒草被人撩开，脚踏在草根，草往两边倒，脚磨烂了的草根变成了梯级的路阶。松雀鹰在头顶上盘旋，呱啊呱啊，叫得人心肺偾张。拽着一把芒草，脚踩在草根上，一步一步地往下移。涧水咕噜咕噜地响。回头望望，芒草茂盛的地方不是山体，而是山田的石墙。石墙无人烧荒，草成了墙垛。石墙陡峭，约有十米高，惊出一身汗，死死拽住草。

其实，在两条山梁夹紧的交叉处，山体也非常陡峭。但灌木非常密集，树与树的枝杈混杂在一起。抱住树，山猫一样弓着身子钻过林子。蔷薇科的野莉缠在树林，东一条西一条，像一张战地钢丝网。拉一根野莉，手背或脸上留下一个莉口，莉尖扎在肉里。

下了三角形的坡，是平坦的山谷。涧水在流淌。伏下身子趴在一块石头上，掬水洗脸，掬水而饮。不是口渴，是品水。溪涧约半米宽，水没脚踝深。水面腾起白白的雾气。水不冷，有些温温的热。水柔和而甘甜。

水沟也是石沟。石块较为平整，被水铺设在适合的地方。石块来自山上，被山洪冲了下来，翻滚、搁浅，再翻滚、再搁浅。石块在窄窄的水沟颠沛流离。水就是石块的命运。命运安排了石块。石块与石块之间，塞着鹅卵石，没有鹅卵石的缝隙淤积了白沙。水撞击着每一块石头，发出了柔软优美的声音。一块巨大的石头（饭桌一般）竖在水沟中央，堵死了水沟，形成了浅潭，泻下来，有了一帷白白的水帘。

水漫过鹅卵石，咕咕叫，像抱窝的山鸡在幸福地低吟。

白沙在鹅卵石形成的巴掌大漩涡里，翻来滚去。似乎漩涡不是漩涡，而是一小锅水被烧沸了，水在翻滚，白沙也在翻滚。滚了好几圈，白沙被水带走了，冲下来的白沙又进入了漩涡，往复翻滚。

翻开石块，石块底下有好多水虫子。水虫子有两排脚，密密麻麻的脚如麦穗。溪涧是一个神秘的昆虫世界。夏天，山底下的山民背一个长腰篓，入夜了，来溪涧捉棘胸蛙。棘胸蛙又叫石蛙、石鳞。赣东人称它石鸡。石鸡栖息在海拔600—1500米溪边岩洞、石缝，喜阴凉，食昆虫，霜降之后冬眠，水温高于12℃时出来觅食，昼伏夜出。"咕，咕，咕"。石鸡叫声低沉，如醉汉打酒嗝。捉石鸡的人听到"酒嗝"，手电照过去，石鸡一动不动，呆若石头。溪涧为石鸡供应着美食。石鸡又是野猫、林鸮、猫头鹰的夜宵。

陡峭的溪涧藏不了鱼，鱼很难生存。但并非无鱼。壁虎鱼仅栖息于此。壁虎鱼形如壁虎，鳍如蹼趾，吸在石壁上，以水中昆虫和浮游生物为食。但在这条溪涧，并没找到壁虎鱼。

山谷被两边的山梁挤压，呈带状。沟边倒下很多乔木。倒下的乔木仅有钵口粗，枝杈腐烂，树皮脱落。湿气太重，死树易于腐烂生菌。这是一个真菌世界。虽是深秋，不是菌类生长的季节，但夏季长出来的菌类，无人采摘，便枯在树上。

在森林，很少注意到菌类和苔藓。但这次，注意到了。苦槠、枫香、茅栗、栲树、冬青、青冈栎、枫荷梨等，都是真菌喜爱的树种。山民抚育枫香树，砍伐下来，孵蘑菇。真菌是生物圈中非常重要的组成部分，是一类以孢子繁殖，不含叶绿素、细胞壁，含几丁质的真核异养生物。人类对真菌的认识非常有限。它是分解死亡生命的重要一环。

野生可食菌类是人间珍馐之一。但我对菌类的辨认能力非常低下，仅仅认识不多的几种，大凡以蘑菇、木耳统而称之。盖竹洋这条溪涧，菌类非常多。昨日土包三棵倒下的树，长了一层层的黏靴耳。黏靴耳如贝壳，白如玉兰，菌褶延伸。夏初生，味鲜美，泡水如银耳般柔滑、半透明。但孵木耳的人并没来采摘，它便枯在腐木上。枯了的黏靴耳蜕变为铁锈色，脱水后，菌朵缩小且变硬。搓了几片下来，捏着把玩。

在山谷涧边倒下的树上，我看到了子囊菌类的橙红二头孢盘菌、亚炭角菌，伞菌类的平盖靴耳、金黄鳞盖伞、赭黄裸伞、簇生垂暮菇，胶质菌类的皱木耳、黑木耳、黑耳，珊瑚菌类的杯冠瑚菌。这么多菌类，枯在腐木，真是可惜了。可能是山太高，也可能是夏天山谷毒蛇太多，山民难得上山，遗忘了它们。

大部分菌类在夏季生长，气温高、湿气重，菌类繁殖惊人。尤其在混交林、针叶林，无论在树上、树根部，还是地上腐殖层、腐木，菌类丛生。朋友苏纲青算个美食家了，每到夏季，他上山采蘑菇。他有了鲜蘑菇，邀朋呼友小聚。我不敢去采，因为辨识不了菌类是否有毒。

菌类毒性是如何产生的？至今是个谜团。科学家还无法透彻解释。这是今年上庐山时，林学专家张毅告诉我的。

从形、色的角度说，自然界中，可以与花媲美的，有三种：鸟的羽毛，怒放的菌类，昆虫的翅翼。尤其是伞菌，尖顶粉褶菌、白微皮伞、脱皮大环柄菇、日本胶孔菌、辣多汁乳菌、易碎白鬼伞、长条纹光柄菇、嫩白红菇等，它们从土中（腐殖层）或腐木破层而出，撑开小圆伞，绽放出极致的美。

鸟、昆虫、爬行动物，以及小型哺乳动物，都离不开菌类。它们不但爱吃菌类，更爱吃菌类四周的昆虫。山中所见，大部分菌类有毒，甚至剧毒，动物是如何分辨谁有毒谁无毒呢？吃了有毒的菌类为什么不死呢？不懂其中的道理。动物凭气味分辨吗？动物比人更强大之处在于：个体的哺乳动物有医治自己的能力，就近采食草药解毒，而人必须借助集体的力量解决个人的困境，唯一的方法就是去医院就医。

山谷处于混交林地带，有乔木有灌木，有针叶林有阔叶林，还有竹林。溪涧边以乔木林为主，空隙之处有许多矮灌丛和草坡。虽然是深秋，但树叶尚未飘零，落叶树的叶子处于转黄转红阶段。坡上有灌木、松木、杉木，以灌木居多。而不多的乔木却粗大，高出了山谷的阴面。在一棵斜倒在山坡的巨木上，长了叠瓦状的环带小薄孔菌，菌盖树腰。掰了掰，菌干硬，和树皮胶合在一起。

水中石块光滑，露出水面的部分生了油绿的苔藓。白沙在水旋转的地方回旋。有的石块内凹，积了沙子，菖蒲于此生根。把这样的石块搬回去，随意往木桌摆放，便是绝佳盆景。但无人搬 —— 走路都艰难的山谷，谁会搬一块石头呢？

两只鸟在水中洗澡。什么鸟呢？看不清，黑黑的羽毛，像乌鸫也像噪鹛。有许多鸟爱洗澡，像姑娘爱梳洗。鸟不怕冷，何况太阳已经照入了山谷。开阔处，有一片枫香林淋着阳光，黄黄红红。我和万涛不约而同地惊呼了起来。在阴面，看见被阳光照射的树，光线出现了奇异之美。这时才发现，山谷很少听到鸟鸣，偶尔有几声啼鸣传来，也是清脆、孤怜、短促的。除了涧水汤汤之声，别无他声。哦，还有脚步声。似乎有了默契，都不怎么说话，生怕人语打扰了山谷的清寂。射进枫香树林的阳光，加深了这种清寂。便觉得阳光是清寂的，或者说是清寂的一部分。树和树叶也是清寂的一部分。微风中树叶晃动的声音也是清寂的一部分。南朝梁国诗人王籍有诗《入若耶溪》：

> 艅艎何泛泛，空水共悠悠。
> 阴霞生远岫，阳景逐回流。
> 蝉噪林逾静，鸟鸣山更幽。
> 此地动归念，长年悲倦游。

他把"山幽"写出了哀痛。觉得他尘念太深。想归隐就归隐去吧，何必活得那么悲苦呢。人就是那涧沟里的石头和白沙，凭水摆布，冲洗冲刷，还得每年遇上山洪暴发。

做了两次准备，想下到枫香树林。相对于山道，林子在低洼地。山道边的山坡太陡，灌木太密，下不了脚。只得站在山道看林子，心里想，若是去了枫香树林，肯定会有美好的发现或美妙的体验。林密树高，但树并不粗，大多是碗口粗。树直条而上，挺拔直耸。它们在争夺宝贵的阳光。在秋冬季，即使晴好之日，这片山谷的日照时间也不会超过三个小时。其实，每次进入森林，便很讨厌英国生物学家查尔斯·罗伯特·达尔文（1809年2月12日—1882年4月19日）。讨厌他提出的进化论，让人类的"丛林法则"合理化。阳光均洒树林，各自竞长。它们共生在一起。最好的法则便是"共生关系"。

出了这片山谷，山梁往外张开，豁然开朗，一个巨大的更深的山谷出现了在眼前。山谷之下是一个叫畈心的村庄。涧水喧哗，飞泻而下。山腰上，被挖了的竹林，露出新鲜的黑土（腐殖层）。这些日子，山林里有许多挖冬笋的人，还有许多砍毛竹的人。毛竹横七竖八地堆在山道边。出了竹林，山道陡然收窄，大坡度而下。山道被雨季的雨水冲刷出了深深的坑道——山道成了临时泄山洪的河床了。我才辨别出来，山体都是焦土，十分贫瘠。在这样的山上长出高大乔木，真是难为树了。植物并不嫌弃泥土是否贫瘠，只要落地生根，枝伸叶展，它就有办法"化腐朽为神奇"。我们就说非常普通的枫香树，在不积水的地方，无论是在变质岩、沙砾岩、泥岩、粉沙岩，还是在碎屑岩、花岗岩等山体，它的根像钻头一样往卜探，根须四散，尽可能汲取土层养分。我们看到山上的枫香树，没有哪一棵是病恹恹的。槭科树的生命力更强大，在岩石缝也能长得尽可能高大。

山道太窄太陡，只得横着脚，一步一步，以后退的方式走下去。右边的山上是针叶林，但略显稀疏，蕨类植物覆盖了山体。左边的漏斗形山谷，长着青幽的阔叶林，间杂着不多的毛竹。溪涧藏在阔叶林之中，流淌声隆隆隆隆。山谷有了震耳欲聋的回声。

到了山脚下，溪涧被引入两个巨大的圆形水池 —— 畈心人饮用水的蓄水池，村民用水量不大，漂缸（方言，漂缸即水大量溢出水池）得厉害，哗哗直射，注入畈心溪。作为一条山涧已终结，和别的山涧水汇合，化为溪，淌过十里山塆，流入丰泽湖。我看了一下时间，从海拔800米涧水源头而下，已走了约两个小时。山道不是很长，而是难走，且走走停停。当地山民徒步下来约需四十分钟。并没有看到山龟。或许是深秋，山龟已冬眠了；也或许山龟本来就是很懒的动物，喜欢藏在石洞里。其实，山龟是十分神秘的动物。漫画家丁聪总结自己长寿经验：多吃肉少运动。十余年前，在报纸上看到老先生这个访问，忍不住哈哈大笑。丁聪老先生的长寿秘诀，是不是来自山龟呢？山龟正是这样的。

在五府山山脉，发现溪河（畈心溪、金钟溪、甘溪、毛源溪）的河床都堆满了石头。石头一般是桌凳大，鹅卵石饭碗大。石头来自山上，被洪水带了下来。顺溪而下，徒步五华里，到了上盖竹洋的马路口。这里是中心村畈心。万涛说：我们登山回盖竹洋。他体力充沛，又常在户外走，不惧登山。

还是等车，请一辆车带我们上山。我说。

盖竹洋是空壳村，无车上山。一辆带货的电动车开了过来，我招了招手，司机停了下来。我说：带我上盖竹洋，付你钱。司机看了看山，不说话，发动车子，开走了。过了半个小时，又来了一辆电动三轮车，直接招呼司机：给五十块钱，上盖竹洋。司机很愉快地收了钱。上山的马路太陡，颠簸得厉害，腰都被颠得裂开了。万涛说：十五分钟的山路，给五十块钱，给多了。

在盖竹洋，喝了一大碗热水，疲乏一下子消退了。又去野草地。在傍晚时分，鸟，尤其是雉科鸟，会去那条浅沟里喝水。得把自己藏在林子里，看鸟喝水。

浅沟的水很羸弱，几乎流动不起来。这里是溪涧的源头。溪涧汇集了两道山梁的渗水，有了汤汤之流。溪涧的流程也是收集水的旅程。大河大湖也因此形成。

对于一座山而言，溪涧非常宝贵。涧流声与鸟鸣、风声、雨声，合奏了自然之声。溪涧还造就了自然生命世界的丰富性。

水流的复调

    灵山山脉北部余脉骤然凸起，山峰尖耸，形如五羊奔跑，遂名五羊山，山南终日艳阳高照，又名阳山。山峰挤压山峰，有了向西逶迤的凹槽。腊肉岗、广财山、四方块、庙坞岗等高山，在凹槽两边列出长龙形矩阵，筑起大地的高墙。猕猴嘶鸣，噢噢噢噢，震荡野谷。涧水飞泻，冲入沟壑，汇流成溪。溪谷乔木、灌木丛生，野花不败，溪遂名花林溪。溪冲出第一个山塆，山坞豁然开阔，有逃荒避凶的先民胡氏在此安家，村故名胡家。

    猕猴常入村偷食玉米、花生，隆冬大雪，还在柴垛过夜。空置的摇篮挂在屋檐下，也睡着猕猴。禁伐之后，十余户山民举家外迁二十里，胡家村没了吃食，猕猴便盘踞在高山密林。山势陡转，溪流九曲十八弯，跳石倒珠。这里人迹罕至，唯有挖采草药的人，背着军绿色的帆布袋，袋里插一把小铁镐，溯源而上，挖金丝吊葫芦和金线莲、铁皮石斛。2023年12月3日，我入峡谷，见有三个挖采草药的男人，其中一个为重溪村张氏。张氏四十多岁，是个老木匠，身板结实，冬闲了，无事可做，又干了采药的营生。生采下来的金丝吊葫芦，卖六百块钱一两，一斤生货晒一两干货。他挖采半天，可以挖采三两生货。

金丝吊葫芦又名三叶青，学名三叶崖爬藤，分布在沟壑边的林缘地带，一根须结一块葫芦形茎块，采药人取了茎块，把须茎也带回去栽种。三叶青易种，长花生大的茎块却要八年。张氏说，架坞村的某某某得了癌症，也没就医，一天吃一个金丝吊葫芦，吃了一年半，癌症治好了。我不置可否，又很狐疑地看着他。山中有很多珍稀的草药，如金线莲、七叶一枝花、血藤等。路边，每隔数百米就长一株或数株黄果茄，果青黄，与棉枣一般大，茎、叶、果长满尖刺，手摸过去，很扎手。黄果茄看起来是藤本，实际上是伏地灌木，是致幻植物。三个挖采草药的人，都把根须带回去种，我便对他们说，挖草药留须，用泥巴覆一下，植株又会活，你们这样挖采草药，是灭绝式的，后人无药可采了。他们不理会我，在林子里钻来窜去。

溪流至广财山林场，水中石块爬满了青螺。青螺尖尖，螺嘴圆阔。这是至寒至阴之物。我在孩童时期，长口疮了，就去山溪摸青螺，与薄荷一起水煮，喝汤，当夜口疮就消失。现在，已经很少见到青螺了，它只生活在高度清洁的山溪。溪出花林村，与焦坑水汇流，遂名重溪。盆地斩然露出了全貌，一马平川，苦楝、樟树、枫杨树、朴树、枫香树等乔木沿溪逶迤，田畴朴素、高阔，以不规则的条状自南向北铺延。溪绕村头东、西二墩，村因名绕二墩，简称绕二，镇以村名。墩即矮山冈。大山开始渐退，化为丘陵地带。河因村而名，向西而去，与发端于大茅山西南麓的瑞港溪相合。风暴坞与程家湾汇集的小溪，过长乐村（今名召口），始称长乐河，三溪交汇，河依山曲流，形成巨大的"U"字形。箬坑村被河环绕，芦苇、芭茅丛生。河壮阔了，平缓直流南下。2023年12月3日，我去彩虹桥菜市场买菜，一个四十来岁的男人端着一盘活鱼在路边吆喝：十块钱一盘，足足有一斤半。鱼都是小鱼，只有半边扁豆大。几个妇人看了看鱼，也就散了。我问：这是哪里来的鱼？

界田。河里钓上来的。卖鱼人说。

钓上来的鱼，唇有钩痕。这些鱼没有钩痕，应该是地笼捞上来的。买了鱼，我回到家里，把鱼分类出来：粗纹暗色鳑鲏、中华鳑鲏、齐氏鱊、斑纹鳅、银鲴、麦穗鱼、彩鱊、黑鳍鳈。箬坑下游是界田，再下游是黄柏。这条河段有着非常多的鱼，且种类繁多。

鳑鲏、鱊、河川沙塘鳢鱼，与河蚌（双壳动物的一种）有共生关系。即雌鱼孵卵，将鱼卵射入河蚌，在蚌肉孵化，孵化出来的小鱼被河蚌喷出来；同时，河蚌将卵粘在鱼鳍，孵化后自动脱离。鳑鲏与鱊，在外形上很相似，很难区分。它们游在水里像彩虹，翩翩然，群游群栖。它们都喜水草密集处，体形侧扁，杂食，借住双壳类动物繁殖，繁殖期雄性出现婚姻色。成体鳑鲏小于成体鳙，鳙上唇有须，鳙有完整侧线，鳑鲏仅有前端侧线鳞残余。

我用小剪刀剖鱼，发现麦穗鱼的内脏像一条蜷缩的黑蚂蟥，其他鱼则内脏是鱼肉色。除了银鲴，其他几种鱼类在德兴市其他河流中（乐安河、洎水河、银港河）不常见。尤其是麦穗鱼，我是在德兴境内第一次见到。麦穗鱼唇无须，背鳍无硬刺，体背与体侧灰黑色，以枝角类摇蚊幼虫、孑孓为食，小稚鱼以轮虫为食，在平缓的浅水区活动，耐寒，对水的酸碱度适应性很强，但对有机污染、重金属等反应敏感，是监测生态的标志性物种。这是我很关注的一种鱼类。我做过麦穗鱼的实验。两条成体麦穗鱼各放在两个相同的土钵里养，持续（自来水龙头）滴水下去，一钵投铅粉（两克铅笔灰）下去，一钵清水，养了三个半小时，铅粉土钵里的麦穗鱼死了，清水钵的鱼养了八天，还是活的。

发端于灵山北麓的饶北河，在1995年之前，有着非常多麦穗鱼、粗纹暗色鳑鲏、宽鳍鱲、大口鲇、马口、黄鲫、长蛇鮈、河川沙塘鳢、白鲦、中华沙鳅、银鮈、翘鲌、银鲌、窄条光唇鱼、宽口光唇鱼、斑纹鳅、溪蟹。我坐在河岸，赤足入水，鱼便围过来，吃脚皮屑。溪流漫过石滩，冲出一个落水口，我用筲箕对着落水，铺上一层草，鱼随水流落下来，装进了筲箕。一个中午，可以捞三五斤溪鱼。扒开草，鱼在筲箕蹦跳。

在郑坊镇（饶北河上游）方言里，大口鲇被称作鲇鱼鳅，粗纹暗色鳊鲅被称作乌扑槌，河川沙塘鳢被称作鸡屎夹鱼。乌扑槌意即茁壮成长的青少年，以人的生命阶段给鱼命名，既是生动的形容，也是人对鱼的艳羡。乌扑槌就是无比美好的意思。鱼就是青少年，在河里嬉戏、追逐。最美的韶华都是迸发出跳跃的活力。有些鱼，在夏天月夜会发出叫声。如鲤鱼，如大口鲇，如黄颡。"唢唢唢"，是鲤鱼在叫。"嘎嘎嘎"，是黄颡在叫。"隆隆隆"，是大口鲇在叫。大口鲇藏在石洞，张大嘴巴，荡开了水，叫声既豪放又憋屈。鲫鱼以尾巴叫，跃出水面又落下去，尾巴摆动水，发出"咕隆"声。鳙鱼以水泡叫，吐出一串串水泡，水泡破裂，发出"咕咕咕"声。

1994年，上游华坛山镇建了萤石选矿厂，含有二氧化硫的废水直排饶北河，毒死了整条河的鱼。河无鱼，河就死了。之前，我天真地认为，在偏远的乡村，河是永生的，鱼也是永生的。鱼和天上的星星一样多，往水下沉一只鞋下去，就可以捞上鱼来。20年前，关停了选矿厂，可有些鱼再也不会回来。不会回来的鱼，有鳗鲡、鳊鲅、河川沙塘鳢、麦穗鱼、中华沙鳅、光唇鱼、彩鳞、长蛇鲄，虾和蟹也不再出现。曾以为，我出生之地的饶北河，是无可比拟的，其他任何河流也无法取代。鱼的生命有多脆弱，河的生命就有多脆弱。

我数十次去长乐河溜达，看见脉脉远去的河水，就有一种亲切的故乡之感。生命旺盛的河流，给我以安慰。认识一个黄柏乡黄柏村的卖鱼人，在我需要去哪个河段观察哪类鱼时，我就打电话问询卖鱼人。她卖鱼，她爱人在长乐河捕鱼。

傍晚在河里下网，凌晨两点去收网。她知道哪种鱼在哪个河段最多，她会告诉我：港西那截河，鳊鲅最多了。于我而言，她是河流的信使，把一个个福音传达给了我。要买鱼了，我打电话给她。她就委托她侄女送来。

冬月的一天，她侄女送来一条鲩鱼，5.3斤重。我就做油淋鱼。鱼剖好，剁块，沥水，抹盐，放在阳台上晒。

冬日暖阳，晒一天，给鱼块翻面一次，晒了半个月，鱼肉皱了皮，我拿出蒸锅小火干蒸四十分钟，鱼熟了。在玻璃罐底铺一层姜丝、蒜丝、剁椒，再铺一层熟鱼，这样重复铺了三层，铺完了。我熬熟了1.5斤山茶油，待凉下去了，从罐口浇淋下去，熟油从罐底漫上来，浸没了熟鱼，洒两勺高粱酒下去，密封了罐口。熟鱼在熟油中收缩，收进了香与味。

用长乐河的鲩鱼，打一碗鱼冻，无疑是我冬日最愿意做的事。取黄泥地种出来的白萝卜，半斤来重一个，切细丝，热锅翻炒，去了萝卜味，起锅。再以山茶油入热锅，锅底抹盐，姜蒜油爆，鱼块入锅煎，鱼块半黄，料酒浇锅，鱼块翻面再煎，水煮一刻钟，翻炒了的萝卜丝入锅、辣椒入锅，再煮一刻钟，蒜叶丝入锅，起锅盛在大碗里。鱼过夜即成冻了。有了这碗鱼冻，我不想吃其他菜了。先吃冻，再吃鱼，冻入口即化，凉凉、辣辣、咸咸、甜甜。一方山河的风味尽在一碗鱼冻中。

每吃长乐河的鱼，我就想到家中老妈妈。她多年不吃鱼了。她买的鱼都来自水塘养殖，满口泥味。她吃一口，就放下了筷子。在那个临河的村子，她吃不上一条好鱼，是她遗憾的事。她常常站在河边，望着河水，眼神空空茫茫。不知道她是在看水，还是在水里找鱼，或者是在看别的什么。也许，她什么也没看，只是那么久久地站着，做出一副看水的样子。白鹭一只只从她眼际飞走。红嘴鸥一只只从她眼际飞走。飞走的，再也不回来，即使回来了，也不被我妈妈看见。

过了黄柏，长乐河向西而去，入乐平境内，在名口镇，注入乐安河，曲线流畅。事实上，所有河流的曲线都是如此。河水因重力而流淌，会产生源源不断的向外作用力，冲刷了河岸，向心力又使得河水内收，于是有了不同形状的河湾。河水始终处于自己与自己的搏斗之中。河不会全程直流。

水流在河湾旋流，有了深潭和激流。鱼汇集在这里。青虾则聚集在缓流处的草丛。黄柏的那个捕鱼人，三天收一次网，一次可以收4—6斤青虾、25—40斤鲩鱼、8—15斤小河鱼。鲤鱼放生。青虾45元每斤、鲩鱼12元每斤、小河鱼10元每斤、溪石斑（学名光唇鱼）25元每斤。他的妇人在黄柏卖鱼，卖不完了，骑电瓶车拉到花桥镇、市区集市卖。

界田是德兴美食之乡，界田豆腐、红烧小河鱼、米粉蒸肉，是德兴名菜。2022年7月，有一日，去界田吃午饭，我早到了，便去河边溜达，看见送葬的队伍走过寿元桥，去长乐河买水。唢呐呜呜咽咽，朝天吹响。他们戴着白帽，低着头，走到樟树下，在滩头放炮仗，烧遗物烧黄纸。抱着遗像的人，站在水边注目。老人的遗照显得很慈祥、温和。距滩头百米之远的上游，一群孩童在游泳，光着身子，相互泼水。他们的笑声淹没了唢呐声。河水静静流，鱼群在逐水。有村舍，就有这样的滩头。我突然觉得死神是仁慈的，它收留了不再被大地安放的生命，让逝去的生命获得安详。死去的鱼虾蟹，死去的走兽，死去的草木和虫鸟，都归大地所有，归于永恒的沉寂。河流自源头来，往归处去，怀抱沧桑、别离、罪与罚、顾念而去。河流之所以有如此创举，是因为日复一日、年复一年地重复，旅程重复，水流量重复，永无尽头地循环往复。往复之下，万物往复生往复死，草木有了枯荣，大地有了繁盛。因此，我原谅了生活的不堪，也原谅了自己的不堪。我们接受了生活给予的刑罚。

我就像一个方士，背着一个帆布包，走在河边，在春风里，在秋阳下，在冬雨中。我常常这样，沿着河走，没有目的地。人走路会疲倦，河水不会。河水不分季节、无分昼夜，故自流淌。河被永不破损的车轮推着走，载着晨光，也载着月色。芦花和飞鸟装饰了车篷。河水颠沛流离，又悠然自得，沿途吹着桑嘟桑嘟的口哨。这是无与伦比的复调，比赋大地兴衰。与复调相比，人类的技艺相形见绌，它简单、朴素、纯净，又无穷无尽，涵盖了人类的所思所想所愿。我们因之动情、羞愧，甚而泪流满面。

流　弦

　　河在太白镇玉坦村前弯流，呈"り"形，有着五百亩之大的河滩，和湍湍激流。激流有两公里之长，水深没腰。芦苇、芒草在冬日一片素黄，乌桕树叶落殆尽，空留树枝弹奏。10月下旬，红头潜鸭、花脸鸭、绿头鸭、斑嘴鸭、绿翅鸭、赤麻鸭、鸳鸯、鸬鹚、白骨顶、小鹏鹛、黑颈鹏鹛等游禽，陆续云集在激流。河两岸是黄土丘陵，阔叶林茂密，樟树、枫香树、栲树、木荷、苦槠，圆盖一样垂冠。每年的3月或11月，我就会来到玉坦，沿着河滩走，看水鸟嬉戏、捕食。它们潜水，它们浮游，它们对颈啼鸣。8月，乐安河入了枯水期，水流量日减，但玉坦河段，因河床基底岩石如一条巨型地梁，在山湾口抬了起来，拦截了水流，蓄起了深水。鱼在寒冬藏深水，游到了这里，潜底了。

　　水溅起了白水花，啪啪啪。水鸟在争食。它们在追逐鱼。河面泛起了一阵阵白水花。它们在争游，仿佛是一叶叶舟筏，装饰了羽毛，浪遏飞舟。

今年（2023年）4月21日，我去玉坦下游的曹门、湖田、五店，寻找蓝冠噪鹛。在曹门桥下，看见一个三十来岁的男人站在河中钓鱼，鱼篓斜浸在水里，篓口塞着马唐草，在抛线、拉线。我翻开鱼篓，有三十多条河鱼在篓底蹦跶。钓鱼人说，他是浙江开化县苏庄镇人，骑摩托车来钓鱼。一年有二十多天，他在这里钓鱼。他戴着一顶白色渔夫帽，穿着防水裤和高筒雨鞋，腰上挂着饵料和水壶，背着一袋渔竿，右手扶竿，左手拉线，甩线拉线。饵料捏成一个圆球状，鱼钩刮一下饵料，又抛线。饵料粉红色，黏稠，是918饵料。他拉了七次线，也没拉上一条鱼。我说，可不可以给我抛两竿？我好想抛了。钓鱼人看了看我，说，这是机动竿，不那么好抛。

我拉了拉竿头，竿把撑在腰部，右手横甩，竿头上扬，鱼线呈横向抛物线，拉出大圆弧，落在一片大水花下方的静水里，鱼线落了水面，我滑动、拉线，钩却下沉，绷紧竿头，提起。是一条两指宽的马口鱼。我又抛了一竿，又拉上一条马口鱼。钓鱼人说，你怎么两竿都抛那个水位呢？我说，那个水位有鱼呀。

春夏，鱼斗水，逆激流而上。鱼不是一直在斗水，会休息会选择时机。河鱼就在落水处下方的静水窝。它藏在窝里。静水窝也是洄水处，有腐殖物、浮游生物、水虫，河鱼在休息、吃食。4月正是山区桃花汛开始，河水上涨，腐殖物丰富，鱼边斗水边吃食，择上游草丛、砂砾层孵卵。少数鱼类在激烈斗水时，会抢食吃。如光倒刺鲃、中华倒刺鲃、翘嘴鲌、棒花鱼等等。

钓鱼人钓鱼，我看他钓鱼，直到他去吃午饭。我抖他鱼篓，翻开看，有马口鱼、宽鳍鱲、白鲫、黄颡、鳊鲂，长蛇鉤、鳅鮀、重唇鱼、短颌鲚、窄条光唇鱼。它们在洄游，洄游到星江去。

有一次，我拼车从德兴市去上饶市，同坐的人姓郑，四十来岁，是玉山县苏村人，在德兴市做装饰。他一直看着窗外，若有所思。我问他：你在看什么？稻子也割了，还有什么可看的。

看河。

看不到河呀。河被田野隔开了。

看河，又不是看河水。河无论隔多远，还会露出河的样子。

河看不厌吧。

那也不是。我是想，在哪个河段有鱼钓。

我们就聊起了钓鱼。他问我，在玉山，哪个地方钓鱼最好。

看钓什么鱼了。钓河鱼，当然是峡口水库最好。我说。他很赞同我的说法。他说他在德兴，每天都要去河边，不是去钓鱼，就是去看别人钓鱼。他一天不去河边，浑身不自在，睡也睡不好。他又问我：你钓鱼吗？

我不钓鱼。我说。

那你对周边河流很了解，对鱼也了解。你爱钓鱼就好了，我就跟你去钓鱼。我提起渔竿，什么烦恼都没有了。放下渔竿，烦恼又上头了。他说。

如果你想钓鱼了，而我又有时间，我就陪你去钓一天。我们去许村乡与香屯镇交界的小港钓，那里有非常多的长蛇鮈。我说。

长蛇鮈是什么？他问。

长蛇鮈形如船钉子，又叫船钉。上饶人叫棍子鱼。我说。

棍子鱼，我知道。是最好吃的鱼了。他说。他在途中临湖镇下车。师傅叫他下车，他也不下，和我一直聊到上饶，再坐车回临湖。

长蛇鮈圆筒形，腹部平坦，背鳍无硬刺，成年体约28—32厘米长，头圆平，尾鳍三角形，体上鳞片基部有黑斑，侧线鳞完整。鱼类以侧线鳞感知水流，并非仅靠鳍、触须（无鳞鱼多有触须）。长蛇鮈的黑斑点缀成线状，有了一条条的横纹。在赣东北，长蛇鮈广有分布，常见于山溪、河流。近十年，鲜见。与白鲦、银鮰、光唇鱼、马口鱼、宽鳍鱲、鳈鲅等溪鱼一样，长蛇鮈结群生活，出没于缓流、回流水域。山中溪流多河坝，截水发电，很多鱼类（小体形鱼类）无法跃过水坝，便无法游到上游，便鲜有了。如德兴市的泊水河、银港河，很难见到长蛇鮈、小鳈、鳅鮀。乐安河平缓，水面宽约百米，也无筑坝，小体形鱼类从鄱阳湖溯饶河，进入了乐安河。

与其他小体形鱼类不一样的是，长蛇鮈以幼蚌、黄蚬、水生昆虫为主要食物，兼食枝角类、藻类和植物碎屑。没有淡水双壳动物的水域，它不会栖息。上饶人称黄蚬为"哇叽"（音），在信江，非常之多，鱼市卖黄蚬以脸盆装。德兴市没黄蚬卖。黄蚬对水质要求无污染，穴居在沙层，且需一定肥力（又不能有很强肥力），以浮游生物、藻类、原生动物等为食。在小港，乐安河水深、平缓，有较厚的细沙层，洄水带来了腐殖物沉淀。黄蚬在这里大量繁殖，四季繁殖。长蛇鮈游到这里，再也不走了，吃黄蚬，它分泌一种消化液，可以消化碳酸钙。黄蚬的壳是碳酸钙结构，对水中的化学元素，会作出反应。黄蚬是测试河水是否含有重金属的标志性物种。

11月12日，做装饰的苏村人郑兄，给我打电话，说，天太冷了，钓不上鱼，约个时间去钓长蛇鮈。我说，我来制饵料，我们15日就去，饵料需要发酵时间。我用河蚌肉、螺旋藻、大蒜碾碎，与蛋清、面粉一起揉团，发酵两天，就去了乐安河。

但我并没有钓鱼，是看他钓鱼，也是看河。我沿着河徒步，一直走到太白镇青莲村，买了茶篓、竹筛、辣酱、剁椒、萝卜丁，又徒步回去。他钓上了三十多条长蛇鮈，还有二十多条光唇鱼、寡鳞飘鱼、棒花鱼、颌须鮈、马口鱼、黄鲫、白鲫。我说，钓了这么多鱼了，可以罢手了。他喜滋滋地笑，说：今天手感真好，难得有这么好的手感，多钓一会儿。吃了午饭，他又钓了一个多小时，临走了，他倒出一半的鱼，放回河里，说：钓鱼人不贪鱼。

星江与体泉水汇流，始称乐安河。星江发端于大庾山、五龙山南麓，段莘水与古坦水在武口汇流，始称星江，星干出紫阳镇坑口村，称玉坦溪。星江贯穿婺源全境。体泉水的一支发端于浙江开化县古田山脉，另一支发端于三清山北麓，下游称作银港河。

事实上，自坑口村以下，河已被当地人称作乐安河（至武口以下的河流，也有人称之乐安河）。乐安河因下游余干县乐安乡而得名，全程270余公里，其中德兴境内河道长51公里，经流海口镇、泗洲镇、香屯镇，受注占才水、阪大水、体泉水、李宅水、银港河、泊水河、长乐河，在鄱阳县姚公渡村，与昌江汇流，始称饶河。饶河是江西五大水系之一。

在陆路交通落后的时代，乐安河在德兴境内有三十六个码头（含支流码头），尤其以海口、香屯、银城、黄柏、花桥河运最为发达。木材、粗矿、山货通过乐安河，运往鄱阳湖，转运长江各沿岸城市。

如今河运没了，码头仍在。2018年5月，我去海口镇，特意去了码头。码头的条石台阶约有八米宽，樟树、枫杨树、冬青树沿着河岸，茂密、高大。董氏在海口建村，自唐以降，在明清时期，已成江南望族，是南方董氏发祥地之一。河宽阔如大海，临水口而长居，遂名海口。以乐安河为界，西岸是太白。海口人与玉坦人以渡船过往，却老死不相往来。胡是玉坦大姓，全村有三千多人口，性格彪悍，与海口人常有物产、乡俗纠纷，两村集众互殴互斗。这是四十年前的事了。

银港河与玉坦溪，在太白镇黄潭村前汇流，乐安河有了滔滔水流。银港口建有电站，大坝高二十余米，坝上通车，全长约140余米，坝宽约8米。在丰水期，泄水口急流喷射数十米之远；在枯水期，坝下水流很浅，露出一滩礁石，石片嶙峋似假山盆景。鱼游到这里，便无处可游了，积藏在水潭。冬候鸟来了，凤头麦鸡、红嘴鸥、燕鸥、赤麻鸭、绿头鸭、沙锥、青脚鹬、黑水鸡，以及没有南迁的白鹭、池鹭，等等，云集而来，站在砾石上、沙层上，或浮游在水潭，啄食或吞食鱼类。嘎嘎嘎、叽叽叽、呱呱呱，各种鸟叫声响彻天际。苍鹰在上空盘旋。

生命有胜景。河流在演奏盛大的胜景。鸟与鱼，是其中的音符。

1993年4月，我第一次去乐安河。同学余建喜在乐安河东岸的铜埠村工作，我去看他。在铜埠小学，我住了一夜。正值松菇发育的季节，余建喜采了半篮子鲜松菇，烧菇吃。松菇鲜嫩、溜滑，非常鲜美。他带我去了乐安河玩。我们沿着河滩走，夕阳在水中旺旺地燃烧。河滩有很多柳树、刺槐、芦苇，渔夫撑一只竹筏，鸬鹚在竹筏上嘎嘎嘎叫，争渔夫手上的鱼吃。吃了鱼，鸬鹚拍拍翅膀，潜入水中，过一会儿，浮出水面，叼着一条大鲩鱼。

这三十年，我去过非常多的地方，也在很多地方生活过。我生活过的地方，都有河流：饶北河，信江，南浦溪，枞阳河……乐安河。

河流绘制了我生命的图谱，灰暗或多彩，白昼与夜晚。

人的一生，会遇见无数的河流，即使是同一条河流，也许会去数十次上百次，甚至终生生活在河边，天天去河埠洗衣洗菜，或打水或游泳，或捕鱼或闲走闲坐。我们对河又能说些什么呢？我们所说的，河领会；我们缄默，河也领会。我们所遭际的，河早已遭际；我们还没有遭际的，河也早已遭际。横在码头的船，游在水中的鱼，飞在河面的鸟，长在沙滩的树，落在河中的虫，是我们的另一种物像。

美国诗人兰斯顿·休斯（1902—1967）写过一首《黑人谈河流》：

我了解河流：
我了解像世界一样的古老的河流，
比人类血管中流动的血液更古老的河流。

我的灵魂变得像河流一般的深邃。

晨曦中我在幼发拉底河沐浴，
在刚果河畔我盖了一间茅舍，
河水潺潺催我入眠。

我瞭望尼罗河，在河畔建造了金字塔。
当林肯去新奥尔良时，
我听到密西西比河的歌声，
我瞧见它那浑浊的胸膛
在夕阳下闪耀的金光。

我了解河流：
古老的黝黑的河流。

我的灵魂变得像河流一般深邃。

　　1992年5月，在长田饶祖明兄家里，在《美国现代六诗人选集》（湖南人民出版社，1985年版）中，我读到了这首诗。饶祖明兄留着一头长发，白天睡觉，晚上写诗。他誓言成为中国优秀的诗人。我们彻夜长谈诗歌。休斯写这首诗时，还不足二十岁。
　　休斯了解河流。唯有河流，才足以支撑诗的重量。在人世间所遭际的命运，唯有河流可以容纳。

舞　河

让河舞动起来的，不仅仅是水，还有鱼。没有鱼的河，是一条死亡之河。

往北走，过了占才村，便是窄深的古田山山谷，越深进去村户越少，古田溪九转十八弯，溪水也越清浅，至洪源，溪床变得更加狭窄也更斜陡。洪源，即洪水的源头，也是山中最深的小村。洪水从这里暴发，向南一路崩溃，卷起高浪。光倒刺鲃越过水坝，搏击浪头，在河面飞腾。

光倒刺鲃被当地人称作上军鱼。它是鱼中将军，是河中的冒险王。占才至洪源，河道十余公里长，筑了六个水坝，拦截溪水，引水入渠，灌溉山田，也作沉积砂石、净化水质之用。水坝高约三至四米，坝面斜缓，水泄下来，有了一帘白瀑，瀑下冲出数百平方米的水潭。春暮夏初，鱼洄游产卵，日夜斗水，飞跃水坝。我们站在路边，看鱼越坝。鲤、鲩、鳙、鲫、圆吻鲴、银鲴、鳜，从潭面往上跃，跃上去，被水冲下来，又跃，又被冲下来，再跃，再被冲下来。鱼蹦曲了身体，弹射而跃，水托住了它，又被水瀑重重摔了下来，沉入潭底。也有一次就跃过坝面的，鱼蹦跳得高高，尾鳍甩出弧度，绷紧身体，头下沉，坠入坝顶上的深水，咕咚一声，溅起一泡水花。上军鱼在十数米外，从河面掠起，半是腾空半是掠水，侧鳞闪着白光，尾部猛力、快速甩动，头部像犁头一样犁开浪头，迎瀑而上，飞身而去，水鸟一样，鱼鳍展开，滑翔过了坝面，落入深水，不见了。

从体形上看，上军鱼与鲩鱼很接近，甚至难以分辨。其实，从鱼鳞、鳃部、吻部、尾部、鱼鳍上看，这两种鱼还是有明显的差别。鲩鱼鱼鳞黝黄、背鳞黝青黑，上军鱼鱼鳞更粗大、白金色、鳞线暗红暗黄、背鳞淡青；鲩鱼鳃部更宽、鳃线黑，上军鱼鳃部显扁窄，鳃线浅黑；鲩鱼吻部粗扁圆，上军鱼吻部更宽钝；鲩鱼尾部粗短，上军鱼尾部长圆短；鲩鱼鱼鳍是小扇面，上军鱼鱼鳍是大扇面。鱼是一条船的话，舵越大，驱动力越大。长圆的尾部，使得上军鱼可以把身体腾空得更高、飞跃速度更快。宽大的鱼鳍助推它加速，河面腾起的空气在鳍下，形成浮力，托举着它，掠水腾空。

界首（苏庄镇管辖）是入山谷的第一个村子，界首与茗川中间河段，筑了一道大坝，蓄水发电，于是有了河湖，河面宽约六十余米，是古田溪最宽之处。湖最深处，约有十来米，湖延至茗川村前。湖面常有鱼群出没，乌黑黑一片。古田溪禁渔二十余年了，在春夏，常有外地人来湖边偷偷钓鱼，用机动竿或路亚野钓。他们晨钓或夜钓，人拖着鱼跑。他们钓翘鲌，钓鳜，钓鲩，钓鲫，钓上军。饵料抛下去，浮漂斜竖着下沉，没入水，抖起竿头提上来，却是一尾白鲦。湖里最多的是白鲦。白鲦贪食，追着食物跑，蜂拥围食。一群白鲦数百尾。钓上军鱼用泥鳅、蚱蜢或幼虫做饵料，滑动鱼线，上军鱼追着来，吞食下去，钓鱼人手感重重下沉，绷拉鱼线，突然站姿不稳，鱼急速在水底溜跑。钓鱼人闭紧了滑轮，鱼拽着人跑。鱼的爆发力太大，钓鱼人稳不住鱼跑的速度，又舍不得放弃鱼，被鱼拖入湖。钓鱼人扔了渔竿，浑身透湿，站在湖里，像一只水鸡。

茗川西岸居住着数十户山民。一棵百年老樟树从东桥头斜伸而出，盖住半边河面。一块块大砾石被水安排在河床，看似杂乱，实则有序。鹅卵石拳头大，在水下发出一种褐黄的光。放眼而望，河是一条空河，只有光、水、石。白鹭栖在河边樟树、枫杨树上，如一朵胀胀的白花。光银白，偶尔闪着金黄。那是上军鱼在砾石边游动，水太湍急，露在水下的鱼背像砾石的影子。影子在晃动。捡起一个石块，我扔进水里，上军鱼就飞射起来，啪啪啪，拍打水，溅起一团水花，逆水而上。鱼惊动鱼，一群上军鱼在掠水，噗噗噗噗噗直窜，四散而逃，一会儿，溪又平静了。上军鱼藏在石缝，藏在湍急的水流里。

问一个拉化肥的人：你抓过上军鱼吗？

拉化肥的人五十多岁，夏天了，还穿着厚厚的旧夹克。他是专门送货的人，开着电动四轮车给各小村杂货店送化肥、日用品、大米、饮料。他说：上军鱼不能抓，它吃家禽内脏，清洁河道。

他的话，让我惊讶。村人杀家禽杀鱼，都在河边剖杀，内脏扔在河里，鸡屁股鸭屁股也扔在河里。这些杂碎到了第二天，便不见了，被鱼吃了。鲤鱼吃杂碎，上军鱼吃杂碎。在夜里，鱼来到河埠头下，找杂碎吃。杂碎的肉腥味，被水带到下游，引来了鱼。埠头是鱼的食场。白鲦也来，吃米粒，吃浮在水面的菜虫。妇人赤脚站在水里洗菜，数百尾白鲦围在妇人身边，黑鳍鳈吃脚皮屑。2023年4月，我在银港河边的鱼潭村，见一个年轻妇人下河洗菜，有数百尾小鱼围着她。她在水里沉一个渔网下去，提起来，提上一网鱼。

人在河边洗菜，给鱼类带去了食物。鱼和鸟，有一大部分种类与人类有共生关系。鲫、鲤、白鲦、鲳鳊，与人越近，繁殖量越大。麻雀、八哥、鹩哥、山斑鸠、乌鸫、灰椋鸟、白头鹎、仓鸮等，也是如此。蓝冠噪鹛全球仅有两百余只，仅分布在婺源。在繁殖季，它沿星江而下，在石门、曹门等村前樟树林求偶、筑巢、产卵、育雏，过了秋季，分散入山林，不见踪影。它在繁殖季与人相近、相亲，会去啄饭粒啄豆子。人落在地上的食物，如面包屑、馒头、米饭，是鸟喜爱的吃食。对自然、对自然界的生命，最好的保护就是维持自然原状。在迫不得已时，才可适度人工干预。

山谷有一垄垄的山坞，一个山塆转一个山塆，古田溪随山塆而转，每一截溪有了弧形的曲度。在开阔处，有了不多的村舍。在富户村头，一个四十来岁的妇人背着圆篮，去种芋头。问她：你家里开民宿吗？这么美的地方，会有客人来游玩吧。

民宿是什么？妇人答，也是反问。

民宿就是外地客人来住的自家小旅馆。我说。

她踏过石步桥（方形石块连接起来的桥），到对岸去。对岸是一片斜坡，很开阔，被垦出一级级梯田。梯田里的油菜低垂着，结着胖菜籽。再过半个月，油菜可以收割了。溪水穿过石步桥，一孔一孔地流泻，冲出一片深水潭，再逐渐收拢入了河道。河道深深地凹陷下去，形成凹槽。水在潭中旋转，阳光荡入水中旋转，有了一圈圈粟黄的花纹。阳光在水里呈绽放状态，葵花一样。凹槽的水流有鱼群追逐。鱼是马口、宽鳍鱲、银鮈、光倒刺鲃。距石步桥百步之遥的水坝，鱼在跳跃。水瀑哗哗哗，白帘布一样垂下来。杨柳抽着新叶，被河风浮荡。

过了富户，算是进入了古田山腹地，溪斜陡了起来，河床突兀出许多巨石。巨石是河道基床，与山体相连，或者说，巨石是山体下延部分。巨石大如八仙桌，大如矮石屋，大如打谷桶，拦截了河道，或占据了半边河道，溪冲刷着巨石，冲出了水槽。溪从水槽奔泻而下，湍湍而流，声震山谷。

古田山是两栖动物在地球同纬度的主要栖息地之一，也是多种动植物的模式产地，是乐安河源头之一，也是钱塘江源头之一，是浙江开化、江西婺源、德兴交界处，处于白际山脉腹地。古田溪多竹叶青蛇、尖吻蝮。尖吻蝮如一堆枯叶，堆在石缝，翘起蛇头等待蛙类出现。竹叶青蛇盘踞石面，红白各半的背鳞缀连的纵线，在夜光中闪闪发亮，焦红色的尾巴翘起来，三角形的头回转，伏在蛇身上，红色的虹膜散发冷飕飕的光，令人惊惧。蛇潜伏在溪石中捕捉蛙类、蜥蜴。溪边是两栖动物和爬行动物的主要栖息地。

蛇吃蛙，鱼也吃蛙。上军鱼呈圆筒形，杂食，吃水生植物，吃昆虫、鱼虾，吃动物内脏，吃蛙类，还吃小水蛇、蜥蜴和小鸟。上军鱼就藏在巨石下的水潭中，随时等着跳入水里，张开大嘴，吞食下去。它密匝、尖细的牙齿，需要肉类磨牙。

在二十世纪九十年代，信江有非常多的光倒刺鲃，上饶市八角塘菜场鱼市，天天有人卖光倒刺鲃。卖鱼人吆喝：上军，上军，一条八斤来重。上军鱼市价是鲩鱼的三倍。上军鱼多骨刺，骨刺如雾凇的松针，一根粗骨刺分叉出三根细刺。上军鱼肉鲜、细嫩，珍贵之处在于鱼鳞。吃上军鱼，无须去鱼鳞。鱼鳞富含氨基酸、矿物质和胶原蛋白，水煮即软化。汪家园有畲族传统渔民，撑竹筏去信江打鱼，每天渔获都有上军鱼。在那个时期，信江水系的主要支流如饶北河、丰溪河、上泸河、峡口溪、岑港河、铅河、清溪，都常见上军鱼。1992年，我在上饶县郊的礁石村暂居，夏日傍晚，村人在信江用雷管炸鱼，一个雷管扔下去，炸出上百斤鱼。雷管在深水处炸开，水浪上涌，鱼翻上来，白了河面。鱼以鲩鱼、上军鱼居多。

2004年以后，八角塘再也没见过上军鱼了。在主要支流，我也没见过上军鱼了。它在河中隐遁、失踪。它是河中的下落不明者。

2023年5月6日，我一个人去德兴市新建村，在路边餐馆吃午饭，去厨房点菜，看到一小篓杂鱼。我清点鱼的种类，看到了宽鳍鱲、马口、银鮈、黄颡、大口鲇、光倒刺鲃。光倒刺鲃只有一条，半截筷子长。问餐馆老板：这小篓鱼是哪里来的。他说，是打鱼人在村前银港河用地笼收上来的。

新建处于占才下游，水系与古田溪相通。餐馆老板说，银港河有上军鱼，几年前，常有大上军鱼被钓上来。

我便多次去新建的上游占才，也去古田山下的洪源。发端于古田山的古田溪，穿山下岭，有十余公里之长，被古田山自然保护区（1975年被列为全国45个自然保护区之一）保护了起来，河水无污染，生态系统完整，光倒刺鲃才得以完好栖息。光倒刺鲃对水质对河流有着严苛的要求，水质必须无污染，河床须有沙层、砾石，河岸须有草丛。光倒刺鲃在多石、湍急的水流栖身。4—5月，在缓流处，它在草丛产卵，卵黏附在草须草叶上。

在光倒刺鲃栖身的山溪，也多河川沙塘鳢。在苏庄镇吃饭，我发现厨房有一个鱼箱，养着河川沙塘鳢。餐馆在偷偷卖河鱼。餐馆老板说，古田溪有很多这样的鱼，卖价很贵。我全买了，放生。我知道河川沙塘鳢稀缺、金贵。对栖息地要求严苛的物种，有着与生俱来的不幸：世界如此之大，容身之所难觅。活得高贵的人，对生命品质有追求的人，也是如此。嵇康去山阳采药、打铁，陶渊明去南山种豆，王维去辋川听风吹竹林。

事实上，溪流过古田村，水流量渐大，淹没了鹅卵石，有了溪的模样。只有山洪来了，狭窄的河床拥挤着溃败似的水，马口、银鲄、上军鱼等斗水而上，逐浪到洪源。洪水退去，上军鱼也随水而退，而马口、银鲄被水坝拦住，在洪源结群。

退却的洪水，冲出界首水坝，上军鱼也退下了水坝，进入了下游水系。新岗山至占才的河流，也有了上军鱼。它们在此栖息、繁殖，也在此被渔人捕获。

与古田溪隔山并行的叶村河，发端于十八亩坦（古田山的一部分），溪清澈。溪太浅，也没有砾石，即使在村前的深水处，我也没有发现上军鱼。物种是奇特的，生命也是奇特的。

有时候，我会通过鱼去认识一条河。什么样的河，才有什么样的鱼。河是鱼（淡水鱼）的归宿地，鱼是河的化身，或者说，鱼是浓缩的河。河的生机在于鱼。鱼在游动，就是河在游动。

光倒刺鲃在河面翻腾，飞跃河坝，那是河在跳舞。

跳舞的河，是不会死的。

野溪谷

"我家的玉米棒，被猴子掰了一半多。去大土岭的路上，猴子扔了好多玉米棒。这么些年，我一次也没见过猴子，也不知道它们藏在哪座山。"林上光说。林上光穿着厚秋装，从抽屉里翻出几块散钞，准备去华坛山镇。从田棚步行到黄土岭，有三华里路。上（上饶）乐（乐平）公路从黄土岭擦过，沿汾水溪走。从黄土岭坐班车去华坛山镇，票价五元钱。他难得去镇里，他手上事杂，刮蜜、挖番薯、摘油茶籽、分拣油茶籽。黄土岭是溪谷口小自然村，有三十来户人家，多数人在浙江做工，也有人用自家房子开民宿、开餐馆。

田棚是华坛山镇叶家村下的一个自然村，有十来户山民。在二十世纪五十年代末六十年代初，田棚没什么住户，数十个年轻的外乡人、外县人、外省人因特殊原因，来到深山开荒，伐木、育香菇、种树、烧炭，落了脚。山中无屋，只有茅棚，遂称田棚。他们伐木造屋，以石围田，栽稻种茶，有了这个小村子。1962年，7岁的林上光随父从八都（现煌固镇）黄塘来到田棚垦田。林上光看起来就是一个温和、厚道的人，脸黄白，眉半白，衣领扣得严实，说话不紧不慢、声音低缓。中午十一点，他吃了午饭，收拾了东西，想着去华坛山。他急着去，为了早点赶回来，下午四点以后，路上没了班车。他回来还要烧晚饭。他爱人姓严，是汪村田里人，行动有些不便，做不了事。1985年，他爱人做妇科手术，被错剪了一根筋，留下了行动迟缓的后遗症。他便陪着妻子，再也没有离开过田棚。他的屋子是木结构的，墙体不是很高，显得阴沉，厅堂堆着八袋油茶籽，地上还堆着一堆油茶籽。他天天分拣油茶籽。他摘了十五担油茶籽，可以榨一百五十来斤山茶油。这是他一年最主要的收入。他儿子在广州的一家汽车厂做工，做了十多年了，还没成家。林上光对我说：我孩子不敢和姑娘说话，谈个恋爱，比我开荒种田还难。

屋檐下，码着十个蜂箱。那是一些破蜂箱，但还有家蜂在箱孔进进出出。地上死了很多蜂，被冻死的。屋后茶林开满了白花，云朵坠枝似的。许健平兄问林上光买蜂蜜，林上光从卧房五斗橱拿出一瓶两斤装的蜂蜜，说：绝对正宗土蜂蜜，你看这奶白的蜜色，尝尝，满口茶花香。他打开瓶盖，给我一双筷子戳蜂蜜吃。蜂蜜被冻住了，冻猪油一样。蜂蜡浮在蜜层上。蜂蜜八十块钱一斤。他爱人嘟嘟哝哝。他看了她一眼，说：都是本地老熟人了，便宜卖吧。

屋子建在土坡上，屋角一棵百年麻栎树，落了满地的栎子。栎子圆柱形，栎头尖圆，褐黄发亮。林上光说，在二十世纪六十年代早期，一年有半年是将麻栎子、苦槠子、番薯当主粮。麻栎子味苦，泡上一个月，去除了苦味，磨粉、沉淀，晒了淀粉，做各种各样的吃食。四十多年无人捡麻栎子了，被松鼠、野鸡吃。松鼠在麻栎树上索索索，蹿来蹿去。林上光说，山坞老鸦太多了，一年要吃我三五只鸡。老鸦是雀鹰的土名。雀鹰不盘旋盯梢猎物，而是藏在树梢，见了猎物，贴地加速度飞行，穿过灌丛、篱笆，突袭猎物。家禽在茶叶地吃食，吃着吃着，被雀鹰掠走了，被拔毛被啄了肉丝。他爱人就握一支竹竿，站在茶叶地，喊着：老鸦不要来。

开门见绵绵竹山。竹是翠竹，即使是在冬天，竹浪青青，熏黄的阳光在浮荡。竹山叫刀阴。栲树、萝卜花树、麻栎、桤木等高大乔木，耸出竹海，圆席一样的冠盖撑起巨浪。沟壑溪流潺潺，无止无休。这是大鲵与小鲵的栖息地。小鲵一窝一窝地藏在涧潭边的泥炭藓之下，在夏日的傍晚，喔哇喔哇，婴儿一样啼叫。

横在田棚的溪，因大岭山，故名大岭溪。溪从高山之巅的萝卜棚而下，跳石穿林，延绵十余公里。溪谷两边是陡峭的山麓，被阔叶林、竹林覆盖。山坞一坳一坳陡转，被巨浪掀起的船一样，竖立起来。从萝卜棚翻下去，往东走，是柄源，下了山麓，是望仙乡沙洲。南北的溪谷有近四十华里长。萝卜棚在二十世纪八十年代，有劳力（林场工人）五十四人，林场改制后，萝卜棚无一住户，数十栋屋舍成了废墟。萝卜棚是华坛山镇地处海拔最高的小村，山民外迁后，羚羊重返了这片森林。

大岭溪自南向北而流。地质是灰色或灰白色沉积岩结构，溪谷上横七竖八地耸着石灰石，或尚未完成发育的青石。石灰石深黑色或麻黑色；青石青白色或淡青色，石纹一层层。溪谷或平坦或斜缓或突兀陡下，溪水或平流或缓流或跳溅。落叶被水冲积，裹在石头或枯枝上，斑斑斓斓。落叶是七裂槭、五裂槭、枫香、三角枫、山乌桕、乌桕、黄栌、俏黄栌、漆树、山毛榉、榉树、杜英、樟、鹅掌楸、野大栗、山矾、赤楠、闽楠、野桐等树木的枯叶，或黄或红或白或枯黄。水却至清，叶纹清晰可见。黑色圆石子一粒一粒，鸡蛋大。白沙子沉在最底下。小鳈扑在沙面，忽而东忽而西，小梭一样荡过来荡过去，体侧的一条铅笔灰色横纹（从眼部横贯尾鳍）忽闪忽闪。它蹦跳一下，落在沙滩上，再也跳不回去，被活活渴死晒干。我捡了一条晒干的小鳈，量了一下，八厘米长、两厘米宽。这是最大的小鳈了。它是南方山溪最小的鱼类之一。它的脊部与水波纹同色，不细看，很难发现它游动。

沿溪谷，有一条两米多宽的水泥路，也不知道是哪年通的。路七弯八拐，在丛林出没。有的路段因水的冲刷，路基下塌了，一块水泥板悬着；有的路面淌着水，长了浓密的水苔。在田棚去萝卜棚的第一个山塆，突现一栋废弃的石头房，横在溪边，屋顶完全塌陷了下来，梁柱发黑，爬满了藤萝，令人惊愕。屋前的石拱桥呈半月形，跨过一片荒田。栽种在荒田的橘树，叶子青青黄黄，树也长不起来。荒田有七级，一级有七块，呈椭圆形往上收缩。这些田都无人耕种了。山坡上一栋有白墙的土房，紧锁了大门。门前的老樟、枫香树、苦槠树，高三十余米，独自成林。老樟挂着喜鹊巢。

溪谷边的树上，挂着很多鸟巢、蜂巢、蚂蚁巢。蜂巢像个大布袋或小箩筐，蚂蚁巢则是哈密瓜形，黑黑，像一团牛屎干。这是双齿多刺蚁的巢，一巢蚂蚁上万只，捉虫吃。在南方山区，双齿多刺蚁是常见的树栖蚁，吃虫卵、吃虫子。螳螂是昆虫中的猎手，杀小蜥蜴、杀蜻蜓、杀蚱蜢、杀蝉。双齿多刺蚁杀螳螂，数十只上百只蚁爬上螳螂，钳子割肉，分食，抬回蚁巢。

在溪谷平坦之地，桤木、大果青冈、鸡蛋花树高高耸起，形成密林，石坝切去半边溪床，溪流汇入小水渠（供下游黄土岭电站发电），树根部长起了薄薄的苔。茶树丽绿刺蛾在老野山茶根部树干孵卵，蛹破茧而出，留下蛹壳。壳薄而脆，灰白白，捏一下，就化为粉末。蛹壳密密麻麻，按照椭圆形排列，我数了一下，这窝蛹壳有九十六个。茶树丽绿刺蛾产卵在树皮里面，蛹破茧了，整块树皮也烂了。刺蛾有一千多个种类，在我国有九十多个种类，毛毛虫浑身长刺，刺有毒，扎人火辣辣痛，令人痛痒难忍，红斑肿块大如斑鸠蛋。刺蛾因此被称作"火辣子""洋辣子"。它卷起来就像一颗金樱子。幼虫富含高蛋白，可食。茶树丽绿刺蛾幼虫在茶树嫩叶潜食，吃茶叶苞,危害茶叶生产。黄胸泥壶蜂就飞到茶园,捕幼虫吃。

从4月到8月,溪谷里飞翔着许许多多的茶树丽绿刺蛾,穿着褐色彩衣,画着黄色眼眉,甩着水袖,翩然而舞。它们是溪谷中的美神,在潮湿的林中降临。黄昏了,它们就飞到厅堂的灯下,翅膀发出吱吱的声音。舞着舞着,它们就掉了下来,扑腾扑腾,死掉了。它们的生命太短,只有4—6天。过于美的生命,都过于短暂。

石瀑半米高,一米高,两米高,三米高,五米高,十米高。石瀑一级级,有石就有瀑。水从高处往下跳。水不怕牺牲。水无知无觉。水义无反顾。水不跳下来,就汇集不了更多的涧水,就成不了溪流。每个山谷都有涧水淌下来,飞崖溅壁。溪谷盈盈,荡起了哗哗声。燕尾在石崖下,追着水珠啄水虫吃。燕尾很少鸣叫,形单影只。在这样的地方,形单影只又何妨。

桤木拔地而起,肥厚宽大的树叶郁郁青青。野山茶爆出了裹紧的花苞,尖尖的苞头殷红。南五味子一串串地挂在枝头,红红,新鲜欲滴。每一粒浆果里,都藏着一泡暖暖的山泉。矮丛里,高粱泡压弯了枝头。扁担杆在溪滩上,一杆一杆,都是红浆果。让我想起正月腊月巷子里的红灯笼。冬青卫矛的果爆裂了,裂出四瓣,果籽裹着红衣,像宿巢的鸳鸯。裂果对称,有数学之美,露出红肉,似美人的红唇。

入冬未雪之际,浆果的红、茶花的白、乌桕叶的黄、大叶冬青的绿,是溪谷的底色了。透过密林,可以看见山坡上的竹林，阳光斜洒，辉映着枫香树叶，欲黄欲红，竹杪轻摇，画眉在嘘嘘嘘哩哩哩叫着，似乎山不再是山，我也非我。

山中并无行人往来。是啊，谁会在这样的地方往来呢？一个骑摩托车的人，背着一个竹篓，往山巅方向骑去。或许他是挖冬笋的人。以前，溪谷里常有捉小鲵捉棘胸蛙的人来，这几年没有了。捉野生动物违法，他们断了歪念头。在溪谷疏林，我发现很多翻挖的新泥，石块也移动了，草须或小树根须被拔出来，扔在地上。泥是黄泥和腐殖层的混合，松松散散。我确信那个骑摩托车的人，是进山挖草药的。山中有很多珍稀草药，如七叶一枝花、金线莲、金丝吊葫芦、黄精等。那个挖草药的男人，约四十来岁，脚下带着呼呼的风，兜兜转转。这时，我才留意到沿溪谷而上，路边停了六辆摩托车、电瓶车。他们是挖冬笋、挖草药的。今年（2023年）雨水充沛，冬笋高产，挖个半天，可以挖数十斤，可卖价低。也有挖了半天，空手而归的人，披着空空的蛇皮袋，走路也打不起精神。

溪九转八回。从高处往下看，溪谷是一片片的冠层。山麓也是一层层的冠层。秋叶浸染了山色。20年前，在溪谷，林上光每年都会遇上熊。他说，遇上的不是狗熊，是猪熊。猪熊有两个向上翘起来的獠牙，会吃人。陈志发兄问他：村里有没有人被吃过呀？

雷师傅八十三岁了，他一点也不怕野猪、猪熊。1958年，他随父从浙江龙游来上饶，他爸带着他弟弟在绕二镇落脚，他孤身一人在田棚落脚，和龙泉来的姑娘结婚。儿子五岁了，他妻子一个人回了龙泉。他续弦，女人是望仙乡大济宝城人，又生了三个儿子。四个儿子各奔东西，在德兴、上饶生活。他和续弦留在田棚。雷师傅耳背，健谈，身体健朗。他腰上捆了一把柴刀，去山上砍过冬的木柴。他的妻子早上上山摘油茶籽，中午也不回来，吃两个红薯当午饭。我吃他一个红薯、两块红薯干当午饭。他在大门口晒了一圆匾的红薯干，檐廊和院子晒满了油茶籽，后堂也堆满了红薯。他的背有些佝偻。他说，这么多红薯吃不完，又没人买。这是机粉的红薯，很甜，煮粥好。他见过猪熊，也见过豺狗。他不怕，他说，有什么怕的？给它吃，它也下不了嘴。他摸摸柴刀，很是硬气。

黄土岭以内的溪谷，只有雷师傅和林师傅两家人住了。离开的村人想卖土房，也没人买。谁会买这里的房子哩？除了鸟叫、野猪叫，就是鸡鸭在叫。田棚有二十多亩的梯田，已荒了三十多年，芭茅和灌丛遮住了田边的屋舍，拱桥也长出了灌木。雷师傅已没有了龙游的口音，操一口地地道道的方言。乡音是会改的。人因时因地而变，至于变得怎么样，自己是不知道的。等自己知道了，又到了年迈之年，一切都无能为力了。有时，某些改变是自己无法掌控的。这就是命运。大多数人，与自己达成了某种程度的妥协，才得以安安静静生活下去。既是安泰，也是慈悲。对自己慈悲，对周遭的一切慈悲，对过往慈悲。这就是安身立命。

第三辑　南有嘉鱼

落叶里有生与死。

但不是所有人都可以看见。

鱼　路

　　往来通行之处，叫路。鸟的路在空中，兽的路在地上，鱼的路在水里。无法通行的路，叫死路。在我看来，"把所有的路都给我堵死"，是最恐怖的一句话。把路堵死的人，就是把坏事做绝、恶到极致的人。对待动物极度残忍的人，对人也不会人道。我是这样想的，因为动物比人更弱小，无论它多强大凶猛。

　　每一条路，都不平坦。人的路是这样，何况动物。在没看纪录片《自然界大事件》之前，对鱼的洄游只有模糊的认识，没有具象的视觉认知。我没见过鱼的洄游，即使见过，也不知是鱼在洄游，还以为是鱼在觅食嬉戏呢。鱼喜欢斗水。暴雨过后，河水暴涨，鱼群开始斗水，哗哗哗跃出水面，摆动着尾鳍，扭动着腰身，跃上拦水坝坝面瀑布，跃上去又落下来，三番五次，像一群孩童在跳绳。

　　在水库，在江河，看见鱼在悠游，觉得鱼活着，多么悠闲自在，像隐居的人。似乎它们活着，就是享福的，无忧无虑。有一年，去景德镇瑶里游玩，见河里有很多体形较大的鱼，买了一袋馒头，坐在河畔的岩石上，掰馒头喂鱼。馒头屑落在水面，鱼跳起来吃，翕动着扁扁的嘴巴，吃完了，游一圈又回来吃。我傻傻地想，假如有来生，我愿意是鱼，不再做人。做人多辛苦，要读书要劳作，要纷争要受辱。做一条鱼多好，只要有水，什么事也不用想，天热了浮出水面，天冷了沉在水底。

第一次知道鱼和人一样活得艰难，是在信江茶亭水坝。水坝高二十余米，用于蓄水、灌溉、发电。水坝侧边的水电站附属用房，开了一家小餐馆，以吃信江野生鱼为招牌，生意火爆。十余年前的4月，去吃过一次。正是傍晚，夕阳欲坠，河风习习。在水坝，看见几个村民，扛竹杈，走到对岸去。竹杈用麻绳挂着秤钩一样的钢亮铁钩。问村民，扛挂钩竹杈干什么去。村民指指对岸的泄洪口，说，在坝底下钩鱼。我满腹狐疑，说，鱼怎么钩得上来呢？村民说，一个晚上可以钩上百斤呢，鱼开始洄游了，往泄洪口跳，跳得筋疲力尽，会浮在水面。他们把钩上来的鱼，卖给餐馆。

为什么不给鱼留一条水道，让鱼游上来产卵呢？开餐馆的人是水电站的职工，五十多岁，络腮胡油腻腻。他看看我，说，你说的是鱼道，建一条鱼道要好几百万，谁舍得投入这么多钱。信江特有的鱼种，如刺鲃鱼、红鳞上军鱼、信江鳗、鲑鱼，几近绝迹，是否与无鱼道有关呢？

供鱼类洄游通过水闸或坝的人工水槽，叫鱼道。鱼类的上溯习性，如雨燕逆风而飞。简易的鱼道，我见过。同学邱世彬家住华坛山枫树林。他屋前有一条小溪，他用竹匾捕鱼。在溪中间，扒石块，垒水坝，在侧边斜铺一条水道。潺潺水道，鱼斗水而上。在石坝中间，留一个缺口，用竹匾架在缺口的石块上。阵雨过后，溪流退水，鱼也随溪水而下，落在竹匾上，再也逃不了。

可真正见识鱼道，却是在峡江水利枢纽工程。工程地处赣江中游峡江老县城巴邱镇。今年初夏，我被它的鱼道惊呆了。鱼道位于从上游而下的右岸，由进口、槽身、出口和诱鱼补水系统组成。鱼道按结构形式，分池式鱼道和槽式鱼道两类。峡江鱼道设计人员结合工程地形条件，及下游水位变化范围大等特点，采取了"横隔板式"的竖缝式鱼道过鱼设施设计，既保证了春夏过鱼季节鱼类溯游繁衍需要，又兼顾了其他季节的过鱼需要。槽身横断面为矩形，用隔板将水槽上、下游水位差，分成若干个小梯级，板上设有过鱼孔。

站在坝底，往上看，鱼道全长两里，像一条"鱼类的长城"。每年四月，鄱阳湖的洄游鱼，溯水而上，千里迢迢，游过鱼道，到赣江上游孵卵。在水下摄像头拍摄的视频里，可以看见畅游的洄游鱼群。主要洄游鱼有鳜、银鲴、鳊鱼、黄颡鱼。

南浦溪是闽江上游，发源于武夷山北麓。四月，雨季来临，连日瓢泼大雨。田畴水汪汪一片。白鹭呆头呆脑，站在烂田里，呱咯呱咯叫，让人心慌。桃树在雨中，吐出了暗红色的芽。鱼群日夜追逐，洄游而来。鲫鱼、鲤鱼、草鱼、石斑，在岸边草丛孵卵。一泡泡的鱼卵黄黄的，黏结在附着物上。鱼卵却成了水蛇、水鸟、水鸭和其他鱼类的美食。仙阳去管厝的路上，有一座石桥，桥下水深如潭。鲫鱼喜欢在这里觅食。桥侧的岸边，每天站了五六个人，支起渔竿钓鱼。即使是暴雨如注，他们也穿蓑衣钓鱼。用半熟的面团搓鱼饵，鱼篓浸在水里。一天下来，鱼篓满满的。

溪河十几里长，筑一个拦河坝，引水灌溉。雨后，爱去水坝玩，看鱼跃。水坝三米来高，溪水哗哗冲泻下来，鱼在坝底斗水而上，腾空跃起，没越过坝顶的，滚落下来，被水冲走。它们前赴后继，水花落下，它们跃起。也有人站在水坝侧边，用抄网抄鱼。据说，有抄鱼的人，身体失去平衡，落下水坝，溺水而死。

洄游是鱼类运动的一种特殊形式，因生理要求、遗传和外界环境因素等影响，引起周期性的定向往返移动。南浦溪的鱼群洄游发生在每年的四、五、六三个月，为产卵季节。

端午的前夜，很多乡人不睡，坐在三楼上，看着南浦溪。溪边有了三五支强光手电，他们从门口提起鱼篓，往溪边跑。鱼篓里有强光手电或应急灯，有抄网。他们去溪里捞鱼。这个晚上，上游肯定有人毒鱼。十几里的溪流，鱼全翻上来。捞鱼去早了的人，捞三两斤重的大鱼，满了鱼篓背回家。捞鱼去晚了的人，捞小鱼。溪岸两边，星星点点，都是手电光。到了凌晨，一条河的鱼，全被捞光了。偶有搁浅在草丛里的死鱼，被太阳毒晒，鱼肚腐烂，叮满了绿头苍蝇，腥臭难忍。

毒鱼违法。警察却也从来没抓到过人。端午和中秋前夜，必有人在溪里毒鱼。捞鱼的人，家家户户都有。毒死的鱼，很快腐烂变质，只好扔进溪里，被绿头苍蝇叮满。

电鱼的人也多，每个村里，都有三两个人。背一个电瓶，提一个鱼篓，在溪边草丛，在水渠，在水坝底，嘟嘟嘟，电丝戳进水里，大鱼小虾一起翻上来。他们晚上电鱼，额头扣一个矿灯，骑一辆摩托车，在离人烟比较远的地方下溪。早上，把鱼拎到菜场卖。严禁电鱼好几年了，可餐馆里，溪鱼总不缺。

有一次，在管厝，在一个河滩的水坑里，见到了很多鱼。河滩挖沙，留下了一个个大坑，汛期来了，溪水淹没了河滩，洪水退去之后，鱼却留在水坑里。水坑在一棵老洋槐树下，四周长了七节芒，蓬蓬勃勃。我是去观鸟，见一只白鹳飞落在芒草里，发现了这个大水坑。借了一把洋铲，从溪里引水过来，注入水坑。若是进入秋天，溪水日浅，水坑会干涸，鱼会翻肚。

荣华山众多的峡谷，有小涧，细水缓流，却不息。水清冷。小涧流经许多一人多高的岩石壁。岩石壁陡峭，略有青苔。有一种我不知道名字的小鱼，大拇指长，圆胖，尾鳍短短却宽。它有吸盘一样的鱼腹，吸附在岩壁上，往上爬。爬到岩壁顶了，被涧水呼溜溜地冲刷下来，又继续爬。爬十几厘米高，停下来，张开扁扁的嘴巴大口大口吸水，又吐出来。

小涧一般有两里长，最长的小涧有四里长。大岩壁上有时吸附着几百条小鱼，像一群壁虎。它们会一直往上爬，爬到深潭里。当地人叫壁虎鱼。涧溪里，有鲵，躲在草丛下的阴洞里，捕食青蛙、树蛙、蜥蜴，也捕食壁虎鱼。

水的路，就是鱼的路。水依河床流淌。河床会曲折蜿蜒，也会起伏跌宕。河床有多跌宕，鱼的路就有多艰险。站在鱼道边的观察台上，又想起茶亭水坝的泄洪口。随钩鱼的村民去看鱼跳闸口。信江奔泻而下，哗哗水声震耳欲聋，水花喷出几十米远，水珠跳溅。坝底的岩石如刀削般嶙峋。十几斤重的草鱼迎着水花，往上跳，被水冲刷下来，继续跳。有的鱼落在岩石上，鱼身断裂。跳得筋疲力尽的鱼，浮在漩涡里，被村民用挂钩钩走。村民说，他捡过最大的鳙鱼，一个鱼头可装满脚盆。鱼被钩上来，连蹦跶的力气也没有 —— 这让人悲戚，鱼的路被切断，它的生命也行将终止。任何生命的旅程都是单向的，它的残酷在于不可轮转。鱼在回家的路上，却有着赴死的决心。

天空没有鸟的路，叫天空吗？江河没有鱼的路，叫江河吗？

鱼活得比人不容易。人至少吃饭时，不会被人下毒，走在路上不会被人电击。但鱼不会羡慕人，只会痛恨人，假如鱼有思想的话。这个时代，有少数人是坏事做绝、恶事干尽的变异物种。熊被关在笼子里取走了胆汁；狐狸被吊了起来取走了皮毛；野牛落入了陷阱，被取走了肉和骨膏。—— 给鱼顺畅的路，给鱼宽阔的路。江河不仅仅哺育麦子稻谷、野草杂木，还要养育和繁衍水中生灵。鱼是自由的生灵，给鱼留有道路的人，懂得生命的价值，懂得江河的伦理，是在给生命布道。

心烦意乱的时候，会去南浦溪边看看草木，看看游鱼。草木一岁一枯荣。鱼却遭受万般劫难。鱼多么美。它的线条、体形和色泽，美得无可挑剔。鱼没有肮脏的。鱼似乎是水的凝结物，像水中月亮。给动植物以尊严，无论它们的生还是它们的死。给它们尊严，就是给我们自己尊严。它们的路，就是我们的路。

穷途之鱼

山溪从大茅山之巅奔腾而下，如飞跃的马。溪遂名马溪。溪谷逼仄陡峭，悬崖交叠。溪水冰寒彻骨，明净如镜。雨季，山巅的过雨横流，冲刷着林木和刀劈般的崖石，往山谷拥挤，水踩踏水，掀起了山洪，扬起马蹄（浪头），从悬崖纵跃而下，马鬃（瀑布）垂挂。肥壮健硕的马，沿着溪谷嘶鸣。入秋之后，水渐枯，时断时流。在无岩石的河床，淤积厚厚的沙层。碗大的石头已被山洪带走，粗粝的沙沉了下来。水渗入沙层，消失了，在另一段河床的水潭，咕噜咕噜冒了出来。水潭或如盆钵或如瓮桶。水不冒水花，涌出圈纹。

这么高的山溪，应该没有鱼。一起探山的朋友说。

为什么？ 我问。

"悬崖很多，鱼游不上来。即使游上来了，也会被山洪冲走。"

"有溪就有鱼。新疆天池在博格达峰下，科考人员发现了8种鱼类，其中有珍稀的细鳞鲑。马溪肯定有鱼。"

开始在马溪找鱼。大雪（节气）已过，巨大平整的岩石裸露出来，水浅如流布。水漫过，丝绸般滑动，水声嘶嘶嘶。在好几个小水潭，没找到鱼。

鱼过冬，需要在深潭冬眠。水太寒，鱼会被冻死。看见有几处不涌泉的水潭，被霜冻冻住了，结出厚冰。站在冰面上跳，冰丝毫不裂。木榄叶被冻出了冰的花纹，红如火炭。一只死黄蜂被冻成了标本。对朋友说：去深潭找一下，鱼躲在深水。

从老林场的水渠边，走小路入溪谷，便是天鹅湖。说是湖，其实是一个大深潭，因水富含有色金属硫化物，潭水幽碧如玉。幽碧是魔色，深深吸人眼球。花岗岩崖石被水冲出巨大凹槽，洪流直泻而下，冲平了花岗岩河床，形成了深潭。看到被水磨平的河床，应该相信自然的力量 —— 水以亿万年的韧性，以柔软之力，将石化为齑粉。水挂在凹槽下的石壁，冰化，形成了冰瀑，冰凌和冰柱滴着水珠。水珠啪嗒啪嗒，炸开潭面。在潭底，小鱼蛰伏在石块上，轻轻摇着尾鳍。扔一粒石头下去，小鱼呼呼呼溜走，在另一石块蛰伏下来。冬眠的鱼已很少游动。

鱼侧扁，体长约8厘米，吻短似锥，鱼腹略圆，腹鳍较短，背部斜隆，体银灰色，有暗褐色网纹，臀鳍和偶鳍均为灰白色。这是点纹银鲴。2021年4月下旬，在武夷山主峰黄冈山的草坪村，观察过这种鱼在孵卵。

山溪有很多鱼类生活，以马口鱼、宽鳍鱲、瓣结鱼、鳡鲅、爬岩鳅、鲇、翘嘴鲌等居多。但它们生活在低海拔、河床平缓、鹅卵石较多、腐殖物较丰富的山溪。马溪在桐西坑注入桐溪，与分水溪并称双溪。分水溪自华坛山镇分水关西流，经叶家、毛村、双河口、铁丁山、桐西坑，入双溪湖，在平缓山谷流转20余公里。桐溪有非常多的马口鱼、宽鳍鱲，却没有见过点纹银鮈。

在婺源星江边，见过一个爱养溪鱼的人。他在院子里建了一个地下水池，面积100余平方米，水深8米。水自山中溪涧引来，洁净清冽。去参观，入室，阳光从天窗射下来，见鱼悠然闲游。一股阴气，让人不寒而栗。鱼有鲫鱼、马口鱼、宽鳍鱲、瓣结鱼、红眼、麦鱼。问他：怎么没有养点纹银鮈呢？

养不活，养三五天便死了。养鱼人说。

"池底铺一层沙砾，它就不会死。"

"鱼养了好几年了，就是不孵小鱼，不知为什么。"

"池中没有石块、没有草，鱼卵被鱼吃了。"

"马口鱼、宽鳍鱲是喜欢斗水的，没有水斗就失去了活力，再大的鱼池也斗不了水，养它们没有观赏价值，不如放生。"

山溪鱼，看着就舒服。养鱼人说。

赏鱼而不懂鱼，是叶公好龙。但这句话，我没说出口。

点纹银鮈生活在高海拔山溪。它天性就是往上游斗水，哪怕（意外）舍弃生命。它们以鱼群（一个鱼群8—20尾）的方式，追逐水浪，越过鹅卵石和矮水坝。水冲下来，击退鱼群，它们慢慢浪游着，溃散的队伍迅速集结，摇着尾鳍，边进边退地慢游。尾鳍轻轻扇动，细沙腾起，又落下。尾鳍分叉，末端尖，上下叶等长，扇动起来，像一只柑橘凤蝶。它鳍薄如银翼，感受水微毫波动。点纹银鮈在浅水静止不动，对着水面用力吹一口气，它迅速摆尾逃走。扔一朵野菊下去，它也逃走。它随时在敏锐地感受周遭危机。

在山溪，它是非常弱小的生灵。4月溪水转暖，草木回春，点纹银鮈开始营巢。马口鱼、鲇等鱼类，在草丛打窝孵卵，点纹银鮈在石块下孵卵。点纹银鮈求偶，头对着头，不断地扇动鱼鳍，嘴巴一翕一合，曼妙地跳"斗鸡舞"，身姿优雅。双方跳得尽兴了，找浅水区石洞，摆尾扫沙，"垒"出一道沙坝，用嘴巴叼小石块，"砌"在沙坝上。石洞成了它们爱的城堡，有防护墙，有护城河。卵没有孵化之前，它们不离开石洞，日夜守护，也不觅食。卵小如粟米，金黄色，一泡泡附着在石块上。

鱼卵是蛙、蜗牛、蛇、鱼等动物的美食。尤其是同类鱼，嗅到腥味，袭击堡垒。亲鱼摆动尾鳍，扬起沙子，水浑浊，以头撞击偷袭者。蛇还在冬眠，尚未出洞，蛙是点纹银鮈最大的天敌。蛙饿了一冬，急需进食，一旦发现鱼卵，就露出贪食的天性，吃得颗粒不剩。

10天之后，卵孵出了鱼，小如麦粒，肉质透明，鳞纹与内脏清晰可见。它们将随着水流，开始艰苦卓绝的一生：奋力斗水。

点纹银鮈以浮游生物、小昆虫、虫卵等为食。棘胸蛙栖息在海拔400—1900米的山溪瀑布下或山塘岩石，头宽脸短，吻端圆，皮肤粗糙，趾间几乎全蹼，白昼潜于水下或石洞、石缝，越冬于烂草叶，昼伏夜出，以昆虫为主食，兼食鱼虾和软体动物。点纹银鮈是棘胸蛙主要食物之一。蛙是两栖动物，可跳可爬可走可泳，捕食敏捷，跳入水中，吞食小鱼。

鱼为鲜肉，鸟为刀俎。鱼的生死，从不由自己决定。水也不是理想的藏身之所，即使是深水潭。蓝翡翠、褐河乌、燕尾栖息于山溪边的丛林，鱼蛙是它们的主要食物。蓝翡翠即翠鸟，体羽深宝蓝色，喙橘红，栖在枝头，唉唉唉地叫。它在观察水中的动静，有鱼蛙出现，它一个俯冲，长喙直插下去，叼起活物甩水，溅起一串串白水花，回到树上吞食。点纹银鮈敏感，藏身于沙 —— 它的体色与沙砾色融为一体。它可以躲避蓝翡翠的"暗杀"，却躲不了褐河乌的"明枪"。褐河乌只生活在溪流，通体咖啡色，喙短而尖，是唯一可以在水中潜泳的雀形目鸟类，营巢在河边隐秘石缝，4—8月孵卵、育雏，一窝3—4枚，种群数量大。褐河乌潜入深潭，啄食点纹银鮈。燕尾最喜在瀑布下，吃虫及虫卵、蛙、鱼。

体形越小的鱼类，越缓生。点纹银鮈一年只长几厘米。数以千计万计的死亡，成就一尾点纹银鮈成年（性成熟）。对它生命威胁最大的不是鸟类、蛙类，也不是山洪，而是水质污染。它只生活在无污染的山溪里。生活用水（尤其是洗衣水）、杀虫剂是构成它非自然死亡的主因。分水溪没有点纹银鮈，是因为沿途的村舍排出生活用水，农田排出了含有化肥和杀虫剂的田水。

2009年夏季，和同学在大茅山观音瀑，见瀑壁上吸附着十余尾小鱼，形如壁虎，往上爬。小鱼爬上半米高，被瀑水冲下来，落进瀑潭里。过一会儿，小鱼又吸附着石壁，继续爬。石壁长满了水苔，青黝黝，溜滑。同学问我:这是壁虎，还是蜥蜴？怎么没有脚呢？没见过这种动物。

这是鱼，学名叫溪吻虾虎鱼。我说。

鱼爬墙，真是一件奇事。同学说。

观音瀑高数丈，石壁如刀削，瀑如白练，瀑声如擂鼓。点纹银鮈爬上去，又被水冲下来，周而复始。

溪吻虾虎鱼腹鳞较大，鱼鳍伸缩有力，在爬壁时，有很强的附着力，吸盘一样吸附在石壁上。水苔有很多小虫和浮游生物，它一边爬一边吸食。它的嘴短且窄小，嚅动着吸食。溪吻虾虎鱼也是高海拔山溪鱼，却不溯溪，爱爬墙。点纹银鮈爱溯溪，但不爬墙。

在南方山区，点纹银鮈是分布较为广泛的耐寒鱼。在宜春的明月山，在婺源的大鄣山，在开化的钱江源，都见过点纹银鮈。

每一个物种，都是造物神的造化。点纹银鮈为什么那么喜欢斗水，一直斗水到水源之处 —— 无水可斗了？一直想不明白。也无须想明白。这是基因决定的。它们一生的旅程，非常短暂，就是一截高海拔山区的溪涧。它们往上游奋力地游啊游，又被水冲刷了下来，回到原地，又继续游。点纹银鮈就像往山顶推巨石的西西弗斯，巨石推上去又滚下来，又推上去复滚下来，不舍昼夜，周而复始。西西弗斯是生命的悲剧。没有被巨石压死，不知是西西弗斯的万幸还是不幸。更悲壮的是，夸父在追逐太阳的路上，活活渴死。

西西弗斯和夸父，都是追求悲壮生命意义的（神话中）人，很有理想主义色彩，喻示了人不可抵达的终极，和无意义性。点纹银鮈既是西西弗斯，又是逐日的夸父。它终生在逐浪，腾波逆游。它们死在离水之源头越来越近的路上，或从崖石摔下而死，或被飞鸟叼啄，或被蛇蛙吞食，或被晒死（水枯竭）。在马溪找鱼时，就见到了干涸而死的点纹银鮈。

梧风洞是大茅山核心原始次生林地带，溪谷平坦，林木参天竞秀。落羽杉在谷边褐黄褐红，树冠如栖落的火凤凰。针叶一阵阵落下来，火舞似的。山乌桕、乌饭树、槭树、盐麸木、枫香树，让山野有了燃烧感。河床横陈着大鹅卵石。河床成了石头床。高山上的山溪，大多石头堆叠——石头从山上滚下来，被水切割、磨圆。巨石之下，就有水漫而下形成的小水潭。小水潭枯竭，留下沙坑。

马溪断流两个月余，沙坑很多。溪床有巨石，平如饭桌，巨如晒场，名"点将台"。"点将台"下有锅形沙坑，看见九尾点纹银鮈晒成了鱼干。点纹银鮈在退水时，躲在水潭里，自由自在地藏身过冬。天太旱，有近两个月没有降雨，马溪干涸。点纹银鮈成了水潭的死囚。

把晒干了的点纹银鮈带了回来，放在窗台上。它们如一条山溪的遗骸，枯瘦干硬。宽鳍鱲、马口鱼、翘嘴鲌等山溪鱼类，在山洪暴发或将断流时，会退水到大江大河或湖泊里，躲过季节性自然灾害，获得更广阔的生存空间。点纹银鮈则不退水到大江大河，而是躲在岩石下或石洞或水潭。它在等待时机，再次搏击激流，追求溪流的最高处。通往高处之路，皆为迷途。迷途即困局。

马溪自梧风洞而下，沿途发育，全长十余华里，落差一千余米。这是一条隐身于森林的山溪，雨季，溪声传遍山谷，传于两华里之外。溪谷神秘，很少有人寻踪。葱郁的林木、多雾的气候、花岗岩结构的山体、洁净的水源，构建了大茅山独特的生态环境，是众多稀有野生动植物的避难所。黑熊、云豹、白颈长尾雉、黑麂、金猫、金斑喙凤蝶、南方铁杉、珍珠楠等在此栖息。点纹银鮈是南方山溪普通的物种，对水质要求极其严苛，是生态标志性物种之一，生存空间非常狭窄。

普通的物种，却绝非普通的鱼。鱼，假如有殉道者，那么点纹银鮈就是。它在殉道的路上，度过一生，最后为道殉难。它的道是天然之道。造物主安排给它的天伦之道，它必须走。它唯有生活在赴死的路上。也只有这样的鱼，才配得上生活在天然的水里。

溪　蟹

　　饶北河发端于灵山山脉北部，遂又名灵溪。溪自方村而下，激跳溅珠，削崖断岩，入望仙谷，湍流而出樟涧，回曲平缓，东入郑坊盆地，始称饶北河。河中多鱼、多虾、多蟹。蟹小如蜜蝶，头胸甲隆起，螯脚5对，甲色青黄，眼部炭黑，突如黑豆。

　　7—10月，是捉蟹的季节。汛期远去，溪水日浅，没膝深。河从峡口拐过来，穿过矮柳林，石滩涌起白水花。石是碗大的砾石，被水磨圆。枫杨树在河岸高高扬起，乌鹊四飞。翻开砾石，溪蟹匍匐在沙层上，手轻轻捂过去，握上溪蟹，捞上来，塞入鱼篓。鱼篓是篾丝编的，有一个圆盖，盖住篓口。

　　捉蟹是在午饭后开始的。孩童放下碗筷，背上鱼篓，光着脚下河。河水舔着肌肤，清凉，沁人心脾。河床上全是砾石，被洪水冲得平平整整。翻一个砾石，捉一只或两只溪蟹。孩童捉了30余只溪蟹，够烧一盘了，不再捉了，把鱼篓拴在柳丫，半浸在水里，自己跳进深潭游泳去了。深潭在回旋流之处，水深而平静，潭底如深锅。大鱼在潭底潜游。鲩鱼、青鲤、花鲢等，在这里有了鱼窝，一窝一窝，数十尾成群。人鱼同游。鱼舒展着鳍，摆动着长尾，自由自在，翩翩若翔。人伸开四肢，仰天而泳。如天体之诗。

4—9月，溪蟹产卵。溪蟹在砾石下掏沙，掏出洼坑，作为"产房"。公蟹在洼坑口，舞动强壮的螯脚，吸引母蟹。母蟹沙沙沙地爬了过来，在"产房"求欢。蟹的头胸部分额区、眼区、胃区、心区、肠区、肝区、鳃区，腹甲有7节。卵产自母蟹腹部，一次产卵数百万粒，体内发育出幼体。幼体脱离母体，随水流而流动，幼体蜕壳后发育成大眼幼虫，又经几次蜕壳，发育为幼蟹。

搬开砾石，发现沙洼有条纹花蟹珠似的"甲壳虫"，壳白如苎麻，水冲过来，"甲壳虫"四脚朝天，被水冲走。这个"甲壳虫"就是幼蟹。幼蟹是秧鸡、白骨顶、白鹭、池鹭、绿鹭等鸟类的食物之一，也是宽鳍鱲、鲇鱼、黄颡鱼、翘白、鳝鱼、沙鳅等鱼类的食物之一。

溪蟹是捉不完的，太多了。溪蟹一年产卵一次，一次繁殖数十只蟹。蟹生长快，一年即可硬壳，硬壳了就可繁殖。倒出鱼篓里的溪蟹，放在清水里清洗一下，入油锅翻炒，撮姜蒜下去，配以老酒去腥，蟹红了，出锅入盘。溪蟹并无蟹黄蟹肉，吃的是壳和螯脚。

吃溪蟹，佐以烧酒，驱湿寒。孩童捉蟹，但不吃蟹。蟹壳如骨，既硬又脆，刺牙龈。孩童玩蟹。蟹在院子横爬，沙沙沙，爬进了石洞，用一根竹梢掏出来，蟹忽溜溜逃跑，被鸭子刷进嘴巴。孩童在螯脚扎根麻绳，蟹跑着跑着，麻绳拉弹一下，蟹弹回原地。折腾半个时辰，蟹不动了，围来蚂蚁。蚂蚁数百只数千只，形成一条动态的蚁路，包围了蟹。蟹慢慢变黄变红。蟹红如番茄。蟹死了，蟹甲表层的虾红素透析了出来，蟹透红。

死溪蟹，味腥，招惹蚂蚁、绿头苍蝇，以及其他甲虫。孩童贪玩，把数只蟹灌入竹筒，灌入少量水，挂在木柱上，听蟹声。蟹在竹筒爬，嘟嘟嘟。蟹和蟹也会斗架，前螯足做凶器"厮杀"。"厮杀声"震动了竹筒，当当当。溪蟹好斗如蟋蟀。装在竹筒里的溪蟹，存放三五天，还是斗劲十足。

溪蟹炒食是一种吃法。溪蟹熬粥也是一种吃法。最好的吃法是制蟹酱。制蟹酱，并不是谁都会的，虽然制法简单。

制蟹酱，离不开石臼。石臼似升筒，塞入鲜蟹、大蒜头、老生姜、胡椒、辣椒干、食盐，调以谷烧，以杵擂烂，然后封装在玻璃罐或土罐，置于阴凉之处（通常是床底下、番薯窖），三日后即可开罐尝鲜。蟹酱是至鲜之味。

入了9月，便是入了高秋，天燥气凉。河水浅至脚踝，河面收窄，砾石裸露出河面。在正午，溪蟹爬上砾石透气。这个时候，下河捉蟹，不用翻石块了，用手直接捂，抓入鱼篓。捉蟹的人，在水上，只能悄无声息地挪动脚步 —— 水流出现异样振动，溪蟹仓皇逃入水底，隐藏在沙砾之间。它的体色与沙砾无异，很难辨识。

也是这个时候，河面落满了鹭鸟。鹭鸟吃蟹，叼起来，甩一下长喙，吞下去，生吞活剥。褐河乌掠在河面飞，叼上溪蟹，落在河岸的溪石上，吐出蟹，玩弄一下，再吞食。砾石上的溪蟹，眼球会"吐"出很多液体。液体的腥味，被风吹散，引来乌鸦。乌鸦栖在柳树下，掠食溪蟹。溪蟹对鸟无预警，属于睁眼瞎。

溪蟹以小鱼小虾为食，也吃鱼卵水虫。它吃鲜食也吃腐食。落入溪流的动物内脏，如鸡肠鸭肝，大多入了溪蟹的肠道。溪流中有许多腐肉，如死鸟、死蛙、死蛇、死鱼等，泡烂霉变，被鱼（如刺鲃鱼、上军鱼、青鱼、黄颡、鳝鱼、鲇鱼、塘鳢、鲤鱼）分食，糜肉则被溪蟹拖进砾石下的沙洼，安静地享用。它是溪中隐居者，以沙洼、湿地泥洞、水草丛石洞为穴居，半居水中半栖水草地或沙地。

但溪蟹不属于两栖动物，而属于十足目溪蟹科动物，身披铠甲如远古的武士。

溪蟹无肉，鲜有人捉蟹吃，繁殖又极快。盛夏，溪蟹爬上埠头石块，歇凉。幽凉的河风从水面涌来，星光霜白。溪蟹横七竖八地趴在石板上，吐着泡沫，也排除体内的热量，腥味四溢。这个时候，不用捉，用笤帚扫入畚斗即可。但无人扫。捉蟹是一种孩童的玩乐游戏。还有一种钓蟹的玩乐游戏。麻线穿入蚱蜢，漂在溪中砾石之间，溪蟹"抱着"蚱蜢就跑。提上麻线，甩都甩不掉溪蟹。它就像一个快要饿死的人，看见了红烧肉，即使枪抵着脑袋，也不会放下装肉的碗。

鮰鱼、甲鱼很喜欢吃溪蟹。溪蟹蛰伏在砾石下，鮰鱼不断地向砾石下的沙层吐气冲水，冲出一个洞，把溪蟹冲出来，大快朵颐。甲鱼会钻沙掏洞，掏出溪蟹。似乎这个世界没一个地方是安全的，即使藏身在砾石之下，即使在湍急的水流之下。藏身之地，成了死穴。溪蟹无处可逃。

对于溪蟹来说，河蚌属于"完美的坟墓"。河蚌大如手掌，在水下张开蚌壳，捕食浮游生物、小鱼小虾、水虫。蚌壳张开，露出鲜肉，如水下莲花绽开。溪蟹爬了进去，蚌壳闭合。溪蟹粗壮发达的螯脚，被绳子束缚似的，再也无法挥舞，成了活体僵尸。河蚌的消化液成了腐蚀剂，溪蟹渐渐化为液体。

猎手和猎物，互为镜像。万物相生，也相克。

在1996年之前，饶北河的溪蟹非常之多。上游的望仙乡开办20余家大理石厂之后，河水严重污染。很多鱼类在饶北河流域灭绝。养鸭人开始在河中养鸭。鸭是湖鸭，吃水草，吃螺蛳，吃小鱼小虾，吃溪蟹。鸭粪再度污染了河水，河水富氧量很低，砾石长满了水苔，溪蟹死绝，狐尾藻漂满了河床。

河边生活的人，眺望着枫杨林，再也下不了河。令人伤心欲绝。

石材厂在2005年关停。历经近20年，消失的鱼类（如鳜鱼、河鳗）渐渐出现在溪流中。不知道这些鱼，是从下游的信江洄游上来，还是饶北河自身恢复种群的。

"千年的草籽，万年的鱼卵。"是古语。花鸟虫鱼是神造之物，极其脆弱，又极其顽强。神是造物神，赋予每个物种代代相传、生生不息之力。古莲埋千年，仍可发芽。鱼卵在泥层埋万年，仍可孵化。这是最伟大的生命奇迹。多么希望溪蟹的卵，具有这样的神奇之力，在饶北河恢复种群。

2022年6月27日，去郑坊镇，餐桌上，上了一盘炒河虾。河虾间杂了4只溪蟹。席间，问了才知道，饶北河有溪蟹，不过非常少见。我心中暗自激动。已有20多年没有见到溪蟹了。用了餐，回到自己村里，找到打鱼人痴子，问：河里是不是有溪蟹了？

"有啊。我用地笼（一种长笼形网丝渔具）捕鱼，每次都能抓上几只蟹。"

"哪一年开始有溪蟹的？"

"前年开始吧。"

去了饶北河，赤脚下河。在浅滩，翻了60多个石块，也没找出一只溪蟹，让人伤心。站在柳滩，望着弯弯的溪水自西向东而流，蓝翡翠在嘘嘘地叫，心里很不是滋味。夏蝉在柳树上吱吱叫。下游的深水处（没膝之深），七八个妇人在摸螺蛳。这是清水螺。摸半个下午，可以摸半水桶。

溪蟹只生活在山溪，且砾石丰富、白沙积层的水域，对水质的要求似乎苛刻，是生态标志性物种。每一种生态标志性物种都是历经磨难的。只要生态被破坏，或发生重大改变，该物种就显得非常脆弱，甚至灭绝。造物神以此告诉芸芸众生：生命虽然平等，但仍有高贵与贫贱之分。高贵的生命所需的栖息环境，非常罕见。或者说，只有罕见的栖息环境才会有高贵的生命诞生。贫贱的生命随处可见，如稗草如野桐，如麻雀如鹡鸰，如蚯蚓如蚂蟥，如乌鲤如鲇鱼。贫贱的生命强大，落地生根。

饶北河是一条普通的山溪，3—6月是丰水期，10—12月是枯水期。丰水时，大河汤汤，河水淹没两岸。鄱阳湖的鲩鱼、鲤鱼、鲫鱼、鳜鱼、鳙鱼、青鱼等，洄游至信江至饶北河，在草丛产卵孵化。枯水时，冬候鸟自北方迁徙而来，如白骨顶、小鹍鹕、燕鸥。河蟹（清水蟹）是有洄游习性的。不知道溪蟹是否有洄游习性。

即使溪蟹不会洄游，饶北河仍有溪蟹栖息。方村溪和双溪、古城河，是饶北河的源头和支流，溪蟹的栖息地没有遭到破坏，大量的溪蟹生活其中。这些溪蟹会被山洪带到饶北河。

一条河流给人许多期盼。饶北河算是死而复生。复生即生命之新生，物种之复诞。有生之河，才是鲜活的，才是万古不息的。有的物种消失了会轮回，有的物种消失了便彻底消失。这是自然之痛。

所期盼的，是河中处处生活着鲜活的生命。鱼群四季浪游，鹭鸟兀立石滩，水蛇游于水面，溪蟹藏于砾石之下。茂密的枫杨树，在迎接日出，也在目送日落。寿带鸟在枫杨树上愉快地求偶、孵卵、育雏。

河边长大的每一个人，都会念想着溪蟹，念想着与鱼同游深潭。即使耳鬓霜白，也会这样念想。因为，人在河流面前，无论多衰老，始终是初生的孩童。

鳑　鲏

长乐河横在长潭洲和箬坑之间，一条旧公路桥平卧河面。两边桥头各有高大树林，樟树、枫杨树倒映水中。桥已废弃，仍有村民挑着箩筐或簸箕往来。长潭洲隐匿在山丘之下，被树林所遮蔽，一条机耕道曲折幽回，直通瑞港村桥头。箬坑如一块煎饼，摊在长乐河曲转弯回的洲地。洲地平坦十里，形如吊钟，田畴里种着菜蔬和稻秧。稻秧半浮半挺，白水泱泱，白鹭、池鹭站在秧垄啄食。也有白鹭贴着河面飞，嘎嘎嘎嘎叫着。它在找浅滩落脚。在浅滩的顺流中，有一群群穿花筒裙的小鱼在逐水而游，时退时进，视觉中，始终原地不动。小鱼芸豆大，一圈深绿纹套着一圈灰黄纹，背鳞青绿色，鳃边和尾基深红，眼眶淡红，尾下鳍灰赭。我伸手入水，想掫小鱼，鱼群忽地散开了。过了一会儿，鱼又聚在一起。我摘了两片箬叶，折出一个斗状，小鱼游着游着，落入箬叶，提起来，水从斗缝漏下去，溅湿了裤子。小鱼搁在斗底，翕动着嘴。看起来，它更像一朵盛开的朝颜。程师傅问我：这是什么鱼，这么小。

鳑鲏。我答。

没见过这种鱼。怎么都是小鱼呢？程师傅又问。

大与小，是相对的。这已经很大了，它不会再大了。我又答。

提着箬叶，我坐在桥头一栋紧闭了大门的屋舍前。太阳凶猛毒烈。这是村头唯一的一栋屋舍，荒草淹没了门槛，门环锈蚀。我有些渴，手臂晒出了盐霜。我真想用木舂破门而入，燃起灶膛，烧一锅水喝。喝了水，在厢房的平头床上躺一会儿。在石臼上坐了一会儿，我下了埠头，把箬叶沉入水，鳑鲏游走了，浮在水面，扇着尾鳍，悠然，陶然。

一个年长的村人，见我在河边转悠，问：你是去丁山吗？

不去丁山，就是瞎转。我说。据说，姜夔（约1155—1209，字尧章，号白石道人，汉族，南宋饶州鄱阳人，南宋词人、文学家、音乐家）的父亲出生在箬坑，年长后，去鄱阳营生，安了家室，生了姜夔。死后，姜夔把父亲运回箬坑，安葬在丁山。当时的守墓家丁在箬坑生息了下来。这个说法，是当地人代代相传下来的，无证可考（家谱、县志、笔记，均无实证记载。学界也有姜夔属德兴人一说）。

我不知道哪座山叫丁山，也不问。鳑鲏不容我心有旁骛。

三十年前，鳑鲏是山溪常见鱼。它活跃于并不湍急、水深30—50厘米的缓流或静水处，鱼群出没，数十尾甚至上百尾散游，逐波或沉底。二十年前，在赣东北，鳑鲏已十分罕见，在大部分山溪中绝迹。与河川沙塘鳢一样，了无踪影。在德兴市境内的乐安江、银港河、洎水河，可能有鳑鲏，但我没发现过。2022年春，德兴通往上饶的公路，瑞港路段塌方，数月无法通行，我便绕行张村乡店前村箬坑走瑞港桥头。

沙洲地盛产箬叶，故名箬坑，既是沙洲，也是德兴西南盆地（张村乡、黄柏乡、万村乡）的北部。每次过箬坑，我都要停留，或走走巷子，或走走田埂。村子古朴，鲜有村人在街巷走动（大多在田里劳动）。村头种了很多甘蔗、白玉豆和玉米。三根竹竿撑一个三脚架，白玉豆盘在架上，一蓬蓬，把整块田撑了起来。屋角或院子或菜地边，也栽种梨树、柚树、橘树、石榴树。无论什么季节，我都很愿意在箬坑逗留。但我很少关注过环村三面而过的长乐河。即使偶有关注，我也没关注过河里有哪些鱼类栖息。

2023年5月初，去彩虹桥集市买菜，一个六十多岁的老哥站在集市内巷，脚边摆着两个塑料桶。一桶泥鳅，一桶小溪鱼。泥鳅是小泥鳅，最大的泥鳅只有中指长。小溪鱼肥壮，有马口、鲫鱼、翘嘴鲌、黄颡、白鲦、鲳鳊等。有几条很小的杂鱼，花花绿绿，被我一眼认出：鳑鲏。我问老哥：你这些鱼是从哪里抓来的呢？

店前，界田的店前。你知道吗？老哥说。

知道，店前的插竹畈、箬坑，去过。我说。

我便记住了长乐河有鳑鲏。在我的出生地郑坊，有饶北河，河中多鱼。在我25岁以前，一根麻线（不用鱼钩）可钓上白鲦，水中濯足，马口、白虾围拢过来，吃脚皮屑。翻开鹅卵石，石下不是溪蟹就是河川沙塘鳢。河中沙坑，鳑鲏在群游，如一群彩蝶翩翩然而自得。村人从不抓鳑鲏，它太小。孩童却喜欢，笤箕沉入沙坑底部，鳑鲏游进去，抬起笤箕，捞了上来。玻璃罐灌满溪水，抓一把细沙下去，鳑鲏在玻璃罐里游。侧着玻璃罐看鳑鲏，（因为凹凸镜的反射原理）鳑鲏数倍变大，浑身彩绿，如美人鱼戏水。玻璃瓶晃一晃，鳑鲏如一道彩虹落入水中，真是魔幻又神奇。

鳑鲏、河川沙塘鳢、溪蟹、白虾等，于1997年在饶北河彻底消失。主要原因是河上游被排入了含有硫的工业废水，毒死了鱼虾。2007年，禁止了工业排污和花岗岩开采，历经十余年，河逐步恢复了原始状态，鲩鱼、马口、鲫鱼、鲤鱼、宽鳍鱲、黄颡等，又回到了河道，但鳑鲏、河川沙塘鳢、溪蟹、白虾、河鳗、河蚌，却无影无踪。

十余年，我始终解不了这谜。2021年春，我看了一个有关南方淡水鱼的纪录片，了解到河川沙塘鳢与河蚌有共生关系，在春末的孵卵季，河川沙塘鳢把卵射进河蚌内，同时河蚌把卵射在河川沙塘鳢的鱼鳍上，异体孵化。河蚌保护鱼卵，避免被鱼吞吃；河川沙塘鳢把蚌卵带到各处，待发育成幼蚌后脱离鱼体，沉入水底，肆意繁殖。

看了《河流与生命》纪录片，我开始关注河蚌。河蚌属蚌目蚌科软体动物，蚌壳纹如水涡，又名涡蚌，蚌张开钳入食物，合拢消化，又称蚌壳钳。河蚌在淡水底部的沙层或沙泥生活，滤食藻类为生，卵在鱼体寄生。夏摸螺蛳，冬摸河蚌。水库、鱼塘、溪流、湖泊等，均有河蚌可摸。摸河蚌不用手，用脚踩，踩在沙层，有硬硬的感觉，翻上来，不是石头就是河蚌。河蚌扔在水池，吐泥沙，一池水就浑浊了，吐尽了泥沙，需一个多月。泥沙吐完，河蚌就死了。

泥鳅、黄鳝、河蚌都离不开泥沙，体内没有泥沙即死。

鳑鲏的卵也寄生在河蚌内。没有河蚌（虽然河蚌并非唯一寄主，鳑鲏的卵孵在其他地方，很容易被其他鱼类吞食），鳑鲏难以自然繁殖。河蚌是鳑鲏的胎房和孵化器。生殖期，雌鳑鲏产卵于河蚌鳃腔，雄鳑鲏将精子通过蚌口入水，排入鳃腔，受精卵在鳃腔孵化、发育、吸收卵黄，鱼鳔吸入气体，幼鱼会游泳了，游入水中，自行生活，以硅藻、水草、小型甲壳类和昆虫为食。鳑鲏在排卵时，输卵管会延长，延出体外，像一条淡黄的绸绦，在水中飘逸。一群鳑鲏出游，数千尾，绸绦漂荡，如花笠水母盛开绿水。

饶北河没有了河蚌，自然也就没有了鳑鲏、河川沙塘鳢。近几年年冬，我都要买上百斤的河蚌，倒入饶北河放生，期望河川沙塘鳢、鳑鲏再现，却始终不见。河鸭把河蚌吃得干干净净。

也不是说，有了河蚌就有鳑鲏。河蚌可以在水塘底下的淤泥生活。泥沉淀着生活污水中的有机物，长出藻类，河蚌以此为食。鳑鲏需生活在洁净的溪水沙层或石头铺满的河道。溪蟹、白虾、河鳗与河川沙塘鳢、鳑鲏类似，对水质、栖息环境，有着严苛的要求。

2014年6月，在福建浦城县郊，沿柘溪（南浦溪支流）走，入村口有一座石拱桥，盘满了络石藤。站在桥上往下看，溪水约半米深，白沙明净，数百尾鳑鲏在沙面嬉戏，身子一闪一闪，左右、上下翻动，扑朔迷离，舞姿翩跹。柘溪弯弯曲曲，在田野匍匐。稻秧青青的田野，显得更宽阔、更嫣然。沿溪边田埂路，往上游，约走了五公里，到了南浦溪。这是我见过鳑鲏最多的溪流。溪，每百余米，就有鳑鲏的鱼群出现，如银河中繁星闪烁。问了村人，得知柘溪从来就没有挖过河沙，离村子较远（无生活污水排入），也无人电鱼毒鱼，才得以保存了一溪的鳑鲏。

长乐河发源于大茅山麓，绕二河与瑞港河在傅家墩汇合，始称长乐河，弯过箬坑，在插竹畈筑坝引水（灌溉、发电）。这一截河段是长乐河的最上游。坝底下，是一块砾石滩。春夏季，虽有引水入渠，坝顶仍漫水，飘泻而下，浅浅淹没了石滩。石滩有一窝窝的水潭，铁锅状，鲩鱼、鲫鱼、鲳鳊等，潜藏于此，马口、白鲦、翘嘴鲌则斗水浪游。有抓鱼的人，就在夜晚来到坝底下，用自制的渔具抓鱼。水潭里就有鳑鲏。2018年7月，徐海林兄就带我来过水坝旁的小村子。村子七八户人烟，林木遍野。天一会儿晴朗，一会儿阴沉，隔三岔五下阵雨。阵雨很是猛烈，沙啦啦，沙啦啦，树叶被雨击打得脆响。云从北向南盖过来，聚成一个螺旋状的黑云层。可以看到雨在云层下，垂降下来，白白的。夏天观雨，云层下，天色越白，雨越大。雨猛下，云也散得快，太阳又出来，一阵闷热。当时，坐在农家院子，与村人长聊，却没去坝底下走走石滩。也说真的，下雨，不敢去坝底，河水会猛然暴涨，人被冲走。

有怕人的鸟，始终与人保持远距离，生活在山林或湖边，如勺鸡、灰背燕尾等。人一靠近，它们就飞走，甚至无法靠近。也有与人相亲的鸟，毗邻村舍，甚至在屋檐下营巢，如家燕、麻雀、珠颈斑鸠等。鱼也是这样的。大多数淡水鱼视力较弱，感觉器官却十分发达，人走近，鱼即跑。白鲦、马口、鲫鱼等，并不惧怕人。鳡鲅却惧怕人，它感知到脚步，就往河中央游，鱼群慢慢散开，或干脆沉入水底，潜藏石缝。

自箬坑而下，长乐河两岸被箬竹、苦竹、芦苇、芒草、荻，以及樟树、枫杨树、苦楝树等高大乔木所覆盖。河道平缓，水流徐徐直下，河风划出波澜的形状。至界田村前，河面变得更宽阔，清澈见底，白沙晃起水光。目测之下，河水似乎很浅，没膝深，人走进河，水突然没了脖子，脚浮身浮，继而没了头。水至清，光线折叠了水的深度，让人不知深浅。不会游泳的人，很容易溺水。这一截河段，游鱼非常多，尤其是鲫鱼、马口、翘嘴鲌、溪石斑。

村头有一座古桥，形似月落柳岸，与唐代诗人王建写的《雨过山村》有几分神似：

雨里鸡鸣一两家，竹溪村路板桥斜。

妇姑相唤浴蚕去，闲着中庭栀子花。

古石桥名寿元桥，建于明万历十九年（1591年），花岗岩干砌而成，石桥5孔，桥墩迎水面砌成长度很大的分水尖，似尖船迎水而立。石桥长93米，宽8米，高6.8米，以花岗岩做护栏。界田在明清及民国时期，乃通衢（乐平、弋阳、横峰、上饶）之地。乐安河穿过石桥，向南弯去，一马平川，进入黄柏盆地的沃野。

沿着自界田而下的长乐河，我徒步千余米，发现了四群鳈鲏，也发现了河川沙塘鳢。询问了村人，村人说，河中多须鲇，多河蚌，多鲫鱼，多马口，多白鲦。村人不识鳈鲏，但识彩圆。鱼体扁圆、浑身油彩的鱼，叫彩圆。彩圆即鳈鲏。

鳈鲏自然死亡与其他鱼类不一样。它能感知自然死亡。它慢慢沉入水底，躲在草丛，用草裹紧自己。草丛成了它的墓穴。很多动物都能感知自己的自然死亡，尤其是哺乳动物，在濒死时，会远离群体，躲在草坑或洞穴，静静地死去。它们的死，非常神秘。它们的出生源于概率，死亡出于基因与环境的逼迫。鱼的一生，就是游来游去，哪怕旅程非常之短。

界田是我常来的地方，是美食之乡，尤其以红烧溪鱼、米粉蒸肉、水煮豆腐、煎粄粿而被德兴人称道。界田人蒸肉，用糯米粉掺杂粳米粉裹肉，放在饭甑里随饭一起蒸。外地人不知道粄粿是什么，甚至无法想象。粄粿即萝卜丝粿，萝卜丝切得均细，裹红薯粉浆，调食盐、辣椒末，浇在热油锅上，用锅铲扳动，翻颠。在冬日，热热的籺粿是一道无可替代的珍馐。溪鱼则是干煸、红烧，做法简单，但见干煸、酱抽的功力。水无污染，鱼则鲜。溪鱼一般是溪石斑、马口、宽鳍鱲。乡人不捕不捞鳑鲏。鳑鲏太小，被筷子忽略，却被鲴鳊、翘嘴鲌等杂食鱼争食。鳑鲏是水中的油彩，是视觉中的山水。

过了黄柏乡，长乐河向西而去，入乐平市十里岗镇，经白塔、仓下、南港、店上、三房、洋湖等村，自名口镇南安汇入浩浩乐安江。流程约50公里的长乐河，在乐安江平息，也在乐安江获得更壮阔的旅程。河的生命，在于浇灌大地，在于汇合，在于漫长的奔腾，也因此生生不息，繁衍万物。河行而不止。河生即万物生。

鳑鲏是被乡人忽视的一种鱼，小得毫不起眼，却被孩童深深喜爱。对于孩童，鳑鲏属于童话中的美人鱼，穿着翠绿的筒裙，纯真又魔幻。对于一条河，则是具有生态标志性的物种。

箬坑是一个普通的村子，是张村乡的一个自然村，并无特异之处，远离交通干线，环水，多草木。我喜欢去这样的村子，一个人四处闲逛，在不经意的时候，会有惊喜的发现。这种发现，我称之珍贵的自然获得。只有身处其中，才稀有地获得。

两亩方塘

朱潭埠的矮子师傅赤膊下塘，抱个簸箕，在抓鱼。塘中有鲫鱼、花鲢、鲤鱼、鲩鱼。塘水很浅，就剩下塘底一洼水，鱼拥挤着，很难游起来。矮子师傅用簸箕铲下去，搲上三两条鱼。鱼拱着背，尾巴甩起来，把泥浆甩在矮子师傅脸上、脖子上、胸膛上。他也不抹一下泥浆，泥浆就那么任性地淌下来，一直淌到裤腰，像烫软了的荞麦面。鱼入箩筐，吧嗒吧嗒，跳起来，跳了三五下，不跳了。鱼不大，鲩鱼约一斤半一条。问矮子师傅：鱼这么小，启塘是不是早了？霜降才过了七天，鱼也不好卖。

还谈卖鱼？天干了三个多月，一滴雨没落，塘没水了，鱼很快要死光光了。看不懂这个天。鱼拿命熬着，熬不下去了。他答。

塘堤上，三株南瓜旱得半死不活，叶半青半黄，南瓜结到拳头大就黄老了。苦竹搭的南瓜架晒得发白。十几株辣椒、茄子晒得蔫蔫的，叶秃了大半，辣椒一个也没结，茄子结了几个，很瘦，弯翘得似镰刀。一排苦荬菜秃了秆，几片叶子在秆头焦黄。

一个早晨，矮子师傅抓了浅筐鱼。他抱起筐，装在摩托车上，从机耕道出了雷打坞。筐滴下泥浆，他的身上也滴下泥浆，泥浆在地上滴出三条泥线。回了家，鱼入了木桶，他洗了澡，拉着木桶去集市卖鱼。

矮子师傅不矮，五十多岁，4—10月，他打赤膊。他说，衣服穿在身上，刀片刮一样难受。他身子黝黑，陶瓷锅的那种黑。他脸却白，出门就戴斗笠。斗笠可遮雨遮阳，还可当蒲扇。他头发短，也稀疏，鬓斑白。鱼塘在机耕道与山的夹角 —— 山的最低处，也是机耕道的尽头。尽头是一处坟地和一块黄泥地。黄泥地种了番薯和芝麻，再过去，是无尽的针叶林。一条防火道把针叶林一分为二。

初夏，他站在塘堤上，剥苦荬叶、南瓜叶给鱼吃，也去黄泥地剪番薯藤给鱼吃。这个山脚，我三五天去一次，去看环颈雉。有一个环颈雉家族栖息在这里，有时看见一只，有时看见三只，有时看见一窝。母鸡带着七八只小鸡，咯咯咯叫着。稍有动静，它们就飞得远远。机耕道两边和坟地有许多草。它们吃草叶也吃草籽。我带晒干了的剩饭去，撒在路边。他早起，是割草喂鱼。我早起，是去雷打坞溜达。就这样，我认识了矮子师傅。

鱼塘并不大，约两亩，毗邻小畈荒田。矮子师傅说，这小畈田种不了，几年前，出水的小渠被工地填埋了，抬高了地势，旱季又没了水可引，田就这样荒了。他挖了自己的田，筑了塘堤，养起了鱼。我说，与塘相连的那两块田，你可以租用过来，可以多养一些鱼，收入也高些，花去的工夫都是一样的。

那是我哥的田。他荒着，也不租给我。哥不如邻。唉，这是我最后一块田了，不能让田废了。三年不用，田就废，矮子师傅说。

大暑一过，天就没落一个雨滴，塘水日浅。入了秋，塘尾露出了厚厚的泥浆。泥浆日晒，干燥、皲裂，有了乌龟壳的裂纹。黄鼠狼在塘堤打洞，捕鱼吃。鱼游在水里，哪看得见黄鼠狼呢？黄鼠狼缩在洞口，鱼游到浅水，它就扑过去，咬住鱼鳃，拖到阴凉的地方吃。它啃鱼头，啃鱼背，啃鱼尾，鱼腹却不吃，扔在淤泥上。剩肉和内脏被白鹡鸰、乌鸫啄得干干净净，剩下一副完整的鱼骨。

随时可以看见白鹡鸰、乌鸫在塘边活动。它们啄螺蛳，啄死鱼，啄小虫。矮子师傅用水管从荒田的水坑接水过来，续塘。水坑蓄水量太少，续了半个来月，水坑也没水了。他也不去割草喂鱼了，把家里择下来的菜头菜脚、瓜皮带来喂鱼。有一次，矮子师傅问我：你爱钓鱼吗？

以前爱钓鱼，已经十多年不钓了。我说。

喜欢钓鱼的话，你就来塘里钓。昨天晚上十二点多，我抓了一个偷钓的人。他也太不识相了，钓了我八条草鱼。他说。

这么偏的地方也有人来偷钓呀。何况，鱼也不大。我说。

嗯呀，偷钓的人用几条蚯蚓就把鱼骗上来了，才不管我割鱼草有多难。睡在床上，我都想着明天去哪里割鱼草。他说。

没了水续塘，干得越发快了。山坞常有野猫出没。野猫不是弃养猫，是山灵猫，比家猫体形小，抓鸟、抓蜥蜴、抓蛙、抓蛇、抓野兔吃。野猫非常隐蔽，藏在草丛或林下，突然袭击。它有非常灵敏的嗅觉、视觉、听觉。塘水浅下去，它盘踞在机耕道边的杉木林一带。鱼游到塘边，野猫跃下去，抓上鱼来，叼到杉树下吃。野猫捕鱼，我看见过两次。矮子师傅看过三次。他用竹竿扑打杉木林和杂草，驱赶它。他扑打了几次，野猫的鬼影也没看到。

捞了三天的鱼，塘没鱼了。浑浊的泥浆水沉淀了七天，一洼水清清澈澈。矮子师傅说，投了五百块钱鱼苗，鱼卖了一千四百六十块钱，还划算，还划算。他嘴边翘着烟，拖着一双鞋跟烂开的黑胶鞋，又说：一年买酒的钱有了。

塘彻底干了。最后一块淤泥半干半湿，冒出了很多气孔。淤泥也晒白了。地锦和红蓼冒出了尖芽。白鹡鸰在泥面上，呼溜溜地跑，溜冰似的。矮子师傅收了南瓜架，翻挖了一遍塘堤，种上了白菜、白萝卜、菠菜、大蒜、芹菜。从一华里外的山塘（另一个山坞）挑水来浇菜。三天浇一次，浇了六次，雨来了。雨下得不透，刚好湿透了泥层，塘里没水蓄。塘泥软化了，葱油饼一样。软化了的塘泥，露出了浅浅的兽迹：梅花状的五趾脚印、前三后二的五趾脚印、马蹄饼状的三趾脚印。鸡爪印很多，大大小小，虚虚浅浅。塘边长满了牛筋草。牛筋草散开，贴着地面。泡桐叶、枫香树叶、苘麻叶、盐肤木叶、乌桕叶，落在塘泥上，蚀孔腐烂，叶脉完整。

水蓄了半塘，正月已经过了。芹菜摘吃完了，白菜萝卜也砍了大半，根还留着，烂菜衣也风干了。矮子师傅就给我抱怨，说，野兔吃了好多白菜萝卜，啃几口，也不吃完，烂根。他吃下的白菜萝卜，都是兔子先吃了的。他舍不得菜烂在地里，把吃不完的白菜萝卜，做了泡菜。他说，你要吃泡菜了，跟我打个招呼，自己的泡菜干净，也酸爽，用咸肉炒起来好吃。

没砍的白菜萝卜都开了花。白菜花黄，萝卜花白。这是初春原始的底色。山峦峻秀了起来，一浪浪地青绿，从山脚往山顶漫上去，野山樱花白艳艳，覆盖了山崖。簇新的木荷率先从杂木林里涌了出来，灰胸竹鸡再也控制不住自己，从早晨到黄昏，一直鸣叫。

去山里的人，有了些恍惚，还没缓过神，豌豆已经开花了。改变自然世界的，从来就不是别的，而是时间。时间给每一棵草、每一棵树、每一寸土、每一只生灵，打上了生命的烙印。机耕道下的塘边是一个斜坡。坡上的桂竹冒出了笋芽，八天之后，笋长得比人还高。矮子师傅在掰笋。他喜滋滋的，说，桂竹种下去四年了，第一年长笋呀。笋长了六根，他掰了较小的两根。

你今年还要养鱼吗？我问。

有点不想养了，去年天那么旱，鱼还没长开，就启了塘。费了那么多工夫，一百斤谷烧都没赚到。他说。

不养就可惜了。这个塘好，塘堤种菜，水中养鱼。我说。

你这样高看这个塘，那我还是养吧。也就五百块钱鱼苗，工夫值不了钱，玩了也就玩了。鱼不赚钱，赚鱼吃也可以。他说。

矮子师傅扛着锄头，去雷打坞铲塘边、糊塘边。塘糊结实了，不渗水。塘堤又翻挖了一遍，种了莴苣、苦荬、南瓜、黄瓜、丝瓜、空心菜、油麦菜、苋菜。这些菜，叶茂盛，可喂鱼。塘堤有一米多宽，泥肥，菜疯长。在黄泥地，全栽了番薯。去年的芝麻，才收了两斤多。芝麻被鸟吃得所剩无几。他也没办法。他扎了五个草偶赶鸟，竖在芝麻地，鸟照吃，还在草偶上结窝。

去集市买菜，我顺带买了十几根莲藕，掰断，扔进了鱼塘。藕是莲科多年生水生草本植物，喜温喜水，有肥泥就生长。一块方塘没有水生植物，塘面就太干净了，失去了塘的韵味。我也跟矮子师傅说，塘边上还可以栽几棵番茄，番茄好看又好吃。矮子师傅把头摇得像个拨浪鼓，说，鸟吃番茄，鸟吃番茄。

有一天，一个香屯人骑四轮电瓶车进村卖树苗。树苗有柚、番石榴、桃、梨、柿、木槿、栀子花，苗是小苗，拇指粗。我选了三棵梨苗、两棵柿苗、六棵木槿、四棵桃苗，借了一把小锄头，去雷打坞了。挨着塘边，在机耕道之下的坡，栽种了树苗。我喜欢柿子树和木槿。我每去一个地方客居，都要栽木槿。木槿易栽，抗病虫能力强，花期长。花可食，可赏。木槿花一层层开出来，是一件赏心悦目的事。如同告示：怒放的生命多么美。

清明，藕茎挺出了水面，圆绿肥厚的叶撑了起来。叶还没完全展开，如小绿伞，亭亭而立。矮子师傅买了五百块钱鱼苗，放入鱼塘。泱泱绿水，塘一下生动了起来。白鹡鸰站在绿叶上唧唧。

早上，矮子师傅骑一个摩托车，去界田三岔路口割草。那里有几块田，前几年有人种草养鱼，后来鱼没养了，草年年长。他去一次，割一担，鱼吃三天。草浮在水面，鱼躲在草下，窸窸窣窣。

6月底，暴雨连连，下了八天。泊水河轰轰隆隆，浪头翻涌席卷。楼下，掉了三个麻雀窝，被雨打掉的。有一个窝，还有五只雏鸟毙死。放晴了，去雷打坞，矮子师傅在翻挖塘堤。他说，小田畈像个湖，鱼跑得差不多了，菜也淹死，白劳无功。

塘中还有不多的鱼，矮子师傅也不去割草了。三五天，割一次番薯藤，扔进塘里。鱼成了塘里的闲云。差不多有一个多月，矮子师傅再也没来过雷打坞，马塘草、狗尾巴草覆盖了菜蔬，塘堤成了草堤。牵牛花爬上了瓜架，花幕垂下来。

在集市买菜，我看见活的白鲦、野生泥鳅、蚌、螺蛳，就顺手买一些，放入鱼塘。白鲦在水面穿梭来穿梭去，跳起来吃水蜳、水蟑螂、水蜘蛛。莲藕叶终于盖水面了，花苞从茎丫抽出来，朝上空挺直，日出而绽，露出粉红的花朵。

又旱了，入了仲秋，下了一场阵雨。阵雨很热烈，雨珠猛追猛打，下了半个多小时，骤停。塘水终究还是浅了下去。

塘半干半枯，露出了几块淤泥，已霜冻了。鱼沉在塘堤，或钻入塘泥。也有鲩鱼死在淤泥上，比巴掌大一些，被霜冻得硬硬。鱼眼被鸟啄食，成了两个黑窟窿。矮子师傅挖了六担番薯，把藤和根扔在塘中央。番薯机粉，卖二十块钱一斤。栽下去的树苗，活了十一棵。我高兴。矮子师傅说：栽下去的树，经过三个寒暑，才知道是否活了，现在判断不了，言之过早了。他是山民，也是树民，懂得栽树。树和人相似，需要经历严寒酷暑的煎熬。

雨水又活跃了起来，自然世界随之活跃起来。泡桐开出了粉粉的花。花油白油紫，一个月后，结出了蒴果。剥开蒴果，露出一包青籽，芝麻粒一样的青籽。木槿也开花，风摇，花枝也摇。

这一年，矮子师傅没放鱼苗了。他说，鱼会在塘中的番薯藤孵卵，不启塘，鱼就会越来越多。"任由鱼自己吧，由鱼命。"他说这个话，既坦然又无奈。好天气多，坏天气也多，好天气总是多于坏天气，可遭受几天坏天气，就让人无法承受。他管不了天气，也就管不了鱼塘。"没有水源，又没法排水。鱼没法养。"他说。

矮子师傅的话有道理。可什么是好天气、什么是坏天气呢？从哪个角度判定呢？天气都是好的，也都是坏的。无所谓好坏。

雷打坞是一个大山坞，有一片高大的枫香树林。林边有十几块大菜地。鱼塘缩在山脚，很少有人来这个角落。矮子师傅在黄泥地种上了花生。他挖花生，我捡花生。他剥生花生吃，嘴角溢出白浆。

又一年春，桃树开了花，梨树开了花。又一年秋，柿子树挂了红红的柿子。这一切，与我想象中的，是一个样子。

失散的鱼会重逢

2022年2月26日，午饭后，从凤凰湖野游回来，途经红山桥，我对纪荣富老师说：看看河里有没有鱼？

纪荣富老师说：你还有这样的好奇心。

我嘿嘿地笑，伏在栏杆上，看着桥下的河面。这是一座老桥，有四孔圆拱，距河面约十米高。我恐高，不敢直起身子，便斜伏着栏杆。栏杆长了厚厚苔藓，蚂蚁像个棺夫一样抬着死虫横着慢爬。暖阳有些猛烈，正空当照，河水白花花翻卷。其实，河水并不汹涌，且清浅，露出了砾石滩，水跃过凹形砾石，显得湍急，溅起层叠的水花。水是一层层摊下来的，冲出水窝。水窝黑黑，闪着一道道白光。

黑黑的东西拥挤着，在动，看起来，是一丛狐尾藻。狐尾藻被水荡着，像被风吹动的长裙。砾石滩把河水分出两条水道，有八丛这样的狐尾藻。我仔细看，那不是狐尾藻，而是鱼群。这么多的野生鱼，聚集在一起，还是第一次见识。估摸了一下，一个鱼群至少有三百尾鱼。鱼翻一下身，便闪出一道白光。

鱼太多了。我惊叫了起来。

纪荣富老师俯身看另一侧河边，也惊呼：河里全是鱼，乌黑黑。

这是什么鱼？纪荣富老师问我。

不是鲩鱼，不是鲫鱼，不是鲤鱼。不知道是什么鱼。我说。

鱼是巴掌大，白腹黑脊，从体形上看，是麦鱼。我又说。

不知道什么是麦鱼。纪荣富老师说。

麦鱼是土名，学名叫圆吻鲴。还不确定是不是麦鱼。我说。

河里这么多鱼，怎么没人钓鱼、捞鱼呢？鱼是从哪里游上来的呢？一个下午，我都在心里嘀咕这个事。这截河段，我三五天就沿着河岸走一次。河滩站着高高的芦苇和白茅，岸坡上被乡人种了时蔬。大批的树鹊、乌鸫、白头鹎在桥头的乔木林夜宿。南岸有一片荒园，残瓦断砖遍地，一棵苍老的冬青在荒园中央被密密的芒草包围，倒塌的瓜架爬满了劳豆藤。入荒园处，两棵百年古樟枝丫斜倾而出，覆盖了离乡人的记忆。

第二天早晨，我去了集市的渔具店，买了一根路亚、一瓶918饵料、两盒红蚯蚓、一板小鱼钩、一个鱼篓，花费290元。沿着埠头下了桥，理了渔具，站在石块上钓鱼。鱼线抛出去，坠子缓缓下沉，鱼线顺水下滑，浮标下沉又浮上来，我滑动轮子收线。滑了三转轮子，收不动了。我抖抖渔竿，鱼钩挂住石头了。顺了顺，绷紧鱼线拉了拉，还是收不了线。水底无沙，全是石块。

砾石不是圆石，有挫裂的棱角，很容易挂钩。我走到下游，顺流收竿，猛拉一下，鱼线断了。坠是锡，圆柱状，嵌入棱角，如钉入木。我剥下衣服的拉链扣，穿在鱼线做坠子，抛竿钓鱼。饵料是蚯蚓，抛了五竿，也没鱼吃。我又换918饵料，抛了五竿，还是没有鱼吃。鱼就在脚边，密密麻麻，可就是不吃钩。每次抛竿，都抛在激流处，是不是斗水的鱼不吃食呢？

往上游走了二十余米，把竿抛到河中间的静水处，让钩完全沉下去，不动它。钩沉了十几分钟，浮标也不动，倒立着悬浮。我把渔竿插在地上，赤脚下水。水不冻脚。鱼在水底翻拱，拱起脏脏的泥浆水。

收了渔竿，细细地看着游鱼。这是什么鱼？鱼怎么不吃饵料呢？在约一华里长的河段，数万尾鱼在摆尾、斗水而上。鱼是同一类鱼，体长相当。它们在河堤是孵卵还是吃食呢？

淡水鱼在草丛孵卵，在石缝孵卵，或在甲壳动物体内孵卵，不太可能在河堤孵卵，那样的话，卵会被水冲走，被鱼所食。那么它们就是在吃食。它们在拱食，翻出白白的鱼腹像闪电一样在云缝忽闪忽闪。

河叫洎水河，西出大茅山山脉东部的洎山，向西九曲而去。两岸群山绵绵，层层叠峦，陡峭壁立，形成幽深绵长的河谷。自新营镇而西，群山合围，有了开阔的盆地，河也壮阔。红山桥横跨在盆地的入口。吃了午饭，我又去河边。河水暴涨，水浪推着水浪。上游水坝，泻出数丈之高的瀑布，哗哗哗，震耳欲聋。水坝在放水。

水坝南边坝头有一栋闸房，房底下有约十米宽的泄洪道，水冲击出来，轰轰隆隆。提着渔具，我快速跑过去，抽出路亚，挂钩上饵，抛出鱼线。鱼线嘶嘶嘶，坠子落入急浪，转动轮子收线，饵标在激浪上滑动，竿头突然下弯下垂，手感很重。我抬高手腕，抖动竿头，绷紧鱼线，慢慢收线、拉紧，一条鱼身长长、鱼头尖尖的白鳞鱼跃出了水面。是一条翘嘴巴。翘嘴巴即翘嘴鲌，生活在中上水层，浪越急越搏水，吃浮游生物，吃小鱼小虾，吃蛙类昆虫，吃软体动物和动物内脏。翘嘴巴跃起，又沉下水，尾鳍扬起水花。越拉它，越沉下去。我突然打开滑轮，翘嘴巴拽着鱼钩忽溜溜跑，溜出十余米之远。我又收鱼线，慢慢收紧，绷直竿头，再打开滑轮，翘嘴巴沉下水。我拽它，回拉。

收了鱼，又放了它。它几个摆尾，消失在浪涛之中。

钓了两个多小时，收了竿，渔获八条翘嘴巴，1—4斤不等。乌黑黑的鱼群不见了。水太急太深，鱼藏在我看不见的水底。

过了三天，中午，我又去钓鱼。浅水激流。鱼在水窝挤挨着斗水。我放下了渔具，看着它们戏水。一个站在桥上看鱼的人，对我喊：鱼好多啊，你怎么不钓啊。他的声音很大，还比画着手势。

我数了9个鱼窝，一窝鱼，有80—190尾。桥洞下，水回旋，形成了潭，潭底黑黑一片。初春，是鱼孵卵的季节，有的鱼从大湖洄游上来，洄到支流的上游，择滩择草产卵。鲩鱼、鲤鱼、鳙鱼、鳜鱼、鲫鱼等，在早春洄游，逐水草而栖，繁衍生息。鱼在洄游的时候，结群。它们是以什么方式结群呢？不得而知。天鹅以家族方式结群，黄腹角雉以种群方式结群。

一个妇人用筲箕抱来蒌蒿，在石埠上清洗。蒌蒿幼嫩，芽叶尖尖。河边、田边、菜地边，春雨催发蒌蒿幼芽，一蓬蓬一蓬蓬，伏地而生。在惊蛰前后，乡人剪了蒌蒿做青团。妇人见我一副对鱼无计可施的样子，说：筲箕给你用，可以捉好多鱼上来。

我说，看鱼，不捉鱼。筲箕确实是一种很适合捉鱼的器物。石块拦截河水，留一个出口，筲箕固定在出水口，在前面以木棍或竹梢赶鱼，鱼就落在筲箕，直接端上岸。很多日常的东西，都可以作为捉鱼的工具，如草席、竹片、塑料桶等等。

但我确实很想钓一条鱼上来，看看密集在河里的，是什么鱼。

水坝之下，有一块千余平方米的砾石滩。石滩凹凸不平，有很多槽沟。河上涨，石滩被淹没。沿河面而飞的白鹭落在石滩上歇脚。我挨着山边无可行走的小路，去石滩。

许多白鹡鸰，在石滩飞飞停停，唧唧叫。它们在找小鱼吃。石滩有三个锅状的水洼，齐腰深。昨天放闸，鱼游了上来，关闸，水急速退去，潜在石洞里的鱼来不及退水，留在了水洼。鱼闪着白腹翻动。水洼有鲫鱼、鲤鱼、马口，还有那种我尚未认知的鱼。在水坝之下，有一条长约四十米的水坑，深不见底。水底白闪闪。

把鱼篓沉在水洼。水慢慢渗入篓底，漫上来，在篓底沉一块石头，水没了篓腰，没了篓颈脖，左摆右晃，沉入了水底。我抓住篓绳，坐在石磴上晒太阳。阳光葵花黄，石滩苍白色，矮山冈的阔叶林苍郁。樟树、柞裂槭、香椿、甜槠贪婪地吸着阳光，幼叶齐刷刷地长了出来。树，一刻不停地刷着山冈，一遍遍地刷，刷一遍绿一遍。绿越来越深，凝结了，酝酿出油汁汪汪的墨绿。山川的颜色是阳光和时间酿造出来的。这是大自然伟大、生动的叙事。

篓里有一条巴掌大的鱼了，我提了上来。水从篓底漏下去，水啪啦啪啦，打在洼面。水里的鱼四处乱窜，是一条圆吻鲴。圆吻鲴以尾鳍的颜色区分，分青尾、黄尾。这条是青尾。

圆吻鲴体侧扁、略长，头部尖圆而小，脊黑，吻圆钝突出，鱼鳞细白，腹部银白。在南方，圆吻鲴是常见淡水鱼。因其肉质绵实，鱼刺绵密，汤汁寡鲜，而无人食用。却深受垂钓者深爱。圆吻鲴是击水者，韧性极强，在水中挣扎，可产生体重30倍的力度，给垂钓者沉实的手感。出水面，约十分钟，圆吻鲴便会死去。它是耐氧性极低的鱼类。

这是一种特别的鱼，结群栖息于河石杂乱的河道，在0.5—1.5米深的水域活动，虽杂食，尤喜丝状硅藻、蓝藻、绿藻等藻类，以及腐殖物。红山桥下，河床就是一块巨大的砾石滩，藻类、浮游生物以及腐殖物极其丰富。

泊水河不是一条多鱼的河。夏秋的傍晚，我常去河边散步，也看乡人钓鱼。钓上来的鱼，大多是鲫鱼、马口、黄颡、白鲦，鲤鱼和鲩鱼很少见。早春，河里有了那么多的圆吻鲴，为什么呢？

一日，河边有老人钓鱼，我看他钓鱼。他捻着饵团，鱼钩挂一下饵料，捏实捏圆，抛在深水处。我说：你这是钓鲫鱼、马口吧。

老人身材高大，腰身笔挺，鱼线抛得又直又远。他说：这里的马口有筷子长，很少有这么大的马口。

我提起他浸在水中的网兜，抖了抖。网兜里有九条马口、三条鲫鱼。马口胖乎乎，在蹦跶。我说：你怎么不钓圆吻鲴呢？

什么圆吻鲴？老人说。

就是翻白身的那种鱼。我指了指水底下的鱼群，说。

哦，青尾鱼。青尾过了清明，才咬钩。老人说。

你对这河里的鱼熟悉。你知道在什么时间钓什么鱼。我说。

我十五岁钓鱼，钓龄五十七年。老人说。

这么多青尾，是什么时间聚集在这里的？我问。

桃花开了，会下几场春雨，河里有了桃花汛。鱼闻汛。鱼比人更守节律。老人说。

你要看青尾，去泄洪口，那里有一个深潭，鱼一团一团，多得触目惊心。老人又说。钓鱼人不会多话。据说，鱼可以听懂人在说什么。2019年9月，在鄱阳，当地人这样对我说。当地人说，鄱阳湖有一个渔民，捕鱼从不带网，也不带其他渔具，他坐在船上，脸浸入湖水，在水里叽里咕噜说话，鱼就直接跳上船。这就是神秘的"喊鱼"。鱼直接被喊上船。当然，我是不信的，世界上，哪有通"鱼语"的人？哪有通"人语"的鱼？但我又信了。因为世界上有非常多的东西，是常理或科学无法解释的。人类对客观世界的认知十分有限。人类的局限性就是客观世界的无限性。

3月11日，我从宁都回来，去红山桥，不见了鱼群。没有鱼群的河，空空荡荡。圆吻鲴在砾石之间产卵，卵一泡泡，黏附在砾石上孵化。河中的砾石滩是它们的产房。发桃花汛的季节正是气温在18—25℃的时候，与圆吻鲴繁殖的气候条件契合。它们听从了汛期的召唤，从下游的各个角落，斗水而上，来到了河坝底下。它们在无人知道的角落生活，隐身于砾石、沙砾之间，吃藻类，吃腐殖物，吃昆虫，吃鱼卵，抑制鲤鱼、鲫鱼、鲩鱼等鱼类的繁衍。

东坡先生写《惠崇春江晚景》：

竹外桃花三两枝，春江水暖鸭先知。

蒌蒿满地芦芽短，正是河豚欲上时。

　　植物、动物比人更敏锐地感知了自然的脉息。圆吻鲴听到了桃花缓缓飘落的声音，听到了早春的落雨声回荡在河面。它们像一群失散经年的人，日夜兼程，逐水而上。只要有河还在浩荡，它们就会重逢。

　　暮春多雨。暴雨落下来，我就去看河水，看河水一毫米一毫米地上涨。雨水从荒园冲下来，从峡口溪冲下来，汤汤洋洋，翻卷着柴枝、破衣服、死野兔、落叶，水浑浊。涨了五天，河水淹没了岸边的菜地，冲走浇菜的水桶、长木勺，也冲毁了芦苇上的鸟窝。日晴，我也去看河水，河水滔滔地败退，一天下来，水恢复原位。就像古罗马大厦，建起来，需要百十年，坍塌下去，只要数分钟。

　　洪水把鱼送往迢迢的不明之处，像另一个无从知晓的人间。

米虾记

桃花不仅仅是一种乡野之芳华，还是一种时间之沧浪。始于3月，人间芳菲初盛。2022年2月23日，大茅山春雪后的第一个晴日，雷打坞被薄雪覆盖，青黝色针叶林拱出雪面，泥浆结出冰冻。在三岔口，一棵木姜子结满了花。花青黄色，如热日下翻晒的黍米。我心中一惊：木姜子迎春。山野冷寂，山坞中的十余棵桃树，花蕾还没爆出。3月5日是惊蛰，再去雷打坞，桃花坠枝。红艳艳的桃花燃烧着春天的欲望，鼓胀胀，油粉粉。我早早期待桃花盛开，心情急迫。只有桃花开了，水才回暖。回暖之水俗称桃花水。桃花水上涨，鱼开始孵卵了，米虾浮游，椿象四飞，蜘蛛结网。

泊水河涨了两次，西坑水（泊水河源头之一）还是冷得刺骨。大茅山春意迟迟，野樱花凋谢了，桃花才一寸寸爬上枝头，像个步履蹒跚的人在登山。张勇（滴滴师傅）说：等过了清明，西坑水才回暖，带你去捞米虾。

米虾只有西坑水才有。

西坑水发端于华坛山北麓与大茅山东麓交界的峡谷，2018年7—8月，去过两次西坑。树木参天，藤萝密布。沿溪山路是三十年前的机耕道，被杂木和荒草遮蔽。酸模、垂序商陆、野艾等，长得比人还高，山茶树冠盖如席。山坡上的常绿阔叶乔木，绿云一般稠密。如果从高空往下看，山体犹如一根木桩，乔木如木桩上密密麻麻的木耳。山溪积着厚厚的白沙，晶亮白净。大茅山山脉是花岗岩结构，千万年风蚀雨洗，峰丛被蚀洗了棱角，岩石化为沙砾，沉淀出了白沙。

2021年11月，张勇在送我去绕二镇的路上，说：西坑有了桃花汛，一起去捞虾，那种虾很小，白白的透明，烧鲜虾下酒、晒虾米煮粥，都非常好吃。每年去好几次，捞一次，捞半鱼篓。

他的话让我心动，盼着桃花开。我说：你捞的虾，叫米虾，米粒似的，光洁透明，触须很短。我心下懊悔，怪自己粗心，去西坑两次，怎么忽视了米虾呢？

赣东北的河流有三种虾：白虾、黑虾、米虾。白虾珍贵，黑虾常见。白虾黑虾栖息在宽阔河流，但白虾须在无污染河流存活。白虾黑虾体形、重量相近，成年虾8—10克一只。白虾鳞皮浅褐，眼睛外突，触须细长，螯足粗长，下沸水焯，肉红透壳而出，鳞皮鲜红。黑虾鳞皮粗青浅黑，下沸水焯，肉色不现，鳞皮深黑。白虾肉质纯白，口感细腻、鲜美；黑虾肉质浅白浅黄，口感粗糙、鲜腥。在二十世纪九十年代，无论哪一条河流，白虾之多，令人惊讶。捞白虾，是一件十分有趣、令人喜爱的事。坐在河埠，赤足深入水中，白虾从石缝游出来，吃足部皮屑。用一个小网兜，慢慢靠近，猛然捞起，"一网打尽"。白虾足长，弹跳半米多高，落回水中。我把网倒扣过来，倒进鱼篓。钓白虾也简单有趣。用一根麻线，针穿一粒肉，落在水面，白虾钳住肉，往上一提，收进鱼篓。一粒肉，可以钓一大碗白虾。

米虾却罕见，它只栖息在有白沙淤积的洁净山溪。

惊蛰后，新营菜市场每日有人提鱼虾来卖。鱼是马口、桃花鱼、翘嘴巴、白鲫等体形较小的河鱼，虾是黑虾。这些鱼虾来自泊水河。河虾、黄鳝、泥鳅，是季节性河鲜，2—5月，河鲜胖实多肉、质嫩多鲜。这个季节，也是田野翻耕、秧苗抽绿、春水东流的生命勃发期。放眼而望，万山苍翠，随处涌动着生机。白鹭驾着白帆降临人间，鲤鱼在河面蹦跳，黄钟木撑起了油黄黄的花伞。被雨水和暖阳恩惠的土地，被土地上的人宠爱。我联系张勇：去西坑水捞米虾吧。

捞米虾，不是在白天，而是在黑夜。戴着头灯、眼罩，穿着高筒雨鞋（防蛇）下水。虽已4月，但山溪还是略显冰凉，寒气从脚往上冒。夜，黑黢黢，野虫嘀嘀叫。水蚊子四处飞舞。灯柱投在水面，呈圆形。水荡着灯光，一波波地卷起水浪。水浪似皱纹，又似树的年轮。米虾浮在沙面上觅食、嬉戏。米虾以数百只数千只为群，逆着水，轻轻浪游。奇异的现象出现了：灯光照射下的米虾，虾眼散发出白白的荧光，荧光汇聚，形成一条水下的光河。每一只米虾，如一只萤火虫，在水中飞翔。米虾的眼睛会反光，光谱发生了变化，经过水的折射，色调变得柔和，看起来像是生物体（米虾）在发光。

米虾汇集在灯光投射的圆面。它们与昆虫、鱼类一样，具有趋光性。用网抄过去，米虾迅速散开。在水中移动脚步，米虾也会迅速散开。站立，一动不动，米虾会慢慢聚集。米虾细长的触须可以灵敏地感受到水流的动静。捞了一会儿，上岸了。水冻脚，受不了。山中林区昼夜温差大，太阳落山，天一会儿转凉转寒。

米虾养在水缸里，养了三天，米虾全死。记录了米虾的死亡过程：米虾叮在（吸附）缸壁，慢慢下坠，坠入缸底，又慢慢浮上来，身子渐变转红，浮在缸面，肉渐渐腐烂。死亡是从下坠到上升的过程。肉身是沉重的，也是轻飘的。沉重的轻飘的肉身，终究是速朽的。人体悟这个道理，很难，很漫长。或许，终生也体悟不了。

一只米虾养在碗里，活不过3个小时。米虾的眼睛小如针孔。眼睛黑黑，如一粒黑芝麻。普通人根本无法辨析眼珠、眼环、眼膜。这是一双神秘的眼睛。米虾与一粒泡涨了的糯米等大，鳞皮浅褐，通体透明（可看见很小的内脏），善蹦跳。

时隔半月，再去西坑水。下午，白日朗朗。溪6—12米宽，溪岸茅草苇草比人还高。水没膝深，溪边竹节草、马塘草很是茂盛，草须贴着泥团漂浮。水深处，穗花狐尾藻顺水流动着叶片。米虾在草根在藻叶间追逐，寻食浮游生物。这是米虾繁殖的季节，它们在寻欢在觅食，在寻找隐秘的草须孵卵。沉了半块猪肝在白沙，观察着。

淡水虾是弱视动物，触觉和嗅觉十分灵敏。动物最神秘之处是，凡身体之五感 —— 视觉、触觉、嗅觉、味觉、听觉，必有一种或几种是十分灵敏，以捕食和化解生命危机。这是生存之必需。米虾有丰富发达的触须，可以嗅出数米之外的食物气味。猪肝，我晒了半天，腐腥气味浓烈。半盏茶的时间，猪肝被数百只米虾"围攻"，两只沙蟹也爬了过来。

米虾在涌来，游出草须，游出石缝，聚集在猪肝上。它们在饕餮。它们在领受着圣餐。这让我想起棒刺大头蚁分解一只麻雀。在虎头岭，见过这样令人震惊的场景：一只死麻雀，被数千数万只棒刺大头蚁钳食，口器咬着糜肉，搬运到千米之外的巢穴里。蚂蚁列队，密密麻麻，往返穿梭。一只麻雀只需一个多小时就被分食干净，羽毛也被蚂蚁抬走。

在河流，鱼、虾、螺、蟹、蚌，参与了分解的一环。有些鱼，如刺鲃鱼嗜食动物内脏，青鱼嗜食腐肉。虾蟹也是如此。死掉的青蛙、鸟、蛇、兔等，在水中最终被水栖动物分解。石头和沙砾沉淀了污物，使得水质更纯净，水栖动物则是河流的清道夫。没有鱼虾的河流，是死去的河流，河床是水的棺椁。可以钓鱼、抓鱼，但不可以网鱼、电鱼、毒鱼。鱼（自然生命）被群体性灭杀，是人之恶罪。它们的生或死，与我们的生命品质有关。

傍晚，太阳被一辆独轮车推向天边。高高的山梁架起了苍穹。积雨云堆在山尖，厚厚的，被阳光染得通红。空气似乎凝固了，沉闷、溽热、躁动，给人窒息之感。米虾跳出水面，索索索。它们感受到了雷阵雨即将来临。低气压迫近了它们。云滚雷动。我仓皇躲在一间废弃民舍的屋檐下。雨炮梭般落下，击打着干燥的地面和瓦屋顶。这里有两栋瓦房，失修多年。房后是一片枫香树林。站在门前石阶上，可以看见西坑水从山垄弯弯流出，形成一个半弧形的沙湾，直流而过丰沃的田野，至另一个山垮口，与自董家而出的山溪合流，向东北而去。这一截河道，约有6华里长，河滩灌丛葱茏，茅草蓬勃，乔木密集。地势也十分平坦，沙砾丰富，在浅水区淤积了白沙。这是一片寂静的田野（大部分农田已撂荒）。雨线密织着春夏之交的恬淡黄昏。雨，啪啪啪。雨燕在翻飞。暮色尚未涌来，视野虽迷蒙苍莽，但青郁。雨下了十几分钟，便停歇了。

雨是山中过客，来了即走。像一个急着赶路的马夫。西坑水并没因为一场暴雨而上涨，水面恢复了平静，米虾沉下水底，潜藏在沙面或草须。

米虾属于清水虾，学名如何称呼，我不知道。在20年前，发端于大茅山山脉东麓的古城河，米虾十分繁盛。用簸箕抄水草，抖动草叶，米虾落进簸箕。抄一次，可以抄小半碗。在春夏之际，每天河里有人抄米虾。孩童结伴下河捞虾，脱下汗衫，抄着草须抖米虾。抄上来的鲜虾，摊在圆匾晒一天，用灶锅的余温烘干，自制虾米。这是最好的虾米，炒南瓜丝、煮豆腐、烧黄瓜，撮一撮儿米虾调鲜。煮粥、煮面条、煮面疙瘩，也调一些米虾下去。在繁殖季，米虾非常活跃，追逐浮荡的狐尾藻，追逐漂动的草须。过了6月，米虾很少出现了，藏在石缝或鹅卵石下或沉潜。

米虾似乎是捞不完的。它的繁殖力太强。米虾是鲤鱼、鲈鱼、马口鱼、桃花鱼（宽鳍鱲）、翘嘴巴、鲫鱼、黄颡的主要食物之一。数千数万只米虾结群，在一个沙面或一丛狐尾藻间追逐、觅食。河蟹、沙鳅、黄鳝也以米虾为食。燕尾、河乌等鸟，站在鹅卵石上，啄食米虾。米虾繁殖之时，也是燕尾、河乌育雏的季节，需要大量的高蛋白食物，哺育幼鸟。米虾富含蛋白质、钙、磷、钾、铁，和其他多种矿物质，是幼鸟最理想的食物。

农田污水（含有化肥、农药）的排放，带给米虾致命的危害。米虾如春蚕一样脆弱，可被微毒之物毒杀。又因古城河被挖沙机取走了河床白沙，米虾彻底失去了栖身之地，濒临灭绝20余年。一个物种的繁盛，需要数十年，甚至数百年，而毁灭一个物种，在弹指之间，不费吹灰之力。米虾是那么普通的河鲜，可谁会想到，终有一天它会在河中消失呢？且时间来得这么快。

一个天然的沙床形成需要万年，摧毁一片沙床只需要一台挖沙机。米虾、沙蟹、沙鳅等水栖动物，均依赖沙床。河沙是主要建筑材料之一，用以建楼房、架桥梁、筑公路。白沙是最好的沙，无泥质。米虾就在白沙床栖息。大茅山山脉溪流众多，山溪陡峭，淤积不了沙，平坦的河流如泊水河、乐安河、永乐河、瑞港河、绕二河等，河沙在2005年之前被挖采殆尽。米虾无栖身之所，如种子失去了土壤。米虾成了稀有之物。少数物种在赣东北的河流濒临灭绝，甚至已经灭绝，如光倒刺鲃（上饶俗名"上军鱼"）、中华沙塘鳢、水獭、河鳗、沙蟹等。生命是脆弱的，物种也是脆弱的。我悲伤。

西坑水偏僻，沿途人烟稀少，因而留下了原始河床，水质也没有被污染，米虾得以幸存了下来。我不知道这是米虾的幸运，还是人的幸运。或者说，我不知道这是米虾的不幸，还是人的不幸。河流之源远流长，却容不下米粒大的虾。

雷打坞的桃树挂了红果，因无人打理，桃被鸟啄食。桃滴下浆液，烂开。虫子噬桃肉。鹟莺吃桃肉，也吃昆虫。端午之后，开始采摘杨梅、水蜜桃。雨季结束，河水慢慢浅下去，鱼虾不再孵卵。其实，时间并不存在，生命在轮回翻转。

第四辑　自牧归荑

雨是天空寄给大地的一封福音书。

星星缀满我的脸

三楼有一个露台，多数的前半夜，我都在这里度过。

有一阵子很想在露台种植物，我从山里挖来禾雀藤、菖蒲、栀子花、牵牛、双色菊、络石，做了装泥的木箱，最后还是作罢 —— 没有任何东西可以替代头顶上的星星 —— 只要把头仰起来，任何姿势看星星，都是很美的。

每一个夜晚的星空，都不一样。无论我们仰望星空有多凝神专注，都不可穿透它 —— 是啊，星空比我们的想象更广博更浩渺。它繁乱而有序，驳杂而纯粹，璀璨而孤独。星星如碎冰，在瓦蓝幕布中，耀眼又冰寒。

每天洗漱之后，把茶桌摆在露台上，拿出本地土茶，从水井里提一桶山泉水，烧水泡茶。四周的山峦黛青，即使星光暗淡，山峦也蒙上稀稀的白纱。草木的呼吸也是静谧的。木盅滚热，土茶涩涩的香气也是静谧的。油蛉的吟唱也是静谧的。星光落在粟米黄的茶桌上，木纹依稀。香椿树叶在颤动，索索索，似风的翅膀掠过水面。星光也落在我手上 ——

一双近乎僵硬的手，已多年失去心理学意义，限于搬运、挖掘，而不知道拥抱相逢和握手相别。星光也落在星光里，彼此交织，形成更密更白的星光。星光最后落在薄薄的鬓发上，如白霜。

在提井水的时候，伏在井栏上，星光一圈圈落在井水里。星光凝结，珍珠的模样，晃到眼里，成了星星。天空是圆的，箍在水面上，松松垮垮，印出水的皱纹。星星似漂浮物，但看起来，星星一直在下沉，飘摇着下沉，却永远沉不了水底。星星是最轻的一种东西，比沙粒还轻，如棉花，吸饱水分，发涨，散出絮状。星星也是最重的东西，从亘古的远方瞬间跑来，它奔跑的速度比我们眨眼还快，它的脚步不带灰尘，也不带声响，它跑的时候，紧紧拽着整个星空。我把木桶扔进井里，咕咚一声，提水上来，顺带提上一个木桶圈大的星空。星空是什么形态的呢？不知道。星空是无限小的镜像也是无限大的镜像。无数无限小的镜像组成了无限大的镜像。一滴露水有星空，一面镜子有星空，一个玻璃瓶有星空，一口井有星空，一座湖泊有星空，一片汪洋有星空。抬起头，亮星点点，星空覆盖了辽阔的大地。

星空暂时被保管在木桶里。我从木桶里舀水上来烧，听到星星在水壶里拉响了停泊时的汽笛，呜 —— 呜 —— 呜 ——，喝下一口土茶，星光便流进了五脏六腑。夜露微凉，靠在露台木栏杆上，微微仰起头，光瀑在奔涌。星光只在夜深人静时奔涌而来，没有声音没有气味，它和思念具有相同的气质。

看一看夜空，是我们的哲学课。即使是微雨之夜，虽大多漆黑，但不是浓黑，仍有薄光透射出来。薄光是天空的自然之光。天空也不是空无一物，有孤星斗转。孤星高悬，明明灭灭，如火柴盒里的萤火虫。"看见孤星，我便觉得人生不能轻易坠落。"我给远方的朋友发了一条短信息。豆亮的星，给了黑夜完整的平衡。

很想知道这个答案：星星是从哪儿来的？又往哪儿去呢？我从不认为，星星定格在银河中某个位置。所有的星辰都张起了帆，夜夜航行。它们是颗粒状的船。没有人知道它们来自哪儿，又去往何方。它们带有自己的河流，带有自己的季风。看到星星的时候，它们正好停泊在遥远的港口，我们只是它们的彼岸。无数的河流汇集在一起，有了海洋 —— 瓦蓝的苍穹，帆影宛如繁花。

我也会去野外走走，星光会洗去身上的尘埃。山野寂静，星光如瀑，虫吟唧唧。可以听见草木匀细的呼吸 —— 星夜如此珍贵。我们忘记"日暮途远，人间何世"之沉郁，忘记"譬如朝露，去日苦多"之悲凉，忘记"桃之夭夭，灼灼其华"之欣喜。屋外便是一条破旧的机耕道，有八米宽。芒草扬着紫白的花。路，银白。沙子在脚下沙沙作响。若是晚秋，芒花已随风而去，矮山冈略显哀黄和穆然。山冈侧边的浦溪河露出河水的反光。再过去几块稻田，便是散落的村舍。扇形的村舍，若隐若现。大雁从北向南而飞。"人"字形的雁阵，有序齐整。呱呱呱的叫声，响彻大地。

附近有一个天音寺。不知道这个寺庙的来历，也不知道寺名因何而来。我常夜访天音寺。机耕道旁有一条山道，弯过一片茶园和一道山梁，直通寺庙。天音寺在一片竹林里。住持是一个年迈的老僧，清瘦，慈目，眉毛白白如霜盖。从不问他姓什么，只叫他住持。他是本地人，出家四十多年。他寡言，不识几个字，但泡得一手好茶。庭院里有竹林，竹林里有茶亭。竹林边有荷塘。我们坐在茶亭里，泡他自己做的岩茶。寺庙在山腰，山腰下，是小镇。星盖大野，荷花连连。我们喝茶闲聊。庭中月华朗朗，茎荷交错，竹影摇动。亭内斜光斑驳，茶香漫溢。看一眼小镇，看一眼星空，恍若梦境之中。在天音寺，我确信，天庭有妙音，由星光传来，脉脉而语。能听到妙音的，又有几人呢？

幽冥钟敲起，当当当。僧人唱叩钟偈。我起身回程，每每沉醉不已。野茶醺醉，星光也醺醉。我轻轻唱起：

……
月光下，夜苍茫，在异国，在他乡
最可爱，温柔的人，请把我记心上

有一年冬，夜访天音寺。这是最后一次去天音寺。我即将作别此地，返回故地生活。住持也故去了。我独坐茶亭，枯荷焦败于池塘。而院角的一株梅花开得格外灿烂。星光如冰冻，北风自山巅而下，吹着木然的脸庞。在石桌上，我写《钟声吹拂》：

> 钟声吹拂，篱笆外的梅花盎然
> 踏雪不归的人，他略显单薄的衣衫
> 是唯一的行李。天空是一张宣纸
> 夜晚是一卷水波。明月悬照
> 他朗声吟咏："感谢那些瞬间消失的事物
> 灰尘不能掩埋的，钟声也不能掩埋"
>
> 雪花纷落，钟声吹拂，鸽哨喑哑
> 当 —— 当 —— 当 ——，钟声凛冽，寒入骨髓
> 他迎风的姿势是一种盛开。阳光普照的
> 都会被钟声吹成灰烬，寂静和荒芜覆盖
> 仿佛亿年前。他一个人在纸上涂色彩
> 水鸟扑棱棱掠过……他山崖的额头

我在很多地方生活过，也习惯一个人独处。尤其近年，几乎不去应酬无谓的人。像一个老人一样生活。也常怀疑自己，是不是已进入暮年。不是的。人，最终要摆脱浮华，摆脱喧嚣，安放自己的内心。内心如露台，星光淋漓。

在新修的屋舍，有一个更大的露台。我每个星期都会有两天在乡间度过。一个人在露台喝茶，打瞌睡。屋前是田畴，星稀月明，乌鹊轻啼。人世间，唯有星辰和星辰下的旷野，不会让人厌倦。当我仰望星空，觉得它像巨大的谜，永远也无法猜透。星空的存在，是生命最大的诱惑。星空浩瀚无边，亘古不变，铺洒的清光纯洁如水。星空下的人间，从来都是寂然。一个热爱孤独的人，星空会带给他沉默的伴侣。海子在《黑夜的献诗》中说："天空一无所有 / 为何给我安慰。"天空是一无所有，除了无处不在的星光。给我们安慰的，不是别的，恰恰是如星辰般的孤独。

星光照过多少人，谁又知道呢？ 每一个人都数过星星，可谁又数得清呢？ 星光是一把刀，呼呼呼，从头顶飞过。我们看不到刀，也看不到刀光，看到的是星星如钉子，被钉在苍穹的悬崖峭壁上。遥望星空，会想起什么呢？ 星宿是时间的同行者。它们就像失散已久的人，它们尘埃一样的面容发出友爱的光。需要寻找的人，都居住在峭壁的湖泊里。它们手腕挂着铃铛，脸颊贴着锡箔 —— 它们用古老的巫术，让我们结束梦魇，回到河流的出生地。

夜色温柔。星空下，你会想起谁？

会想起生火做饭的人。会想起给花浇水的人。会想起把门打开又关上的人。会想起在雪中紧紧拥吻的人。会想起不回信的人。

会想起你。微微仰起头，闭上眼睛，星星便缀满了我的

脸。旷野无人，万物冥寂，星光的马蹄踏过心房。旷野有人
在轻轻传唱，传唱 —— 那是你写给我的诗句：

　　抬头时
　　我看见了夜空的一颗星星

荒　坡

在初春的山冈，每一种植物犹如初洗，等待抽芽发叶，开花散枝；每一种鸟，等待孵卵育雏，发声振羽。即使是老乌桕树，树瘿如水桶，每一根树枝看似枯得干硬发黑，树皮皲裂，蚂蚁在皮缝里筑巢，灰树鹊搭建在树梢高处的鸟窝摇摇欲坠，只待春风一场，哪怕是冷飕飕的，乌桕树很快会变得枝叶婆娑。灰树鹊在枝丫，"咭咭，咭咭"，叫得动情、婉转、急切，即将成为伴侣的另一只，从另一棵树飞来，它们在山冈四周，低低地飞，抖着白斑片片的黑长尾，成双成对去衔细枝筑新巢。

大地之上，多鸳侣。

荒坡作为山冈的南坡，在春分之时，给人迷失之感。山冈形状如抱窝的母鸡，满山油茶树，四季墨绿。在三十年前，这里松树如盖，远远可见。冈顶有一棵巨松，冠盖如席，似托起云层，又似盖住了整个山冈。从远处眺望，巨松巍峨，像手擎起绿色火炬，穿着墨绿大氅的自然之神。假如巨松的火炬可以点燃，那么巨松必将成为灯塔，照耀着盆地中行走的人。

4月，可去山冈捡拾蘑菇。松林里，草和矮灌木极少，地上是褐黄的松毛。松毛表层干燥，下层潮湿，人走在上面，松毛啪啪啪脆断，发出窸窸窣窣的声音。松软的脚感，在其他的林子里，难有体验。我们背一个扁篓采蘑菇。林子阴阴，阳光温软，铺在松冠，很稀少的阳光落在地上。野坟上，金樱子花惨白，花瓣如锡箔。蘑菇是松菇，长在松树腰部以下的树身上。蘑菇一朵一朵，如童话中的小圆伞。1982年冬，松林被砍了，野生的油茶树长了起来，成了油茶山。南坡却一直空着，被人垦出了菜地。在十五年前，菜地也荒芜了，长出了芭茅、杂树和藤萝。南坡成了荒坡。

荒坡无人踏足，被人遗忘，它属于另外一个陌生世界。要去荒坡的人，要么是捕鸟人，要么是野足的人。唯一例外的是，在清明日，有人挑一担簸箕，扛一把锄头，绑一把柴刀，给荒坡上的坟割割坟头草，堆两担泥，插一杆纸幡。我可能是唯一会经常去荒坡的人，四季去，年年去。

山边原先有一栋泥瓦房，泥墙木结构。在二十年前，因为白蚁蛀空了木柱，人不敢居住了，搬到了人烟稠密的村子里，泥瓦房便一直空着。泥墙是黄泥夯的，结实坚硬，锄头挖墙如挖石灰石，锄嘴硬生生折断。南方潮湿，山中草木兴盛，湿气尤重，木结构屋舍易滋生白蚁。白蚁蛀木心，无声无息，繁殖力强盛。住在屋子里的人，发现不了白蚁。白蚁如肉眼发现不了的阴魂。白蚁挖地下长长的隧道，沿着木柱挖，四通八达。等人发现柱石下每天落下麦麸一样的木屑粉，柱子已经完全内空了，一切都来不及了。白蚁把木质粉一粒一粒地蚕食，储藏在针孔大的肠胃，日夜不歇。把柱子的硬地挖开，白蚁一团团，蚁窠比箩筐大。白蚁像癌细胞一样扩散在每一根木柱里。

遗弃屋舍是被迫的选择。白蚁、蜘蛛、壁虎、老鼠，成了屋子的主人。屋变得阴沉，似乎只适合它们居住。屋空了一年，厅堂里到处是老鼠洞，夯实的泥地完全松软。乌梢蛇从瓦缝顺着柱子溜下去，盘在柱石上。废弃的屋舍，成了乌梢蛇的宫廷，它成为这里最高的帝王，随时享用美餐。老鼠沦为地狱里待宰的死刑犯，被阴冷的恐怖气息笼罩，连吱声的勇气也没有。屋子里唯一的声音，是死亡前的沉默。沉默的力量就是压制一切声音——谁发声，谁死亡。老鼠成了果腹之物，是一种必然。

当然，最热烈的，是春季的雨声。雨水在5月密集到来。瓦破碎，雨落进了屋子里，木柱开始腐烂，柱脚长了青苔。墙体因为被雨水泡得太透了，太阳暴晒之后，慢慢开裂。蛛丝网一样的缝隙布满了墙面，经年累月，缝隙被绷得更大，墙开始松垮。被风送来的芒籽，落在墙缝里，发芽生根，要不了三年，长出一蓬蓬。野草以顽强的生命力，占领了泥墙。墙根下，苔藓和络石沿着雨水密布的水线，葱葱郁郁。在某一个暴雨之夜，屋舍倒塌了。雨声过烈，屋子倒塌的声音被掩盖了。野草、藤萝、灌木，毫不客气地占领了颓垣 —— 有泥土的地方，便是它们的久盛之地。当我们发现灌木在春日开出白花，才意识到，屋子已倒塌十余年，不免生出感慨：我们也该老了。

而白蚁早已被植物的根系所消化，成了树汁草汁的一部分。一间大屋，被白蚁和雨水所肢解，木柱经过白蚁，又还原回泥。白蚁的一生，活在黑暗之中，却长得白白胖胖，匪夷所思。它蛀木头蛀石灰蛀水泥，却蛀不了细细的根须。于根须而言，白蚁和牛粪、羊粪、鸡粪、鸭粪差不多，随泥气被吸收。白蚁的集体消亡，让人生出怜悯之心：每一种生物的死亡，都是无辜的。

颓垣只剩下瓦砾和石砌的墙根。荒坡似乎也因此更为丰富。南边墙根下，长出了一棵紫李树。在春分前后，紫李树开满了花，白白的，映照了荒野。我问原屋主："这棵紫李树种了几年了？"他怔怔地望着我说："搬家之后，从没上山，哪会种紫李树。"紫李树树径约有二十厘米，约十米高，树皮黝黑。北边墙根长了一棵柚子树。柚子树蓬勃葱郁，肥叶厚厚。柚子却从无人采摘。2018年暮秋，我看到满树的柚子，滚圆、金黄。我摘了一个，掰开吃，苦得牙齿生疼发酸。怎么有这么苦的水果呢？平生仅见。苦如黄连。鸟在树上嬉戏，却不吃。浆果，是鸟的至爱。鸟也不吃的浆果，是糖分极低或没有糖分的浆果。但也有人摘它 —— 感冒咳嗽半个月了，吃药打针无济于事，把苦柚炖冰糖，喝两次，便什么事也没有了。苦是一味不可代替的药。

长得最盛、旺（方言，意为繁殖）得最快的，是毛竹。蒜叔是一个喜欢种树的人，他在自己垦出的菜地里，种了一对毛竹，过了十余年，竹子成林。竹林有十几亩地，是山斑鸠的夜栖之所。野坟地和陡坡上，毛竹长得密匝匝，我想找个站的地方都很难。先前并不知道竹林里有山斑鸠。有一次，问山下养蜂人，竹林有野鸡（环颈雉）吗？养蜂人说，野鸡没有，咕雕（斑鸠）很多。斑鸠在日落后归巢。

在盆地，斑鸠和麻雀、苇莺一样，是十分常见的鸟。斑鸠性温和，与人为邻，常筑巢在农家窗台、房屋高处外墙洞，也在无人居住的（没有窗门）顶楼空房间等处，营建爱舍，育雏之后，弃巢而去。从没看过斑鸠是怎样夜宿的。当晚，便打个强光手电，去竹林看斑鸠睡觉。

竹枝上，斑鸠站着，爪握着枝，脑袋斜着，耷拉在翅膀和脖颈之间，闭着眼，偶尔翻一下眼皮。这是山斑鸠睡觉的姿势。它是无巢的，站着睡觉的鸟。我看到的竹子，都有山斑鸠睡觉，有的一只，有的三只，最多的有五只。用强光手电照它，它不动，眼睛看着灯光。它的眼睛琥珀一样迷人。用养蜂人的话说，竹林的咕雕，多得不得了。斑鸠比鹡鸰、白鹭、喜鹊、白头鹎醒得早。但比布谷醒得晚。通常是这样，天刚亮出白光，布谷便叫了，声穿四方，"咕 —— 咕 ——，咕 —— 咕 ——"天麻麻亮，山斑鸠开始"咕噜噜"叫。这时，我窗外的石榴树上，麻雀喊喊地闹人。

竹林再往上走，是一片芭茅地。芭茅在3月开始发新叶，从根部，一节节往上发，到了11月，又一截截往下枯萎。一棵香樟树兀立在芭茅地中间，树并不高大，却枝叶浓密。两个野坟半塌，中间凹陷。每次走到这里，我心里都有些紧张。我不是害怕坟中冒出野鬼，而是怕蛇。在坟头，见过一次蛇。两条五步蛇在凹陷下去的坟头盘绕在一起。6月，正是蛇繁殖的季节。蛇有刀柄粗，纠缠着，三角形的头昂起来，鬼魅十足。一条蛇是金色斑纹，另一条则全身鎏黑。金色斑纹的五步蛇生活在阳山，鎏黑的五步蛇生活在阴山。这是捕蛇人老五告诉我的。

老五很神秘地说："五步蛇生活在各自的领地，只有繁殖的时候，才会走到临时配偶的领地。"他捉蛇，用一根竹梢，圈一根小藤，把蛇箍在藤圈里，吊起来，悬空甩几下，蛇便安静了。但我还是喜欢去芭茅地，尤其在深秋之后，芭茅低矮下去，荒坡草地平坦，草径落了一粒粒圆形灰黑色的动物体物。野山兔在无草的地方，排泄体物，体物山毛榉一般大。

走在草径上，经常可以看到野山兔，缩着身子，在草丛里窣窣地吃东西。它皱着扁塌又饱满的嘴部，扇着耳朵，黄色体毛和枯草色差不多，似乎它生活的世界是一个世外桃源。在陡坡，也常见有菜碗粗的洞穴，洞外堆着细腻的黄土，洞口圆，洞内乌黑。这是鼠狼的穴居之处。鼠狼是猎杀鸟、山兔、山鼠的一级杀手。它蛰伏在草丛里，突然袭击，把猎物扑在爪下，利牙撕裂鸟的翅膀，或紧紧咬住老鼠的头部，拖入洞穴，大快朵颐。

山冈与山冈之间，有一个锅底状的小山坳，被人种植了常山橘子，约十亩。橘子种植也有二十余年，但近年无人摘橘。种橘人得了重病，已无力上山。橘子秋熟，这里成了鸟世界。橘子糖分丰沛，果糖香味和橘皮脂香格外芬芳。橘子烂在树上，或者落在地上，外溢的汁液吸引了乌黑黑的蚁群。蚁是大头黑蚂蚁，翘着铁钳一样的口器，撕开肉囊，割下囊肉，排着队拖着走。山雀站在橘枝上，很细致很有耐性地吃蚂蚁，顺口啄下橘子肉。这里云集了长卷尾、白鹡鸰、山斑鸠、灵雀、树莺、灰头鹀、林鹨。也只有这个时候，我才看得到云雀停下来，落在肃黄色的地上，不知疲倦地觅食。它清脆、溜滑、带有草露的叫声回荡在山间，"嘀铃铃嘀啾啾"。那是不可或缺又难以常闻的天籁之声。

两棵老油茶树紧挨着香樟树。老油茶树约五米高，冠盖却可占地半亩。这两棵老树，树龄均已超百年。油茶籽却小如龙眼，剥出的油籽乌黑发亮，油香四溢。这是最好的油茶籽，别名金珠子。霜降之后，白花压满了油绿绿的枝头，如雪铺盖。尚未被霜打死的马蜂，扑闪着薄膜一样的翅膀，"嗡嗡嗡"，停在其中一朵花上，吸着吸着，浑身裹满了花粉和糖浆。有的马蜂裹在糖浆里，再也脱不了身。死在花粉蜜中的马蜂，是枉死的，也死得最幸福。

其中一棵老油茶树，挂着一个酒坛大的蚁巢。蚁巢，土名蚂蚁窝。蚁是大头蚁，黑如柏油，行脚很快，蚁队可长达百米，吃蜻蜓、蚱蜢、蚯蚓，也吃死蛇、死兔、死獾、死鸟。它们还会主动捕食壁虎、蜥蜴等活体爬行动物 —— 大头蚁会分泌一种酸性物质，具有麻醉作用 —— 一堆大头蚂蚁叮在活体爬行动物身上，一粒肉一粒肉地吞噬、搬运，直至完全分解。乡间俚语说，蚂蚁咬不死人，却叮死人。说的就是大头蚂蚁。

荒坡只有五十余亩山地，但的确是一个丰富的世界。很多次看见草鸮从荒坡飞出来，在近晚的时候，"嘀哩哩哩"叫着，从泡桐树飞向田畈。草鸮是肉食动物，也叫猴面鹰。它深夜也叫。找过草鸮巢穴，找了几次，也没找到。这一带，因为鲜有人来，植物按照自然的意愿，自然地生长、繁殖。植物的样子，也是原始的样子。它们的曲直、粗细，也都由着土质、风雨、阳光来决定。它们至美，无论是抽芽、长枝，还是枯萎、凋谢，每一个阶段都很美，按照生命的样子美。动物与植物相伴相生。世界没有永恒的东西，除了水车一样转动的季节。所见到的，最值得珍惜。这就是最大的慈悲。

喜欢去无人打扰的荒坡。荒坡是被人所忽略的世界。它有着分明的四季和动人的个体宇宙。每去一次，内心似乎会更饱满一些。不单单见证草荣草枯，见证万物轮回，它们更让人知道，不要悲观地去认识生命的价值，即使卑微地活着，也可以活得更从容，更安详。人如草木，不仅仅是简单的比喻，更是深邃的格言。尤其在春天，荒坡上，每一个生命体，都充满了蓬勃的欲望。

荒木寂然腐熟

去深山之前，不会料想到自己会看见什么，但深山给人许多意料之外的喜悦。譬如，巨大的蜂窝吊在三十米高的乌桕树上，松鼠在林间嬉戏，一个无人的寺庙荒废在峡谷里，一具动物的遗骸半露半埋在草丛间，一枝野花开在冬天的山崖上，一棵被雷劈了半边的树新发青嫩的树枝，壁立的岩石流出汩汩清泉，松鸦抱窝了一群叽叽喳喳的小鸟——这让人迷恋。枯寂的山林里，永远不会让人乏味，它是那么丰富，有无穷无尽的意趣和活泼的情调。

收集了很多来自深山的东西，如树叶花朵，如动物粪便，如羽毛，如植物种子，如泥土。用薄膜把收集的东西包起来，分类放在木架上。木架上摆放最多的，是荒木的腐片。腐片有浆白色，有褐黄色，有深黑色，有铅灰色；有坚硬如铁，有烂如齑粉，有蓬松如面包。

之前，并没想过收集腐片，去了几次荣华山北部的峡谷，每次都看见巨大的树，倒在涧水边，静静地腐烂，有一种说不出的东西，撞击着我。见过很多荒木倒塌在山林里。并没什么特别的感觉，觉得无非是一棵树死了，死了就死了，有什么值得奇怪呢？有树生，就有树死。生，是接近死亡的开始。有一次，和街上扎祭品卖的曹师傅去找八月瓜，找了两个山坳，也没找到。曹师傅建议去南浦溪边的北山看看，那边峡谷深，可能会有。我们绑着腰篮，渡江去了。

立冬之后，幽深的峡谷里，藏着许多完全糖化了的野果。猕猴桃、八月瓜、薜荔、地稔、寒莓、山楂、野栗、山柿、苦槠子，这些野果，在小雪之后，便凋谢腐烂了。茂密的灌木里，有一种落叶木质藤本植物，叫三叶木通，掌状复叶互生或在短枝上簇生，总状花序自短枝上簇生叶中抽出，淡紫色，阔椭圆形或椭圆形，花丝极短，心皮圆柱形，橙黄色。初夏开花，晚夏结果，叫八月瓜。果熟，会自行炸裂，叫八月扎。熟果期长，可延至立冬之后，果皮浅紫色，肉内有指甲大的麻黑色果核。八月瓜生吃，制酱，酿糯米甜酒，都是极佳的用材。和曹师傅沿着峡谷走，四眼瞭着两边的树林。"这么粗的树，怎么倒在这里？"曹师傅指着深潭说。拨开灌木，看见一棵巨大的树，斜倒在潭边的黑色岩石上。

这是一棵柳杉，树径足足可两人环抱。穗状针叶枯萎，粗纤维的树皮开裂，有部分树皮脱落下来。棕色的树身，长了蜘蛛网一样的苔藓油绿。柳杉也叫长叶孔雀松，是我国特有树种，可存活八百年之上。这棵柳杉，估计也活了五百年。它还没活够，怎么就倒下了呢？它连根拔起，顺着涧溪，倒在岩石上。在深深的峡谷，它不可能是被风吹倒的。查勘它树根。树根盘结了厚厚的地衣，地衣裹着黄白色沙土。树根大部分爆断。又查勘它树梢。树梢直条而上，翻盖而下，叶垂如帘。对曹师傅说：柳杉长在沙地，沙下是岩石，根深不下去，吃不了力，树冠重达几吨，就这样倒了，它的死，是因为身体负荷超出了承重。柳杉倒下不足半年，它棕色的树身还没变黑，它还没经历漫长的雨季。

雨季来临，树身会饱吸雨水，树皮逐渐褪色，转色，发黑，脱落。再过一个秋季，木质里的空气抽干水分，树开始腐烂。我从腰篮里，拿出柴刀，劈木片，边劈边说：倒在涧边，柳杉成了天然的独木桥，可以走二十几年呢。

木片，是柳杉死亡的活体。

有很多荒木，倒塌在荒林野地。荒木，是自然死亡的老木，有上百年的，有几十年的。长得越慢的树，寿龄越长。檵木山茶这样的灌木，几十年也长不了五厘米树径。寿龄越长，荒木烂得越慢。

有一条叫野鱼鳍的山谷，去过很多次，要翻两个山头。山谷里树木茂密，大多是阔叶林。谷底溪水潺潺，野鸟映趣。林里有很多荒木，倒在溪边，倒在芭茅地，倒在路边。荒木大多直条，二十余厘米粗，树皮发白。用手撕扯一下树皮，整片拉扯下来，露出焦黑的裸木质。木质部上爬满蚂蚁和米白色的虫蛰。这是一些青冈栎、乌饭等硬木。在芭茅地，还发现过粗大的苦槠树，木心完全空了，踩在树身上，用脚踩，跺几脚，木齑粉扑簌簌落下来，黄白色。慵蜷的蝉蛹一样的胖白虫，也被跺下来。白蚁米粒一样落下来。

树倒下来，是整棵的，慢慢斜，而后轰然倒下，压倒一片芭茅草或灌木。有的树是因为烂根死，根被腐蚀，烂了细须，再烂细根，树叶慢慢枯黄，树皮变成了浅色，被风吹倒。有的树被虫蛀空了木心，暴雨来临，雨水往树心里灌，树从里往外烂，烂两年，树便倒了。白杨、梧桐、野柚，都是虫爱蛀的树。树从蛀空的地方拦腰截断倒下去。有的树是被雷劈倒的，闪电落下电锯一样的幽蓝色火球，落在树冠上，往下劈，树倒了半边，另半边却坚强地活了下来。被雷劈的树，都是高大树。

倒在溪里的树最先烂。树吸水，水成了腐蚀剂，再坚硬的树也成了石灰，树脂溶解，纤维腐化，用手抓一把，全是粗纤维。

树叶烂一年，成了肥泥。树枝开始一截截断，最后剩下粗壮的树干。这又是另一个漫长的消亡过程。假如不是烂在水里，烂不了三两年，树身会长出小蘑菇或小木耳。苔藓和地衣，以包围的形式，占领了树的全身。我看过这样的腐木，厚厚的苔藓包裹着，长出兔耳朵一样的蕨类植物，络铁石长长的藤芽翘起来，似乎这不是腐木，而是澹澹裸石。

运过腐木回自己的院子里。腐木烂光了，剩下一截树苑。树苑有八仙桌大，根须交错纵横。雇了四个工人，开手扶拖拉机去拉。开拖拉机的老四师傅说：拉一个烂树苑干什么用呢？做不了根雕，又做不了茶桌，浪费力气又浪费柴油。我说，为什么一定要做根雕和茶桌呢？每天看一眼烂树蔸，也是有开悟的。

老四师傅五十来岁，是个乡村酿酒师，平时用手扶拖拉机拉高粱，拉稻谷，拉木柴，拉煤石片，拉酒桶。抖着山羊胡子，他低声说：有酒喝，有床睡，有女人烧饭，要那个启悟干什么，有寺庙的住持为我们开悟。我说，万事万物，都给人开悟，人在日常生活中修行，为什么一定要住持给我们开悟呢？

树蔸拉回来了，搁在一个巨石上。过半年，春天来了，树蔸的中间空心部分，长出了一棵榕叶冬青，筷子长，一根独苗，开出八片幼叶。我也不知道这是什么树的树蔸，木质还是硬硬的，还没腐化。树蔸太大，有三个树根交错出来的凹洼，堆上肥泥，种了几株指甲花。在巨石侧边，又种了三株忍冬。五月，忍冬覆盖了巨石和树蔸，整个院子，弥散了花香。冬青长得特别顺溜，蹿着身子高上去，像个少年郎。我每天早上，喝足了温水，便去看看这个胖墩一样的树蔸，心里说不出的舒服。

原本是想看树蔸怎么腐化成泥的。看它一日一日地烂，一月一月地腐，哪承想，又冒出了一株冬青，还是榕叶的。请老四师傅来喝酒，喝完了，还带一壶给他，说：天成的，是最好的。

啄木鸟在腐木里筑窝，也是天成的。腐木的木心，很容易被鸟喙啄空，嘟嘟嘟嘟，木粉被风吹出来。中空的树洞，是鸟最佳栖身之所。很多鸟，都喜欢在腐木的洞里筑窝，如啄木鸟、犀鸟、摇鹊鸲、白腿小隼等。树洞是躲雨最好的地方，避风避雪。腐木也是鸟类食物非常丰足的地方，有蜗牛、蚂蚁、蛾、蛹、山鼠、蜥蜴、壁虎、蜈蚣、百足虫——腐木，似乎是安徒生的王国，树洞是王国里最奢华的宫殿，住在里面的鸟，几乎可以称作公主或王子。

公主和王子也会有噩梦。噩梦里，蛇是难以战胜的恶魔。蛇缠缠绕绕爬，悄无声息，爬进了树洞，张开地狱一样的嘴巴，把小鸟吞进去，也可能吞一窝小鸟，或一窝鸟蛋。鸟再也不敢来了，树洞空着，成了山鼠的乐园。黄鼬来了，一夜吃完山鼠。黑蜘蛛在洞口结网，听着夜露的滴答声。哦，这是人无可享受的天籁。

荒木要烂多少年，才会变成腐殖层呢？我不知道。泡桐腐化五年，肌骨不存。山茶木腐化二十年仍如新木。檵木腐化五十年仅仅脱了一层皮。碾盘粗的枫香树，只需要十年就可化为泥土。木越香，越易腐化——白蚁和细菌，不需要一年，噬进了木心，无限制地繁殖和吞噬。白蚁和细菌是自然界内循环的消化器。千年枫香树，锯成木板，可以盖一栋大房子的楼板，最终成了最小生物体的果腹之物。

最好的树，都是老死山中的，寿寝南山。

倒下去，是一种酣睡的状态，横在峡谷，横在灌木林，横在芭茅地，静悄悄，不需要翻动身子，不需要开枝长叶。

它再也不需要呼吸了。它赤裸地张开了四肢，等待昆虫、鸟、苔藓。树死了，但并不意味着消亡。死不是消失，而是一种割裂。割裂过去，也割裂将来。死是一种停顿。荒木以雨水和阳光作为催化剂，进入漫长的腐熟期。这是一个更加惊心动魄的历程，每一个季节，都震动人心。

对于腐木来说，这个世界无比荒凉，只剩下分解与被掠夺。对于自然来说，这是生命循环的重要一环。

这一切，都让我敬畏。如同身后的世界。

独居的牧羊人

　　山呈畚斗形，两边的山梁往下斜缓。蛋黄般的朝阳从山谷口漾出。阳光从五府山黄家尖慢慢披下来，一层层渗透翠竹林，柔和的光线染着霜迹，黄霭霭，甚是好看。一群树鹊在一丛栲树林，"嘻咕咕，嘻咕咕"喧闹。天泛白，它们开始喜乐乐，先是一只，叫了两声，而后，栲树林闹翻了。树鹊在栲树上跳来跳去，树叶发出沙沙沙的声响。我站在田垄。它们可能把我当作一堆土包，或当作一棵落叶灌木，它们一点也不受惊。

　　田垄在两条山梁之间。阳光还没漫到这里。地锦和野棉花填满了荒田和田沟。野棉花一枝枝独抽上来，叶子肥绿，一枝茎抽出五朵花。花吐出棉丝状的花絮，霜白色。荒草盘结的田埂和田角边的乱石堆，长了茂密的野棉花，以至于梯田呈现一片霜白色，让人误以为山中早霜来了。虽是农历十月之初，其实离霜期还隔了一场秋雨 —— 秋雨把大地的燥气熄于土里，气温下降，冷露凝霜。所见的霜白色，不仅仅是野棉花，还有是悬挂在草叶上的露水所析出透亮的晨光。我走了两条田埂，我的鞋子和裤脚全湿了。

裤脚裹着荪茅的草籽、青葙的草屑、蒲公英的绒团和鬼针、苍耳。绕着田埂一圈圈往上走。梯田如倒立的浊浪。"咩咩咩，咩咩咩"。羊在羊圈叫了起来。阳光照进了羊圈窗户。哐啷哐啷。羊在顶木栅栏。1963年出生的陈冯春蹲在屋檐下的台阶上吃年糕。他低着头，吃得很快。

下了坡，到屋前梨树下。陈冯春腰上捆了一把圆头柴刀，扛一把锄头往屋后山道走。我问：陈师傅，这么早上山？

他抖抖蛇纹袋，说：挖点冬笋。

"羊什么时间放出来？羊叫了，叫得有些慌，是不是饿了？"

"等露水退了，我再放羊出来。羊吃了沾露水的草，很容易腹泻。"陈冯春在锄头柄上敲旱烟杆，嗒嗒嗒，一团烟灰落下来。他一团一团地吸旱烟。烟丝是从广丰买来的，15块钱一包，一包2两。烟丝藏在一个脱了漆的铁盒里。他摁一下铁盒，盒盖弹开，撮一团烟丝，塞进烟洞，摇一下打火机，摁一下，火苗扑上来。他吸两口，发出"嘶——"的舌音，吐出一个烟球。

阳光斜下来，一晃眼，斜到了屋前的两棵银杏树上。银杏一株为雄性，一株为雌性，如两座九层金塔，耸立在路口。两株银杏之间，是一条石板古道。古道一直连通山下村。阳光穿过，银杏叶透明而金黄。山风从山谷口涌上来，银杏叶翻飞，但并没有发出"哗哗哗"的树叶声。其实，银杏叶一直在翻飞，昨天翻飞了一天，昨夜翻飞了一夜，它将继续翻飞 —— 直到最后一片叶子落下来。翻飞一次，银杏叶落下几十片。银杏叶从枝头旋下来，旋出弧形，弧形越来越大。仰着头看叶落下来。觉得那不是落叶，而是山黄蝶。山黄蝶欲飞欲舞。满树的山黄蝶，满地的山黄蝶，山黄蝶随风翩翩。昨天傍晚，与结伴而来的朋友万涛坐在银杏树下的石阶上，万涛问：银杏叶像什么？

"像折扇。嗯，也像群峰。"我说。他有过十余年的野外骑游经历，算得上是个山野旅行家，走遍闽浙皖赣交界地带的群山。他一个人骑摩托车，带着帐篷、锅灶、食物和酒，在群山中漫游。不喝酒的时候，他不怎么说话。走在深山，通常的情况下，他负责提问，我负责回答。我的回答通常是浅薄和庸俗的。

"落叶里有生与死。但不是所有人都可以看见。"他说。

似乎也在晃眼间明白，深秋的银杏树，是神居之所。神化身为山黄蝶。

无论在何处，尤其在深山，只要看见高大古老的树，我会停留下来，仰望，抚摸树皮，摩挲树叶，然后，抱住它，把脸贴在树干上。这样，就可以听到河流在树的内部翻滚，可以听见树的心跳，感受到树的脉息和大地深处喷涌出来的气象 —— 我知道，生命不会那么轻易消亡，生命最后剩下的不会仅仅是灰烬。古老的树都住着神 —— 造物之主。我们只需要一颗真挚淳朴的心，就可以拥抱它。它从来不会拒绝我们的拥抱。它会感受到我们的拥抱 —— 树叶轻轻地抖动，鸟发出啾啾之声，蚂蚁在皮缝悄悄搬运食物。

山黄蝶落满我身。陈冯春回来了。他敞开袋口，提起来抖抖冬笋，说，天旱了半个多月，地太实了，难挖。我数了数，冬笋6个。

"冬笋丝炒泡菜是这个季节最好吃的菜了。"我说。他努努嘴，说，深秋了，没有不好吃的菜，菜的味道就是白露的味道。

"咩咩咩咩咩，咩咩咩咩咩。"羊从羊圈门挤出来。两头羊在墙边支起前身，头对头、角对角，撞起来。领头的羊攀上狭窄的石道往山道走。

山道石头嶙峋，泥巴被羊踏烂了，石头凸出来。水浆从一丛草蓬淌下来，路面阴湿。我一脚踩下去，水淹了鞋帮。羊攀踏上石墙垛，往山道上走。110头羊分成了两路，一路往竹林乱窜，一路往山道走。羊咩咩地叫。陈冯春扬起一根硬邦邦的竹梢，拦住往竹林走的羊，呵斥：你这个笨死的，竹林有什么吃的呢？都是一些干竹叶，跑去竹林干什么呢？

羊不听他的话。他扬起的竹梢舍不得落下去，打在翠竹上，啪啪啪。羊咩咩咩地叫。我也学着羊，咩咩地叫。羊往竹林钻得更快了。"你不要叫了，羊听了会怕，还以为是狗叫呢。"陈冯春说。

一头母羊圆着腹部，瘸着脚，走在最后。它的左后脚踮着步子走，没办法落地。在一个月前，这只母羊在山垄吃草，踩到一个套野猪的铁夹子，脚趾被夹坏了。踮一步，下腹晃一下。它将在初冬生下小羊羔。竹林阴暗，淡光如一层雾，一直延伸到山顶。这是一座尖形的山，山分出两条大山梁，大山梁分出八条支山梁，支山梁与支山梁抱起一个山窝。从下往上看，八条支山梁如八只肌腱肥硕的脚，支撑起千米高的山塔，耸入云端。山窝有混杂林，栲树、枫树、栎树、大叶冬青、小叶冬青，甚是高大。林中，有猎人偷偷摸摸下铁夹子，捕猎野猪、山兔。

国家虽是严禁捕猎，但高山的山民仍有偷捕。昨晚八点，站在屋前看星空，见南边山豁口，有强电光扫射。在海拔800米以上的山上，有三个村子。最高的村子叫大洋，有四栋房子，被废弃了20多年，屋舍已倒塌，屋内长满了荒草，厅堂的灌木比人还高。陈冯春住在盖竹洋。盖竹洋有五栋房子，一栋瓦屋是旧小学，倒塌了大部分，留下10平方米屋舍被关着养鸡；一栋竹窗的瓦屋，墙全塌了，房柱歪斜，木料腐黑；一栋红砖瓦房，两层，锁着门，二楼的檐廊堆着木柴、木风车，和少量的劳动工具；一栋倒了半边墙的瓦屋，连着一栋矮屋子，矮屋子散发熏热的羊粪味，这是陈冯春的老屋和羊圈；老屋前是一堵高石墙，石墙长满了爬山虎和野藤，有两株山油茶树葱油地绿，开出雪白的大朵大朵油茶花，墙下有一栋工整方正的瓦屋，陈冯春借住在这里。这是他叔叔的房子。只有他一个人在盖竹洋生活。从盖竹洋，往东斜走800米，下一个平缓的山坡，有一块略为平整的山地，住了十几户人家，叫下洋村。打手电的人往竹林边的山道走，边走边照山林。

"肯定是该死的偷猎人，在找野猪或山麂。只有偷猎的人，晚上会上山。"陈冯春说。12瓦的太阳能灯照着他。他的旱烟杆时明时灭。盖竹洋不通电，他的儿子在屋前的过道竖了三杆太阳能灯。

"该死的偷猎人。"他回屋在手机上看电视剧。他爱看抗日电视剧，充电宝的电用完了，他再睡觉。他每天去下洋，借电充充电宝。他恨偷猎人。去年初秋，有一次，铁夹子夹住了一头母羊，他找了好几个山坞，才找到。母羊躺在林中，咩咩咩，叫得让他心疼入骨。他撬开铁夹子，母羊却不能走，便躺着。母羊正临盆，他便一直坐在母羊身边。天快亮了，母羊下产了，一胎两崽。母羊动不了腿，用不了全力，犟着身子生产。母羊望着他，咩咩叫。他抚摸着母羊。他为母羊接生。在盖竹洋，他养羊5年，他从不用竹梢或羊鞭抽打羊。每一只羊出生，他都是守着的。他知道，一只羊要存活下来，是一件非常不容易的事。

山下有一个偷猎的人，养了一只猎狗，会抓山兔、咬野猪，还会捕野鸡。有一次，猎狗上山，把羊群当作了猎物，咬死、咬伤了40只。他去森林公安报了案，到现在还没结案。

随着陈冯春往上洋走。黄土山道松软，脚落下去很舒爽。

我从来没放过羊。见过很多放羊人，戴着斗笠，握着羊鞭，赶羊上山。大多数的放羊人皮肤黝黑，走路很快。陈冯春中等身材，头发稀疏，手脚利索。他走路快。他穿一件靛蓝色工装，吸着旱烟，一会儿就与我拉开很长的脚程。我走得慢，倒不是走路慢，而是边走边看。看地面是不是有野兽的脚印和粪便，是不是有鸟的羽毛。看山林颜色和树木种类结构。

山上不时遇见砍毛竹的人。在上洋的一个山坳，两个砍竹人正坐在毛竹上歇脚。一个头毛虚白，一个胡楂虚白。竹林清幽深邃，望不到边界。涧谷里，有两只噪鹛在"噜咕咕，噜咕咕"地曼声叫。因嘹亮的叫声，竹林更显空阔。翠竹挺立而起，竹冠低垂婆娑。剔了枝丫和竹冠的翠竹，堆在路边，头对头、脚对脚，一根叠一根。数了一下，竹兜一般有七个刀口，至多十个刀口。刀口斜峭，不重叠，围着圈，如一朵刀口盛开的莲花。一根山毛竹挨上7刀，便倒下了。4根竹子百来斤重。一个体力好的人，一天可以砍2000来斤竹子，100斤竹子卖20元，运一车竹子下山400元。有些山民不砍竹，把山包给别人砍。

"×××，下来拉天哦。"陈冯春坐上横在路边的竹子，对山上人喊。原来竹林深处还有一个砍竹人，我没发现。拉天即聊天。那个还没露脸的人，露出了刀声，笃笃笃。砍竹人边砍边应答：再砍砍，要吃午饭了。砍竹人在山上自己造饭。在石块下生一堆火，饭锅架在火上，取涧水焖饭。每一个砍竹人都会造饭。

秋收之后，陈冯春赶了羊上山，也进自己的竹林砍毛竹。他有好几块山，一块山有半个山垄。他的山分散在好几个山垄。春笋挖一年歇一年，竹林却每年匀着砍。砍了的竹林，竹子长得更盛。他16岁开始学木匠，刀功好。他是远近闻名的木匠师傅，造房，做家具，样样好手。他在22岁那年，山南的英蒋乡龙溪村有一姑娘见他手艺精湛，翻山越岭，嫁给他。陈冯春做事舍得吃苦，一年竖过八栋房子的梁柱。孩子落地后，他又外出浙江、上海打家具。年过五十，他放下手艺，在上饶市郊区养羊，养了两年，回到自己出生的地方继续养羊。他砍毛竹比别人快，刀刀吃进。

山道绕着山梁转，走到山道的尽头，是一座平坦的山峁。密密的混杂林油青油青。有人把山尖推平了，垦出一片茶叶山。茶树矮小，还没抽枝。山道有一粒粒黑色的动物粪便。我对陈冯春说：陈师傅，羊可能到了这里，这一段路，有很多羊粪。陈冯春捡起一颗黑粒，说：羊经常到这里。

"羊跑这么远啊？"

"这算什么，羊还上过黄家尖呢。"

黄家尖是这一带最高的山峰。回身望尖峰，尖峰如破土而出的春笋，独竖在群山之上。尖峰上是阔叶林。洋，就是大海。上洋就是最高处的大海。这里是山上的大海。没有风的秋日，是静默的大海。回望时，发现垦出的茶叶山，留下了两棵高大枫树，绛红色，深深震动内心。

"羊怎么会跑上黄家尖呢？尖峰上哪有草吃呢？"我问。

"有一只野猪想吃羊，追着羊跑。羊往山上跑，跑上尖峰，野猪上不去了。羊聪明呢。"陈冯春说。

"野猪也吃羊？第一次听说。"

"野猪什么不吃？还吃老鼠呢，死蛇也吃。有好几头小羊被野猪咬伤。有一只母羊已怀胎三个月，受了野猪的惊吓，当晚在羊圈退胎。母羊虚弱过度，奄奄一息。守了好几天母羊，才守活了下来。"

回到盖竹洋，看了一下手机，徒步13578步。陈冯春又去挖冬笋。

和万涛从银杏树下的古道去梯田，沿着羊道走。羊在梯田走，是沿固定路线走的。田埂有一道缺口，光溜溜，没有任何植被。田埂约半人高，羊竖起身子伸直前肢，抓住田埂，后肢撑足了劲，爬上田埂。有几处缺口是光滑竖直的黑石块，羊从石块爬上去。我尝试了一下，从石块爬上田埂，脚吃不了力，根本踩不到石块。移步几米，便是矮矮的土堆。随脚一抬，上了土堆。我暗想，羊也太厚道了，为什么执着于从石块爬上田埂呢？有两处田埂，有一人多高，羊也爬上去。不知道它是怎么爬上去的。羊其实比牛犟。

羊散在荒田吃草。"咩咩咩"，我叫了几声，羊往高处的田里跑。羊咩咩咩地叫着。羊有些惊慌。我学羊咩，真像狗叫吗？哑然失笑。

扛在陈冯春肩膀上的锄头，挂着蛇纹袋。蛇纹袋一晃一晃。估计他没挖到几个冬笋。他的嘴巴忙着吃饭，没说什么

话。不知道是因为他饿了，还是因为饭菜特别香，他吃得有
滋有味。饭菜是他爱人烧的。平时，他一个人在山上生活。
他爱人住在山下照顾偏瘫的婆婆，他女儿嫁给山下一户人
家，他两个儿子在城里生活。他每天早上七点下地干活，中
午回家做饭，吃了又去干活。他从不午睡。

"哪有那么多活干呢？干哪些活呢？"问陈冯春。他一
时想不起有哪些活要干，摸摸头。他说，种菜，挖冬笋，挖
春笋，砍毛竹，劈柴，赶羊。

"还有哪些要干的活呢？"

他吸吸旱烟，吸了一斗，又吸，说，切番薯藤，晒番薯
藤。

"番薯藤晒起来，干什么用？"

"下雪了，羊不出圈，喂番薯藤。"陈冯春说，"每天往
山里去，就有做不完的事。把羊料理好，也有做不完的事。
扫羊舍，晒羊粪，给羊喂水，这些事都是丝毫马虎不得的。"

吃了饭，他又去挖冬笋。他说，山下有人来收冬笋，5
块钱一斤，趁冬雪还没来，多挖几天。他去挖冬笋，我和万
涛去山谷走。

我们走了两个大山坳，羊回家了。羊会自己回家。羊不
在外面过夜。看了一下时间，羊回羊圈才下午四点半。羊会
看天色。浅暮来了，它就回家。一路咩咩咩叫，踢着蹄子。
暴雨将至，它会奔跑回家。羊是不会淋到暴雨的动物。羊胆
小性怯，怕狂风暴雨。即使离群迷途或因受伤而无法行走的

羊，也会躲在山窝草丛藏身。陈冯春找羊，沿路喊：羊啊，羊啊羊。羊听到了，会咩咩咩叫，回应他。

上盖竹洋那天下午，正碰上陈冯春和他大儿子宰羊。他在给羊去毛。羊是卖给城里人的，净肉50块钱一斤。一年，他只卖十几头羊。他舍不得杀羊，自己也舍不得吃。羊打理好了，他默默地在门槛坐一会儿，看着他儿子把羊装进箱子里。他吸着烟。他不停地抹嘴巴抹鼻子。不知道他在想什么。小羊羔落地，是他从母胎接出来的。母羊把裹小羊羔身上的黏液舔干净了，小羊羔睁开了眼睛，站起来，吮吸母奶。7天后小羊羔随母羊上山，20天后小羊羔学会了吃草。这个月份，他一直跟着小羊羔。黄鼠狼和野猪都会把小羊羔吃了。他得护着。小羊羔乱跑，跑着跑着跑丢了。一次，小羊羔跑到5里外的山下村子去，他足足找了一天，用背篓背回来。

他是可以不养羊的。但又怎么能不养呢？当年在市郊和朋友合伙养羊，分了羊，自己领着羊上山。有人想买他的羊，他不卖，因为有的母羊有了胎。羊两年产三胎，羊多，每个月份都有羊怀胎。羊虽是家畜，也是一种生灵。生灵都得敬重着。"山上的田，大多荒了。这些田是十几代人造出来的，一个石头一个石头砌出田埂，围出田。到了我们这一代，田荒废了，长出草，羊吃草，也是对田的敬重。"在晚上陈冯春给羊喂水的时候，自言自语地说。

听星寺

闽北多寺庙，一个村一个。寺庙大多简单，一间或两间简易的屋舍，一个或两个僧人。寺庙一般建在山腰，或山坳的入口，有溪流和几块菜地。

在荣华山半年之后，一个茶客告诉我，说北山有一个寺庙，很小，比茶寮还小，只有一个僧人，僧人已经有十几年没下山了。

很想去看看，觉得这个僧人有意思。寺庙叫什么？我说。

茶客说：寺庙好像没有名字，本地人叫它一人庙。

不爱去寺庙。即使去了寺庙，我也不进大殿。我知道，大部分寺庙里的僧人，与信仰无关，只是一门职业。

预备了一些米面，去一人庙。

山道狭窄，一直弯向北山。北山有一片阔叶林，乌青青，大鸟一样栖落。去过几次。寺庙在哪儿，也不知。山上风急，树叶哗哗哗翻转。鹰掠过，脱线的风筝一般。北山有三个山梁，两个山坳。站在山巅横路上，纵目而去，山峦起伏，深秋斑斓的色彩显得有些夸张。乌桕黄黄的树冠，在林中，格外显眼。东去的溪流穿过盆地，如游动的巨蟒。收割后的田畴像坠落的树叶，河汊如叶脉交错纵横。

俯瞰中，搜寻寺庙。可视线里，全是密密匝匝的树林。一个茶寮一般大的寺庙，在树林里，相当于一头酣睡的兽。从横路往下边的山梁走，一个山坳一个山坳绕过去。山中有小路，是采药人、伐木人和猎人走的。

过了一道山梁，看见一块黑瓦屋顶。屋顶遮掩在乌桕树下。山梁有一条小路通往乌桕树。小路铺了不多的石块，石块的缝隙里长了疏疏的野草。灌木直条条，干硬枯瘦。

黑瓦房有两栋，一前一后，房子与房子侧边有低矮的石墙，围成一个四边形的院子。房前，还有一块不大但略显空阔的院子。前院种了两棵并不粗壮却高挑的银杏树。银杏枝头弯曲，缀满白果。前院干净，夯实的黄泥地面让人觉得舒爽，侧边种了几棵桃树，粗大，结了桃浆的树干光溜溜。树下的指甲花开出零星的几朵，花色惨白。

"住持。住持。"在院子里叫了几声。无人应答。

门是打开的。堂前摆了一张木桌，桌上供了一个等人高的木雕弥勒佛。木桌前的矮桌，板结了许多蜡烛油。

进了门厅，到了屋舍之间的院子。院子右侧边有一口方井，井口四方形。一个木桶挂在井边的桂花树上。吊水的长竹篙斜靠在井栏。高大的乌桕树把井栏盖住。井口有木盖。

我提起井盖，往里看，一股冷风涌上来，深不见底，绿水回荡。院子左侧边有一棵矮小的罗汉松，几钵兰花和一个黄褐色的杜鹃树根。一张木板拼接的茶桌摆在树根侧边。圆木截下来的树桩，有四根，当作凳子。挨在后房门口，又喊：住持，住持。

已是中午，住持会去哪儿呢？回到前院，拖了一把竹椅子，坐了下来。走了两个多小时的山路，有些累，腿发酸。猜测不了住持去哪儿了。一个十几年不下山的人，会去哪儿呢？四周是莽莽青山。我从背包里，掰了两个花卷吃。我有低血糖症，每次上山都要带花卷。吃完了花卷，竟然坐在椅子上睡着了。

醒来的时候，身上盖了一条薄抱被。站起身，看看无人。去后房，见一个六十来岁的老僧，坐在小方桌边吃饭。叫了一声：住持，你好。他站了起来，合十，摆上碗，请我一起吃饭。菜只有一碗煎辣椒一碗熏豆干。我吃了两碗饭。

吃饭的时候，我们都不说话。我时不时抬眼望他。他清瘦，脸肉有些干瘪，眉毛长长发白，额门开阔。他的眼皮有些长，似乎盖住了眼眶。他白净，通透。住持叫一星。是山下小镇人，出家三十多年了。这个寺庙是他一手建起来的，已有二十多年的历史。不知道他为什么出家，也不方便问。

住持上午去南山摘山楂去了，采了一提篮。南山低矮的山坡上，多山楂树。野山楂果小，但甜脆。之前我也摘过。生山楂焐酒，干山楂煮粥，都是极好的山珍。他提井水，洗山楂，用一个圆匾晾晒在井盖上。

"住持，这个寺庙叫什么？没看到匾牌。"

"不是所有的寺庙，都要匾牌。山下人叫这里一人庙。"
他说话有点口吃。可能与他很少说话，语言功能退化有关。

"这是他们叫的，你取的寺名叫什么？"

"听星寺。"

"听星寺，听星寺，有什么缘起吗？"

"小时候，我常来这里砍柴，山下有一条弯路去镇里。
出家之前，我在这里搭草寮，供上山的人躲雨歇脚。有时，
也会来这里过夜。有一次过夜，听到了轻轻的说话声，我知
道没有人，可怎么会有说话声呢？看见满地星光。星星在
说话。便想在这里建一个寺庙，可以和星星做伴。"住持说。
他的语气温婉，清脆。

"你可以题一个匾牌。"

题不题都一样。他说。

"可以在这里住一夜吗？"

当然可以。住持说。

下午，和住持一起去摘山楂。山楂过几日便完全萎谢了。
顺带的，还采了半篮子猕猴桃。

太阳斜照。我一个人吃了饭。过午不食，是僧人的饮食
习惯。

我们坐在院子里，说了很多话。我好奇，为什么他十几
年都没下山呢？他的父母兄弟呢？他生病了怎么办呢？又

始终开不了口问他。我是俗人，想的自然也是俗事。

人的修行有多种。宗教徒有修行，尘世中的人也有修行。从广义上说，修行是净化自我灵魂的过程。崇尚自然，是一种修行。善待自己和他人，是一种修行。修桥铺路，是一种修行。解除他人痛苦，是一种修行。修行的人，面目不狰狞，慈善，温和。

一个十几年不下山的人，是彻底断了尘世欲念的人，是一个了无牵挂的人，是一个豁达开阔的人，是一个洁净透明的人，是一个可以听见星星说话的人。

夜晚很快来临。油灯亮起来。住持休息去了。

在侧边一间客房，靠床休息。星光映照出来，稀稀。地面如蒙霜。来到院子里，秋蝉吱吱吱叫，时断时续，声音微弱。风嘘嘘嘘，由树叶摇过来。

坐在井栏边，抬头仰望星空。星空淡白，略显灰蒙。星星悬而不落，如树叶悬挂的露水。稀落的星星展开了天空无垠的旷野。油灯亮着黄豆一样的光。酣睡中的人，如星星一样枯寂，山露一样饱满。山下，迷蒙一片。远处山峦黑魆魆。溪涧在山谷，哗哗哗。

高大的乌桕树，在地上印下单薄的树影，若有若无。低矮的禅房，在山林之中，若有若无。许是山中潮湿的缘故，墙根和台阶长满了青黝色的苔藓。额头湿湿的，晚露深重，和衣而卧，不一会儿，鼾声响起。

天麻麻亮，听到了屋外打井水的声音。扑通，扑通，是水桶扔下水井的声音。他开始浇花，浇树。我继续睡，却毫无睡意。

"施主，可以喝粥了。"天有了白亮色，住持在门外招呼了一声。我应答了。去喝粥时，住持又不见了。估计他又去采摘什么了。住持一直不问我名字。我也不问住持名字。我们彼此不问昨天，也不关心明天。喝了一大碗山茶，喝了两大碗粥，在小方桌上留了简短纸条：大师，星光、溪声甚好。

回到自己的住地，伙房的人正在吃早餐。他们问：你昨天去哪里了，也不和我们打个招呼，我们担心一个晚上呢，至少也该来一个电话，报个平安。我心生愧疚，说，在一人庙住了一夜，也是临时决定的，山上打不了电话。

哦。老僧叫黄子真，我们同村的。伙房的老钟说。

没想到你们还是邻居，老相识。我说。

黄子真年轻时在小学教过几年书，他写得一手好毛笔字。镇里一个姑娘爱上了他，他们结了婚。那个姑娘可是个美人，心地十分善良。他们是镇里最恩爱的夫妻了。他天天给她洗脸，梳头。她上床，他给她脱鞋子。她下床，他给她穿鞋子。他们一起去河里洗衣洗菜，一起上山摘茶叶，一起在荷塘划船采菱角。过了两年，黄子真的爱人病了，得了肺病。黄子真带她去了很多地方看医生，也看不好。她熬了三年多，撒手走了。最后半年，她连走路也挪不了步子，瘦得皮包骨。她死在了他怀里。爱人死后，他一直阴郁。亲友劝他再找一个，他也没答应。阴郁了好几年，他上了山，搭了一人庙。他守在庙里，很难得下山。

　　老钟说这些话的时候，我想起山上的星星。只有那些星星，才配得上他的孤独。

苦 雨

雨簌簌落。雨打在南瓜叶上，弹跳起来，又落下去，碎出一声：嗒嗒。南瓜花初谢，小南瓜只有肚脐眼大。雨从山梁一圈圈箍下来，一阵比一阵盛大。有人挑着竹箕去剪番薯藤。番薯藤还没有两尺长，剪一半留一半，挑回家，再分节剪，扦插到番薯地。借雨种番薯，借阳育谷种。

芒种前后，是漫长的雨季。雨来之前，天闷热。人困顿，昏昏欲睡。我每天都是一副睡不醒的样子，早上六点半起床，八点半又睡，十点半醒来，中午十二点半又睡。一天睡觉的时间，超过了十二个小时。天滚着云。云黑黑，看起来，和石灰石峭壁差不多。没有一个可以透风的地方，人不动，即使坐着，也是汗水涔涔，额头泌出油脂。沙沙沙，树叶响了几声，鹡鸰鸟叽叽叽，飞出了一道波浪线，田野瞬间一阵黑——雨敲下来，把雨滴敲在大地上。河，被什么东西煮沸了，河面跳荡着激烈、密集、白白的水泡。乌鸫缩在树叶丛，不时地抖一下身子，叫一声"叽叽叽"。它瑟瑟的身子，似乎有些冷。雨从树叶滴下来，滴在乌鸫的头上，它甩一下，在树枝上换移两步，抖抖翅膀，继续蹲着发呆。它被轰轰轰的雨声罩住了。河边的蓬蘽娇艳欲滴，熟透的果实被雨打落，滚满泥浆。

雨收走了初暑的热气，激荡出幽凉的风。风摇着秧苗，浪起一层层的青色涟漪。雨燕是唯一在雨中翻飞的鸟，三五成群，一阵高一阵低。雨落一阵，山川又油绿几分。雨慢慢疏，雨线柔和，天敞开了光，远山明亮。

有人挑着竹箕去田野，去山垄，扦插番薯。我也提着桶，给果树施肥。肥是油菜饼，已浸泡了半个月，等一场大雨来，埋在果树下。油菜饼发酵时，会散热，没有浸泡就直接下肥，会烧死果树根须。果树死了根须，叶黄枝枯，一个月后彻底死。梨树、桃树、柚树、橘树、枣树，正是花期刚过不久，初结小果，不追一次肥，小果很难成形，抗病虫害能力不足，易谢果。我给果树施肥，一年施三次油菜饼肥：过冬一次，结小果时一次，灌浆时一次。每次选在大雨之后施肥，泥土湿透，在根部掏一个洞，埋上肥掩上土。

雨水浇透了的土，随手抓一把，稀烂。把毛竹按节锯成一筒一筒，在节底凿一个孔，以栽花。黄泥夯墙，黑泥栽花。黑泥灌入竹筒，手指压实，栽上菖蒲、兰花、藿香蓟、朱顶红、葱兰。一个竹筒栽一株。这样栽的草本不会死。之前，还在竹筒里，埋水果的种子下去，如枇杷核、柚子核、杨梅核、杏核、桃核。除了杨梅，其他水果的核都发了芽。芽在

11月发出来，来年春，树苗有半尺长。抱着竹筒，一起埋在山中荒地，让它们听从自己生命的召唤。

收割了的油菜秆，在田里慢慢朽，秆色乌黑，秆皮烂出了油滑滑的水浆。歇了的雨，过一个时辰，又哗哗泼下来，沟沟壑壑淌满了水，甚至淹没了荒田。种菜的人，在菜地早早挖出排水沟，把雨水泄到溪里。瓜豆种在油菜地，油菜秆捂在泥里，霉变腐烂，蚯蚓钻在秆孔里旺盛地繁殖。瓜豆爬了半个架，它们等着雨水的牵引和阳光的导入，攀往藤架的最高处。那是它们的巅峰之处，在那里开花结果，也在那里招蜂引蝶。竹节草、牛筋草、马唐草、看麦娘、小飞蓬趁雨势而长，把芝麻、荞麦、辣椒、马铃薯、茄子等秧苗遮盖了，让种菜人不得不三天拔一次草。草拔了，草根还在地里，三天后又长得葱葱茏茏。这些草，都是不死草，只要有一绺根须，有雨水，它们永远不死。

被淹了的荒田，鹅肠草、鼠曲草、石胡荽、野胡萝卜、火炭母草、泥胡菜，开始一截截烂，从根部往上烂，但叶子浮在水面，青青蓝蓝。水退了，荒田再次暴晒两日，被热热的水汽熏烤，它们茎叶不存，烂在泥里，成了泥的肥沃部分。酸模、龙葵、千金子、马齿苋、田旋花、灰绿藜、鬼针草，却长得更加肥大、粗壮。在水洼之处，毛茛开出了粉黄的花，和剪刀股一起，成为荒田里的灯盏。

烂了茎叶的草，并非死去，而是一种暂时的忍让与退避，为丰茂而起的草，腾出生命的空间。在大地的屋檐下，彼此都换着节律活，一茬兴一茬衰，交替使用着场地，彼此喂养彼此。大地上，没有死亡，只有更替，或自我更新。死是永不再来、无路返回，而更新是自我替代，是物种遗存与衍变的智慧。

雨下起来，没个尽头，晚上接着下。夜黑，看不见雨线。雨当当当，敲在瓦上，拉开了序曲。坐在屋里，瓦雨声如夜行赶路的马蹄声，嗒嗒嗒嗒。马蹄不疾不徐，有节奏地走在村户巷弄之间，马蹄溅起的水花，扬起来又落下去。赶路人是一个少小离家的人，在挨门挨户地问："哪一扇门里，住着我年迈的母亲？"

每一扇门都紧闭着。开门的人，同样以瓦雨声回答："有雨的地方草木丰美。"

马在巷弄之间来回打转，赶路人疑惑不解，问自己："我的出生地就是河流的出生地，难道错了？"于是他继续敲门询问。在雨停歇之前，他给了自己答案："我离开的地方，正是我回来的地方，来处即去处。"

嗒嗒嗒的马蹄声，让世界陷入了汪洋。寂静的汪洋。怀疑自己所处的世界，是一片荒蛮。雨噗噗噗，打在窗玻璃上，滑下一道道水痕。水痕披散，似一道水帘。下楼打开大门，亮起厅堂所有的灯。并没看见马，也没看见赶马人。雨声在雨声中消失，雨声在雨声中胶合。雨在投射的灯光里，织出一张垂线的雨布。

雨把夜的黑过滤干净了，天发白，白得没有杂色。清晨，川峦如洗，田畈一望无垠。峻峭的灵山之巅罩着白白的云海。从寒塘飞出来的白鹭，嘎嘎嘎叫着，十几只一群，沿着山边，飞向河滩。河水暴涨，淹没了草洲，淹没了棘柳林。咆哮的河水撞击着河堤，轰，轰，轰。蓝翡翠和鱼鹰，贴着河面飞。河水裹挟着干树枝、草屑、腐木，卷着浪，奔泻而去。坐落于对岸的彭家坞，三个大鱼塘，被雨水冲垮，泥堤溃坝，鱼在河中得到了胜利的逃亡。塘里的鱼，从来就不知道有比鱼塘更广阔的世界。或许，塘里的鱼以为，有水就可以安享生命，又不飞翔，要那么大的世界干什么用呢？在泥堤崩塌、塘鱼跃入饶北河的那一刻，它们蹦跳，浪起了水花，追逐着水流。它们多么快活。无限制的河流，才有无限制的自由。它们再也不会游回水塘里，除非被网捉了。它们自由地游，就是自由地活。假如失去了自由，它们将成为死鱼，被人剖腹剁头刮鳞，盐腌，入油锅，加料酒、生姜、蒜头、辣椒，制成舌头的祭品。

曾思考过很长时间，植物、动物有幸福感吗？动物有情感、思维、感官，有痛感，有兴奋感，肯定能体会幸福。植物能体会幸福吗？我觉得，能体会。比如，用刀砍一下树，树抖动一下，有的树还流下浓浓的树脂，如松树、漆树、杉树。树没有发声器官，喊不出痛，只有拼命颤抖着身子，拼命地流身上的汁液。在山野，风吹来了，树叶沙沙响；雨落下来了，树枝淌着水珠。树在表达幸福。

那动植物最幸福的一生，应该是怎么样的呢？是默默地生默默地死。生也不被知，死也不被知。或者说，生不被戕害，死不被践踏。鱼入了河，鸟入了林，正是这样幸福的时刻。

雨后的傍晚，远空难得抹了一襟晚照。这个时候，原野重获了生机。沟壑里的水慢慢浅下去，田露出了灰色的浆泥。白鹭、黄嘴山鸦、灰背鸫在安静地吃食。雨水多日，它们似乎忍受了足够的饥饿，它们再也顾不得将退的夕光，埋头啄食。也踏上草径，去田畈走一个大圈。田畈自西向东，慢慢倾斜低矮下去，高高的白杨树聚集着归巢的雀鸟，莲荷浮出零散的圆叶，牛背形的古城山生出几分肃穆。脚下的大地和所见的山川，滋生出巨大的慈悲。大地怜爱万物，包容万物。

事实上，一阵雨追赶着一阵雨而来。在傍晚，雨来得短暂而肆意。多次看到了这样的暴雨：雨在低空时，视野一片乌黑，只有亮亮的雨线在飘晃；而中高空的雨，则一片白。雨在高空，被空气摩擦，雨珠破碎，部分已雾化，因雨珠够大，继续下降，密集飘旋下来，遮蔽了视野。暴雨结束，但雨星子仍然迷蒙飘落，如断线的雨丝。风吹着雨星子，模糊乌黑的视野，也慢慢变白。原野白茫茫一片，不见山，不见人，不见树木，只有溪流淙淙。

雨已经下了十余天，仍然没有转晴的迹象。生菜、卷心菜等阔叶菜，烂在菜地里。菜从菜心里往外烂，菜虫和蜗牛、蜒蚰躲在菜心里，快速地繁殖。最外的一层菜叶烂了，整株菜化为一摊污黄的水。在山边种菜的阿七，忙着给辣椒地铺茅草。茅草一摞摞地铺在垄里，严严实实。问阿七："铺草是为了不让杂草长吧？"

阿七说，不单单是遮杂草，还可以防止雨季过后，水大量蒸发，蒸发的水多了，会闷死辣椒。

我说，辣椒也太容易死了，它长得很抽条。

阿七说，要在早晨或傍晚给菜浇水，如果在太阳滚热时浇水，水蒸发出来，一天就把菜闷死。

无法消受雨水浸泡的菜，大多烂根而死。辣椒、茄子、西红柿等刚开花的时蔬，根须开始发白，而后发黑，黑出一撮霉斑毛，根须烂在了泥里。蚯蚓和百足虫盘踞在根下，啃食纤维。再降一场暴雨，霉变了根须的时蔬，再也承受不了雨的击打，崩倒在地。崩倒的时候，叶子甚至还没卷，青翠欲滴。

烂根而死的，还有移栽的树。徐家老十在建房子时，把地基上的桂花树移栽到公路边，有三个月了。桂花树易栽易活，可三个月过去了，没发一条新枝。老十问我："桂花树种了十几年，移栽过来，应该很容易活，可怎么不发叶呢？"我说："根须还没粘连泥土，新须没长出来，当然发不了新叶。"老十说："今年夏天得多浇几次水，不然会枯死。"雨季还没结束，桂花树死了。一阵雨来，桂花叶落一片，落了七天，没叶子落了。没有粘连着泥土的根须，很容易烂根。我种的乐昌含笑，也是这样死的。乐昌含笑树径达十厘米，种了半年多，花开得白白密密，如繁星。花谢了，新芽一直发不出来。它熬过了寒冬的霜雪，却没熬过雨季。它的地下根部已黑如木炭、朽如麦麸。

小满与夏至之间，是一年雨水最丰沛的季节。小满至，乡人忙手忙脚，拔大蒜、收蚕豆，大蒜、蚕豆一把把扎起来，挂在屋檐。玉米、南瓜、西瓜、玉瓜、丝瓜等旺长的作物，趁雨前追一次肥，肥被雨水一次次地渗进泥里。山斑鸠、白鹭、布谷、山鹊、山鸦、喜鹊等鸟类，已育雏出窝，它们的试飞，避开了雨季。

院子里种下的梅树，结了很多梅子，青中透红。我想着，再过半个月，梅子熟了，摘下来，焐一坛梅子酒。雨下了八天，一个梅子也不剩，霉了蒂，雨打即落。枣也是这样，地上都是绿豆大的枣粒。屋角的柚树上，结了五十三个小果，也只剩下十三个。花开得那么多，果结得那么少，是因为经过雨季。待果熟，还得经过更加漫长的干旱。一个瓜，一个果，到了熟透，经历了九死一生。留给我们的一瓜一果，凝结着生存的极大智慧，而并非出于某种偶然。

无法预料雨季到底有多长，会在哪一天停下来。2010年是百年来的最长雨季，整整下了六十三天。幸好，液化气替代了柴火做燃料，要不然，烧饭也找不出柴火，只有破了门框填灶膛。

天上落下来的水，涌入了河里。河水上涨，一日浪高一日，泄不出去的水，淹没了田野。秧田、瓜田、芋头田、葡萄田，成了一片水泽之国。乡人望着茫茫白浪，心揪着疼，又无可奈何。无人居住的瓦屋倒塌。

雨季以摧枯拉朽的力量，扫荡将死之物；补充了地下水，为土地储备了丰厚的续生资源；稀释了土壤农药、化肥污染，为生命体提供了更洁净的生存环境；淡水通过自然的循环，得以更广阔地分布，以尽可能广泛地孕育万物。

当某种非常规天气出现，我并不认为它是恶劣的天气，是对人类的一种惩罚，而是认为这是大自然通过自我调节，恢复到更理想的状态的一种方式。

无论多漫长的雨季，终究会结束。季节会给任何天气画上休止符。季节是一只魔手，操弄着一个神秘的键盘，翻雨覆云。雨季过后，便鲜有雨了。雨成了稀罕物。秧苗迎着骄阳，碧油油生长。雨是天空寄给大地的一封福音书 —— 塑造生命的福音，也在塑造死亡的福音。这是自然界最伟大的业绩。

虚　土

　　"这么大的风，栽番茄，风把叶子都吹蔫了。"杂工老张弓着腰，一边栽一边说。他裹着雨披，斗笠檐滴着线状的雨水。雨水透亮，明晃晃。我说，风打蔫了叶子，过两天叶子又会扶起来，秧扶了苗，才算活。有些菜秧，栽下去，十天八天也扶不了苗，叶子慢慢收缩，叶边发白，焦黄死去。这几天有小雨，适合栽苗，省了浇水，省了养苗。老张没想这些，他想着雨天不用下地，可以和伙房里的几个妇女打打牌，或者骑上摩托车，带上老婆，去小镇找老乡喝喝土烧。他早上拖一双棉拖鞋，踢踢拖拖，在楼下高音喇叭一样喊：老傅，老傅，今天风真大，有什么事情安排吧？我说，怎么啦？昨天不是讲好了吗，去栽秧苗。

　　"昨天可不知道今天这么大的风啊。"

　　"知道啊，三到五级，西南风，小到中雨。"

　　"哦。那我去吃一碗面啊，要不要也给你煮一碗，放个蛋下去？"

"你吃了面，一起去拔秧苗。"

每一天涤荡大地的，是风，而不是别的。

秧苗在自己的院子里。秧苗育了十几种，日下可种的只有番茄。番茄地是租借的，有七分地，在对门的山坞里。地是邻村毛家坞黑光的，荒了三年。见地长了厚厚的鹅肠草，再不种，土壤硬化，种不了吃的。找到黑光，说：老叔，山坞那块地租给我，种些菜蔬，你要吃，自己去摘。黑光露出空空的牙床，眯眯笑。

喜欢这里的土。土层松软，脚踩下去，会感受到土的弹性和绵柔。踩在碎叶处，土发出扑哧扑哧声。从茶叶地去往山坞，有一条弯来弯去的机耕道，约四里长，每天至少走三次。即使是下雨，也去。机耕道不足三米宽，有厚厚的落叶和纤维化的树枝，蚱蜢也蹦跶，跳到鞋面上，跳到衣服上。即使四周没什么可看，听听土在脚下昆虫一样的声音，也很舒服。

来荣华山两个月，喜欢上这里的土。土有厚厚的腐殖层，有七八厘米厚，之下是黄黏土。手随处掏一个泥洞，种上小树苗就能活。把山坞的地翻挖了，铺上一层锯木屑，空了一个来月。地整出七个长垄。估摸着，种两垄番茄、两垄辣椒、一垄金瓜、一垄白玉豆和一垄生姜，靠山的地边，可以种上南瓜、扁豆、黄瓜、冬瓜。

拔好了番茄秧苗，老张才来。他踩踩自己的高筒雨鞋，说：不知哪个鬼，把雨鞋藏到水池下面，害我找了好久。背起扁篮往山坞走。山坞不远。路上漫了黄泥浆水。虽已三月，风却刮脸，像把剃须刀。尚未发青的苦竹，被风摇得呼呼作响。几只山雀，藏着小脑袋飞。抛沙似的小雨珠打在雨披上噼噼啪啪。

一垄地种两排，一排十七株。老张说：种太多了，一个小村的人也吃不完。番茄做菜，下不了酒。他又补了一句。

土灰黑色，挖开，有糜烂的树叶树枝和几片来不及霉烂的羽毛。土里有糜白色的虫卵和黑黄色软体动物、节肢动物。动植物的生命体，最终都归化在土里。山上并无人开荒，但年冬，乡民上山伐荒。他们用大柴刀，把低矮的灌木、茅草、山蕨砍下来，经冬春的绵雨浸泡，霉变，腐烂在野。伐荒，一个个山坡伐过去，柴草枯黄。刀口留下的树木，长出了冠盖，往高空抽，冠盖云朵一样在山坡摇动。过了春天，芭茅和山蕨从枯柴里，倔强地钻出来，兔耳朵一样的枝叶耸起。苦竹文竹，迅速占领了空地，一枝枝，青青油嫩，作为春天的信使，和雷雨一起出发。藤本植物伸出了卷须，贴着枯枝爬，绕着腐木爬，爬着爬着，开出了粉粉的花，油灯一样照亮。虫卵在柴枝上孵化，一团团，黏着枝丫或木瘤。低地苇莺，灰头鸦和赤鸦，不知从什么时候开始，在草堆筑巢，啾啾啾地叫，啄食虫卵和蜗牛。

辣椒和金瓜秧苗下地的时候，番茄已长到筷子高了。砍来一捆大拇指粗的苦竹，一根根锯成米把长，插在番茄边。一株番茄插三根，固定成一个支架，用棕叶把株茎缚在苦竹上。5月初，番茄枝叶繁茂，一枝压一枝，可花开得稀稀拉拉，开不了两天，又谢了。抄起修剪刀，剪主茎边沿的枝叶，剪了一个大清早，又施了窖井里的肥水。没过几天，大片大片的花开了出来。花瓣黄色，花蕊黄黄的，棒槌一样。花期半个月，番茄结了出来，小青枣一样圆鼓鼓得发胀。花盛开，棒槌完全直挺挺地耸起来，像个追风的少年。

番茄第一次采摘，摘了满满一竹篮。请黑光，和扎竹器的老梁、捉蛇的老吕，来喝酒。早早去埠头，等打鱼人。打鱼人叫水松，也是熟悉的。水松知道我要什么鱼。买了四条草鱼，足足有十三斤。水松疑惑，问：你平时难得买这么多草鱼，是不是来了贵客，摆上两桌了？这些白鲦，你也带上两斤，难得有好白鲦。我说：住在山里，哪有贵客呢？中午，你一起来，准备了上好的高粱酒，封缸两年的高粱酒。

南浦溪是风压在原野里的一条长尾巴。风拖着水淋淋的尾巴跑，在峡谷里转弯，在田畴间摆动。尾巴上的毛发有时油绿有时棕黄，有斑斓的花纹和时间的序列。风是溪的翅膀，翅膀生出呜呜呜的声响，有时怒吼，有时低吟。蒲公英，芦花，蝴蝶，蜻蜓，以及消散的炊烟，跑来跑去的笛声，它们有自己的羽毛。4月5月，伐了荒的山地，栖息很多鸟类。一年之中，这个时节，可能是山中鸟最多的时候。虫卵孵化，鸟在育雏，也是枯枝加速腐烂的时候。早上的地面有一层白气，气息熏人。果壳被拱裂拱烂，果核冒出幼芽。

机耕道边的斜坡，被雨水淋透，土质松塌，水汩汩流出弯弯扭扭的沟壑。土塌下来，再淋几场雨，斜坡往下塌。腐殖层被雨水冲洗，留下了黄土。拉黄土糊墙。山边有一栋矮小废弃的小泥屋，墙被风雨剥蚀了很多窟窿。大窟窿可以供麻雀筑巢，小窟窿豌豆大，密密麻麻。黄泥和浆，黏糊糊，请来石匠用黄泥浆和墙，留着洞。墙和上一层厚黄泥，用浆水抹得溜光。过了夏季，黄泥水分晒干了，墙黄得发白。把屋里杂物清理一下，摆上两把竹椅子，可供人躲雨或午间休息。在冬天，铺上几把稻草，兔子和狐狸，也会来度寒冬。

客人也是风吹来的，卖盆景的老李和伐木的三铳也来了，坐了满满一桌。说是请客，其实也没什么菜肴，主菜只有一锅鱼。大铁吊锅架在大餐桌上，请大家吃吊锅鱼。老张上桌，不停地敬酒，边敬边说：这些菜，都是老傅自己掌勺的，尝尝鲜。

喝完酒，水松问我：打了半辈子的鱼，从没吃过这么鲜美的浦溪鱼，你怎么烧的。我眯起眼睛看他，说，是你鱼好，不是我烧得好。水松说：鱼是好鱼，但没这么鲜，你烧的鱼，有酢酸，不是醋酸，鲜得入肉，吃得停不下筷子，鱼汤喝了还想喝。我哈哈大笑，说：烧鱼的秘密，值二十斤白鲢。

第二天，老张自己去埠头买鱼，对伙房的季师傅说：你也烧一锅，昨天才吃了鱼，今天又想吃了。一锅鱼，吃了一半，季师傅说话了。他说：老张今天的鱼没买好，把塘鱼买来了，不是昨天的鱼味。老张敞开嗓子，说：这是水松的鱼，你可以问水松。我看他们哑着嗓子斗嘴，不说话。

种了这片菜地，似乎忙碌了很多。山坞呈葫芦形，两个矮山梁之间，有十几亩地。山梁两边斜坡种了柑橘。柑橘地似乎也无人打理，长了矮灌木和芒草。柑橘也不葱绿，少挂果。鸟却喜欢来这里，啄食草籽。野花低低地开，匍匐着身子。

以前，这里是种水稻的，可能离村里有些远，改种番薯或芋头或荞麦或芝麻。种了几年，有人撂荒了。之后，撂荒的人逐渐多了起来。有人干脆在地里排杉树苗或桂花苗。山边排水沟侧边有好几个黄鼬的洞。洞深，雨季来了，排水沟的护埂连片倒塌。这里山鼠多，吃橘子吃野果。兔子也多。菜蔬被山鼠啃了大半。一个番茄啃半边。南瓜啃出一个洞口，洞口溃烂，肉质黑黑。山鼠吃里面的南瓜子。老张买来鼠笼，笼里吊两粒花生。有一次，居然捕捉到了松鼠。老张嘻嘻笑，拎着笼子，看松鼠慌张地蹿过来蹿过去，吱吱吱地叫。老张把松鼠养在鸡笼里，第二天不见了——啃断竹篾丝，跑了。

一块菜地，山鼠吃了一半，人吃一半。现摘现吃。吃不完的时蔬，送给熟人吃，或做干粮菜。鱼天天吃，吊锅架在餐桌上，再也没取下来。番茄榨汁，做酸汤鱼，是天天吃不厌的。番茄和红辣椒一起磨，做酱，也是餐餐吃不厌的。番茄下市之后，又种上了油青菜。油青菜开餐了，霜降就来了。

霜降来了，风冷飕飕，从山尖往下压。风压过的地方，草叶抽尽了叶绿素，变得灰白，变得淡黄。时间露出了蛇蜕般的原形。但山坞，似乎显得更丰富：油毛毛的酸水枝，完全红了茎，叶子卷了起来；三节芒伏下了摇曳的穗花；山枫只剩下了几片叶子；柑橘枝头上的鸟窝空空；十几株厚朴呼啦啦地扯响风 —— 山塘露出了黑黑的淤泥，尚未腐烂的柴枝上栖落了寒鸦。

立冬之后，天地被雾锁了起来。雾从溪边翻过几道山梁，来到了这里，终日不散。太阳像一块霜腌的柿饼，长出了白白须毛。去一趟菜地，头发有了雾珠。地没荒着，又种红萝卜、荠菜、菠菜、大蒜，和不多的香葱。把山边的芒草割下来，烧一堆草木灰，铺在香葱上。老张修复了水沟，铲了田埂，在田埂上移栽了一排野杨梅。

年初在山塘放养的十二只绿头麻鸭，少了三只老鸭，却多了十九只苗鸭。麻鸭在塘边草丛筑巢。鸭子在塘面上，掠着花翅膀飞来飞去。它们已经完全变成野生了。它们躲在草堆下蛋。山塘里，有它们吃不完的螺蛳和蚌。抓过一次麻鸭，费了很长时间。在塘边撒了半盆谷子，等鸭来吃。可鸭子不来，在水里浮游。人走，它们撇着八字脚，摇着下坠的身子吧嗒吧嗒来吃了。用抄网抄它，它们呼呼呼地飞。飞得最远的一只，飞到了三里外的村子里。

雾气太沉，也很少去山坞。老张说：都没做什么事，怎么一年就过完了呢？老张掰着手指头，给我算：种了一季番茄，一季辣椒茄子，一季瓜，青菜还种了半季。我说，种了几季不怎么重要，地没荒着，菜蔬供我们吃了一年，养肥了那么多山鼠。

"很后悔的一件事，是没有记录菜蔬的产量。其实这是很重要的事。怎么就疏忽了呢？再过半个月，大雪就要来了。你记得去老查酒坊，拉两缸高粱酒来。"我对老张说。

伙房的人，前两天回山里过年了。从酸菜缸里，捞出两把泡白菜，切了半块腊肉、四株大蒜青，下了三小勺剁椒，做蛋炒饭。和老张一人一碗。吃着饭，看着细雪漫天落下来。山坞一片碎白。

"你说，世上什么东西最好呢？"老张问。

"世上没什么东西是最好的。对你来说，酒是最好的。"我说。

"你可不能这样说我。"老张撇开嘴，咧嘴笑，说，"我觉得土最好。"

"为什么这样说？"

"土长了我们的吃食。山坞一块地，荒了几年，今年种上，这么多人吃不完。明年再租一块地，种上高粱，吊酒吃。"老张敲敲碗边，说，"没想到泡菜炒饭这么好吃，三下两下扒完了。"

看看他，一下子也想不出比土更好的东西了。山里人，死后都埋在黄土下。可以长人，可以埋人，也只有土了。顿了顿，对老张说：以后我离开荣华山，其他什么都不带走，就带一麻袋松土走，种花栽草。

老张一时说不出话来，怔怔地吸着干瘪的纸烟。

晒酱记

黄豆一日胜一日褐黄。豆是矮秆豆，秆上挂满褐麻的豆荚，枯败的豆叶却迟迟不掉落。我去松树林，往右边走，在山梁口便经过这片黄豆地。其实也不算是地，是一栋孤零零的旧民宅，因常年无人居住，日晒雨淋，屋梁霉变腐朽，木质被天牛蛀空，屋顶坍塌了下来，雨水剥蚀了墙泥，土夯墙的上截便倒了下来。倒下的墙回归泥，没有倒下的墙成了篱笆墙——长了蔷薇科的野刺梨、络石藤、野山茶，和白茅、狗尾巴草、五节芒、野稗。有人在废墟上挖地，种上了黄豆。种豆人心细，把挖出的石块垒在路边，旧瓦在石墙上叠出一条瓦垄。冬瓜藤攀爬在瓦垄上，粗壮的白毛冬瓜垂下来。经过黄豆地，摘三五个豆荚下来，一边走路一边剥豆子吃。

豆子是小黄豆，也叫土黄豆，豆粒圆小饱满，脆口微甜，水浆多。豆子还没黄熟，豆肉青黄，嚼起来带劲。一日早晨，去爬山梁，见一个穿黑秋衣的妇人扎一条黄头巾，在拔黄豆，问她：这块地，可以打多少豆子？

30来斤吧，打不了多少。妇人说。

把水壶摆在瓦垄上，下地，和她一起拔黄豆。我双手抄紧豆秆往上拔，脚蹬地，豆秆岿然不动。妇人笑了，说，哪有这样拔豆的。她手握着豆根，摇一下根土，往上拽，连根带土拔出来。豆根在石块上敲敲，碎泥落了。六把豆秆扎一捆，两捆扎一个"人"形捆，堆在簸箕上。拔了十几株，拔不了啦，手掌辣热，火烧一样辣痛。这些豆都是她种的，豆种也是她一年年留下来的。她老公在竹编厂当保安，月工资2200元。我说：嫂子，能不能卖5斤黄豆给我，单价可以贵一些。

"就这些黄豆，哪舍得卖呢？做不了几次豆腐，便没了。"

"你的黄豆好，下了心思种。"

"土黄豆产量低，村里人种高秆豆。"

"你不舍得卖，那我用一个新电饭煲跟你换吧。"

"黄豆再值钱，也换不上一个电饭煲。"妇人被我说得笑了起来。

"电饭煲不能吃，黄豆可以吃。"

"黄豆磨豆浆好吃，豆浆一冷，起一层豆皮。"

"我去抱电饭煲来，现在就换。"

就这样，换了她一担带秆黄豆。把秆豆挂在竹竿上，天天日晒。朋友来做客，见晒场晒黄豆，问：你还种了黄豆？

我笑而不答。朋友说：你真是个不嫌烦的人。

晒了半个月，黄豆熟透了，豆荚噼啪响，零星地嘣嘣，像是太阳在炸响，也像是牙齿嘎嘣。桂花幽静地散着花香。凭豆荚爆裂的声响，就值一个电饭煲。借来连枷，打黄豆。连枷咿呀咿呀，啪嗒啪嗒，打在豆秆上，豆子唰啦唰啦，滚落出来。

过了一下秤，豆子足足有八斤多。豆子倒在圆匾上，搁在小方桌，在太阳下挑拣豆子。把干瘪的豆子，挑拣出来，装在玻璃罐里。挑拣豆子需要一颗安静细致的心。豆子是另一种钟摆，在无声地摆动。豆子挑拣完了，一个下午就过去了。

又过秤，称出五斤，泡在水缸里。清水是山泉水，走了三华里路，从石泉井打来的。翌日，打开缸盖，豆子沉在缸底，胀鼓鼓，黄得诱人，捞一把上来，磨豆浆。

出缸的豆子倒在筲箕上沥水，水晶莹剔透。烧起灶膛。灶膛还是在正月烧过，冷冷的，灶膛灰扑扑，是木柴死亡的气息。灶砖是木炭色，冰冷僵硬。第一把木柴烧进去，火焰也是冷冷的，灶口吐出冷风。灶口像山垛口，冷风从山巅往下跑，被收集起来，往山垛口涌。冷灶风让人伤感 —— 久久没有烧的灶膛是人间之一种颓败之象。在生活的屋子里，有很多东西是不可以冷的：被窝不可以冷，灶膛不可以冷，饭桌不可以冷，眼神不可以冷。

三把木柴扠进去，灶膛火映着脸。脸红扑扑，手热扑扑。锅底烈火漫卷。灶膛灰忽闪忽闪，焰苗（像红绸缎）包住了铁锅。锅里的水翻起水泡，如小鱼群聚在锅里吐气。白白的气翻出来，成了蒸汽。蒸汽往饭甑吸，往上吸，消失在饭甑板。饭甑板一副饥渴难耐的样子，贪婪地吸蒸汽。手捂在饭甑盖上，仍然是冷冷的。灶台热烘烘，在表达热情，一种永远渴望被填满火的热情。火来自高山，来自砍柴人的胸腔。灶膛口呼呼地叫着，滚出的空气焦鼻。木柴烧了满满一簸箕，饭甑盖热乎乎，烫手。豆子的香气随蒸汽萦绕。掀开饭甑盖，豆子软塌塌绽开了肉皮。

饭甑放在地面竹席上，等豆子慢慢凉下来。泥是个好东西。泥吸走了柴火的燥热气，吸走杂味。豆子仅仅是豆子。凉了的豆子，摊在圆匾上，盖上牡荆新枝，搁在阳台上晒。牡荆捂蒸熟了的黄豆，晒七八个大太阳，滋生豆毛花（一种霉菌），青绿色，粉状。豆毛花像檵木籽，粗糙，结壳，有一股昆虫的臭味和霉豆的香味。

豆子在发酵，豆皮皱巴巴。去小镇菜场买新鲜红辣椒，去了三次，也没买回半斤。红辣椒是有，却是大棚辣椒，易烂易变质。卖菜人说，5月份下了半个月的雨，辣椒烂根，死了大半，8月旱到现在，有110多天了，谁还有那个天天浇水的闲工夫。确实，自9月底，镇菜场便没土辣椒卖了。一日，朋友约我去一家山庄吃晚饭。不愿去，太远了。朋友说，山庄菜蔬都是自己种的，在藕塘养了鱼，再不去，最后一季藕花看不到了。心一下子动了。深秋的藕花多难得一见。山庄墙上，挂了很多红辣椒干、黄玉米棒、高粱穗、豆秆，做装饰。这些装饰物都是今年新收的,颜色鲜艳,很有田园感。也顾不上去看藕花,找老板买了2斤辣椒干。辣椒是朝天椒,又辣又香。

实际上,过了霜降,地里的辣椒秆大部分枯萎了。山垄有一片菜园,村人都在那儿种菜。辣椒、茄子、南瓜、丝瓜、白玉豆,大多枯了藤或秆,根部的土蓬松,脚一踢,秆子脆断。种菜人把藤或秆收了,捂在菜地。唯一没死的,是架上的扁豆。扁豆从初夏一直开花到初冬,越严寒,花越开得繁盛。甚至冬雪来了,它还在开花。我去山垄收集山胡椒籽。

山胡椒是樟科植物,3—4月开花,7—8月结果籽,花朵细腻淡黄淡白,果皮青蓝。秋分后,果皮转黄转黑。果籽味辛辣,是大热之物,去腥去腐去虫。此时已是晚秋,山胡椒尚未落叶,树叶蜕变为麻黄。果籽零星结在树丫上。用剪刀把果籽剪下来,收进布袋里。山垄有一条很小的溪流,入夏时候,溪流无水,长竹节草和紫堇。溪流边沙地,有七八棵山胡椒树,约3米高,冠盖披散。我注意到有霜期来临,山胡椒树落叶非常快,风吹树摇,满地黄叶。曾在自己院子里种植过山胡椒树,3年长得比人高。

收山胡椒叶,收的叶肥阔,一张一张叠起来,用麻线穿起来,挂在阳台上。也收木姜子叶。作为调味品,它们比陈皮好。把两种树叶和山胡椒籽、辣椒干,磨碎成粉末,一并装在大玻璃瓶里。

豆子出一团团的豆毛花了,牡荆也晒干了。把霉豆子收进圆腰缸，与藠、大蒜、老生姜、葱头、黑芝麻末等碎末一起搅拌，晒在阳台上。晒了七八日，浇上一斤熟山茶油，油慢慢往下渗。

这一斤山茶油，耗费了半天时间。那罐粉末泡在热熟油里，香味和辛辣味刺鼻，粉末一圈圈散开，深褐变得油黄。

豆毛花消失了，霉豆变得深紫。煮了小浅锅水，倒进圆腰缸，搅拌霉豆，调匀，继续晒。说是水，其实不是，是酸橙汁。山垄有一个矮山冈，竖了一根高压电线杆，平日无人去矮山冈。不知道是架电杆的人，还是村人，在电杆侧边种了一棵橙树。橙是酸橙，树上挂了40多个果，无人采摘。我背扁篮，去摘了大半，背了回来，连皮带肉榨汁，连同半斤老冰糖，放在锅里煮。

晒了几天，霉豆化为酱汁。圆腰缸蒙着纱布放在木架上，晒在太阳下。

一日，收到一包干燥花。花是桂花，丹红色。干燥花是一个远方朋友寄来的。朋友写一手好诗。每次读朋友的诗，都有伤感。熟悉字里行间分泌出来的气息：荷尔蒙气息，荷叶田田的气息，忽而南风忽而北风的气息。朋友每年收丹桂花，晒干，装入巴掌大的布袋寄给我。每次收到桂花，在阳台坐半个下午，手上握着桂花。作为干燥花，没有比丹桂花更好的花了。这个世界是神的。我没有见过神。在收到干燥花那一刹那，神降临了。其实，收了多年的干燥花，一次也没泡茶喝过，挂在书房墙上。

干燥花散发浓郁的香气。把干燥花调进了酱缸。

每天傍晚，取竹棒子，调酱。酱越晒越浓，但不能板结，须天天搅动。

晒酱的时候，都不敢出远门，必须在日落前赶回来，酱不搅动就会霉腐出来。汁水全收入酱里了，早晨，舀一碟出来，佐以馒头或面包。一个来看望我的朋友，还没上楼，站在楼下喊：晒酱，我要吃晒酱。

孩童时代，乡人是家家户户晒豆瓣酱的。乡人不买酱油也不买味精，费冤枉钱。晒酱是费神费时的事，防雨防露防虫。我奶娘晒豆瓣酱晒得特别好。我喜欢跟着奶娘，她走到哪我跟到哪。我嘴巴馋了，她用筷子蘸酱，送进我嘴巴里。吃了酱，隔不了一会儿，我又嘟起嘴巴，翘着，等她蘸酱。奶娘是我邻居，带了我两年。1983年，她迁回老家沙溪镇东风村。每年去她家。她很瘦弱。在我很小的时候，她就显得很苍老，说话有气无力，走路拖着脚。我15岁了，她还抱着我睡觉。最后一次去东风村，是8年前，她的老公去世。我一直叫她娘，但我不叫她老公"爸"，叫"老余"。"老余"代指什么，我也不清楚。"老余"姓王，奶娘姓什么，我不知道。奶娘还是那副病恹恹的样子。去年（2020年）正月，邻居宗森叔对我说：你奶娘去年冬走了。我说，她不可能走的，她一直是即将病倒却始终不生病的人。

打电话给她儿子世明，世明说：是走了。

你怎么不通知我呢？你应该通知我的。我埋怨他。

没吃过比奶娘的晒酱更好吃的酱了。

也不知从什么时候起，乡人不晒酱了。在入居山里，见了那一块豆地，剥吃了豆子，便起意晒酱。做一件事，需要缘分，与结识人一样。好土豆子，不晒酱，可惜了。无论何种吃法，除了晒酱，都是委屈了豆子。每餐，我都蘸点酱下饭。也想，若以惜物之心，去惜人，一生又会怎样？

装了一瓶酱，送给那个种豆人。她的家住在峡口溪边。她老公钓鱼回来。她老公不上班的时候（包括晚上），就去钓鱼。她老公说：上班工资养不了家，钓鱼卖，补贴家用。他去20里外的永乐河钓小溪鱼，一斤卖17块钱。他在剖小鱼，指甲抠出鱼丁点儿内脏。我说：买了你家豆子，晒了豆酱，给你尝尝。

他连忙站起来，说：怎么当得起呢？带点鱼去吃吃。

我说：明年，你家还得种土黄豆，我还得晒酱。

他说：多种一块地，不收你豆钱。

在他家坐了一会儿，天下起了雨。雨细细的，下得静悄悄。转眼就要到小雪了，冬寒袭袭。看了看天色，晚上可能有大雨。

草结种子，风吹叶子

扎竹器卖的老梁，约了我几次去河边钓鱼，我都没去。两垄茶叶没摘完，再过半个月，新芽老化，揉不出好茶叶。钓鱼是老梁的唯一爱好。他戴一顶宽边草帽，骑一辆烂了钢圈的自行车，上午又到我这里，说："桥头有一个好地方，鲫鱼很多，钓一天，肯定能钓半篓。"我有些心动。我操起渔具袋，背上鱼篓，去了。

桥是一座石桥，年代有些久远，桥身爬满了薜荔藤。桥头有一棵乌桕树，水桶一般粗。江水在这里汇聚，形成漩涡，湍急奔泻而下。原先有挖沙船在这里采沙，留下五六米的深坑。有不识水下地形的人来游泳，被烂藤缠脚，成了冤魂。桃花正盛，乡野有惺忪气息，让人困顿欲睡。江岸逼仄的田畴，油菜花像凡·高笔头滴落的一团金色颜料。不远处的山林，开出了很多野花。

钓了两条鲫鱼，收了竿。老梁说：怎么不钓了呢？肥鱼熬汤补身，比炖鸡好。我说：鲫鱼择草孵卵，不忍为吃一条鱼而杀很多生，你捏捏鱼肚，里面都是鱼卵。老梁歪过头看我，说，怎么钓得绝江里的鱼呢？

钓鱼的地方是一个滩头。滩头呈半弧形，早年有人在这里建了采沙场，已废弃好几年。滩头有十几个石堆，有五六个沙坑，沙坑有半亩地大。牛筋草铺满了滩头，绿茵茵一片。沙坑有积水，成了潭。之前，来过这里很多次，或在江边独坐，或钓鱼，但从没细细地留心过这个滩头。

滩头有足球场那么大，稀稀的鹅肠草和粗壮的落帚草有些显眼。汛期，江水泱泱，会淹没河滩。山乡多雨，雨水汇流，江水一夜暴涨，横泻滔滔。江水退却，滩上沉淀了淤泥。淤泥里的种子要不了半个月，冒出新芽。我沿着河滩四周走，沿着河岸走 —— 这是一个隐秘的世界，生动有趣，却不被人钟爱。

狗尾巴草、红花酢浆草、紫叶酢浆草、凤仙花、三色堇、大花美人蕉、朝颜、夕颜、铃兰、麦冬、早熟禾、稗草、鸡冠花、大花萱草、勋章菊、蒲苇、鼠曲草、艾草、益母草、车前草、地丁、田野水苏、灯盏草、羊蹄草、鬼针草、茼蒿、地稔、宽瓣毛茛、看麦娘、紫云英、铺地蜈蚣、小白酒草、稻搓草、叶下珠、红蓼、空心莲子草、一年蓬、菖蒲、夏天无、芦苇、水芹、野蔷薇 —— 我粗略地记录了下，有好几十种草呢。哦，水潭里，还有水草、碎叶莲、金鱼藻、香蒲、浮萍、衣藻。

第二天，带上软皮抄，去滩头采集草叶和花朵，采茶之事也不管了。坐在石堆上，给远方的朋友写信："你来我这儿玩，我发现了一个滩头，有很多普通植物，正是开花的季节。江水哗哗奔流，杂花繁叠。从我住的地方走路到滩头，只要一个小时，路两边是平缓的山峦。我们去采野菜，也可钓鱼。野蕌头很多，葱绿肥嫩，炒自己腌制的晒肉（晒肉，南方人制作的一种干肉，适合下酒）。草滩发了油茵茵的地耳，捡回来做酸汤，肯定美味。路边的文竹密密麻麻，小笋正冒头。你带一个画家来，是最好的，可以写生。在城市咖啡馆谈论艺术，不如在滩头坐一下午。"

滩头成了我常去之地。带杂工老张来挖勋章菊、三色堇和灯盏草，移栽到院子里。我喜欢移栽野草、杂树。有时，在早晨或傍晚，骑一辆自行车，带一个篮子和笔记本，有时也带渔具。春天的原野给人深度迷失感，草木油绿，枝叶婆娑。江水被山梁挤压在一条宽阔的峡谷里，缓缓的山梁像水牛的脊背。各色的野花，迷乱人眼。休闲日，城里人开车，带上炊具，也来这里野炊。男人们下潭摸螺蛳，钓鱼，生火做饭。孩子在草地跑来跑去，或捡拾柴枝。女人们在照相。阡陌在田畴隐匿。山边几户人烟隐约可见。

一日，去滩头，见桥头的田里，摆了三十多只蜂箱。帐篷里一个男人正在刮蜂蜜。见过很多养蜂人，我想同每一个养蜂人都成为朋友。他们是大地上追寻芳香的人。养蜂人戴着纱罩，弓着腰，把蜜刮进铁桶里。走了进去，说："师傅，怎么想到这里来呢？以前来过吗？"

"没来过。开着卡车沿着峡谷走，到了这里，自然停了下来。你看看这两岸，照下来的阳光都是菊花色。"师傅说。他给我泡了一碗蜂蜜水，又说："没有花，和没有阳光是一样的。"

"最美好的人生，便是与花草相处的人生。你有了这样的人生。"我说。养蜂人就是在大地低处飞翔的人。大自然作家苇岸在《养蜂人》里写道："放蜂人是世界上幸福的人，他每天与造物中最可爱的生灵在一起，一生居住在花丛附近。放蜂人也是世界上孤单的人，他带着他的蜂群，远离人寰，把自然瑰美的精华，源源输送给人间。"我并不认同"放蜂人也是世界上孤单的人"。养蜂人的内心有一个草绿色的宇宙，星星像萤火虫，绕着他发光。只有渴望喧嚣的人，才会孤单，享受自然的人怎么会孤单呢？

过了一个月，到了初夏的雨季了。雨季来了，养蜂人走了，我心里空落了许久。或许，他明年还会来的。

养蜂人走了，凤仙花开，江水浅了。水流清澈，河道露出了石桌般的巨石。傍晚，滩头来了在附近生活的乡人，在江里游泳。他们把衣服扔在石头上，裸着身子来来回回地游。也有女人来游泳，在下游的浅水里，穿纱裙，泼水嬉戏取乐。夏天溽热，江风凉爽。

事实上，并不怕炎热。很多时候，在晌午去滩头。阳光带着芒谷的光泽，在江面变化着光波，粼粼闪耀。原野寂静，夏蝉在柳树上吱呀吱呀叫，叫声干裂但温软。水牛泡在樟树下的浅滩里，眯着眼睛，嘴巴不时噗出水花。少年背一个书包，吹着柳笛，沿着水岸小路，往学堂去。学堂在上游三里的村子里。少年走着，日复一日地走着，江水便跑进了他心里，像一列火车，把他带向未来的远方。江岸的绿草野花，在未来的远方，会一遍又一遍地开放在他梦里，即使他老了，这些花也不会凋谢。

潭里有鱼。鱼有鲫鱼、鲤鱼、翘白、鳡鱼。鱼进了潭，到第二年洪水再来，才能跑出去，跑到江里。大鱼是洪水带来的，洪水退了，鱼却被困在潭里。潭成了牢笼。可鱼不知道潭是牢笼，它们沉潜在潭底的水草里。每次去，带一些白米饭，撒在潭里。没有白米饭，便带馒头去，掰开，一小片一小片撮下去，撮着撮着，鲤鱼跳起来，张开嘴巴，把馒头片吞下去。

田畴空了，霜降来了。没几天，漫长的霜期来临。草叶卷起来，一日比一日枯黄。我带上信封，去收集草籽。采集一棵，在信封上写着植物名称，再卷折起来，装在布袋里。收集各种植物的种子和叶子。晚上在书桌上，把信封打开，用筷子拨在白纸上，看着种子发呆。到了初春，把这些种子埋在院子的地里，铺上黄泥和细沙的混合物，盖上稀稀的稻草，等待它们发芽。

露白为霜。霜是消逝之物。我爸曾对我说，霜是溶解剂里溶解性最强的东西，比硫酸还厉害。年少，不懂。现在，懂了。我们方言叫下雨，下雪，却不叫下霜。落霜叫打霜。

霜是打下来的，软弱无骨却力道无穷，是化骨绵掌最厉害的一招。

尤爱深秋，悲伤悠远。老张在收集草籽的时候忍不住感慨："怎么就到了秋天，花似乎都没开足。"

"开多长时间叫开足了呢？"问他。似乎也在问自己。小麦花开半天便凋谢得无影无踪。朝颜朝开夕死。依米花六年开一次，娇艳绚烂，两天后随风而谢，植株也腐烂而死。夏天无开到夏天便死了。四季海棠花期不衰，却抗拒不了秋风吹来。在时间的大海之中，一切都是颗粒般的漂浮物。

霜至，秋风日寒。江风也多了沧桑的意味。在石碛上坐，看书或者看翻卷的江面。江面是最难翻阅的书。秋风一层一层碾压过来，如江浪。草叶刮了下来，卷进了水流，下落不明。秋风把油绿的原野变成了荒野，把繁花似锦的滩头变作了荒滩。在秋风吹拂之下，每一种植物都是孤独无援的。人也如此。有一次，清早，朝阳还沉在蒙蒙秋雾里，秋风呼呼地叫。沿着江岸走。江水羸弱。桥头的乌桕如浴火焚烧。山冈上，板栗树空落着枝丫，斑头布谷在四处觅食，咕噜咕 —— 咕 ——，间歇性地叫。山野空无一人。

鱼鹰贴着江面飞。我手上捧着荻花，去了学堂。学堂只是一座三层的房子，围了白色围墙，铁门紧锁。围墙画着屈原、李白、杜甫、苏东坡、王安石等历史文化名人的画像。教室里，有琅琅书声传来，清脆，欢快。我隔着铁栅栏，往里看。

作为一片原野，或者一个滩头，其实在任何时候，都有自己独特的美。它所呈现的，是大自然在时间铜镜里的面影。风一直在吹，吹来雨水，吹来霜露。风每天都吹着万物，吹花开也吹花谢，催生也催死。

在滩头，吹秋风，我会觉得自己变轻，如蒲公英。冬天很快会来，像一个约定了上门复仇的人，不会耽误自己的行程。我得预备木柴、烧酒，款待这个消失了一年的人。我还得预备种子，和渐渐斑白的发。

一些花开在高高的树上

　　春天打开万物的迷局，山巅之上，苍鹰在孤独地盘旋。细腰蜂也在盘旋，三五只，围绕着一树花盘旋。花是白花，一朵朵缀在叶腋下。双河口至桐西坑的溪谷两边，垂珠花树从粗粝的石缝或乱石堆暴突而出，分出数十枝丫，叶披而下，在4月初，垂下白花。叶花映衬，如雪落于青苔。

　　公路沿着溪谷在群山环绕。每个星期四上午、星期五上午，我在这条山中公路往返：德兴 — 上饶，上饶 — 德兴。我坐的是拼车，和开车的师傅也很相熟。我们用市井的方式，交流人间消息。但大部分时间，我靠着车窗，眺望向后逝去的山坡，沉默着。山并非高耸，坡却陡峭，山峦一层层堆叠，叠出圆笠状的山尖。溪谷南部的山腰之上，是广袤的毛竹林，山腰之下是乔木与灌木混杂的阔叶林；北部山坡是原始次生林，密匝、厚实。在入秋之后，原始次生林黄叶飘飞，树木显得稀疏，露出嶙峋的石峰。山，是时间的另一个窗口，以色彩彰显季节的原色。

垂珠花开，返回时，我有时会在铁丁山停下，沿公路徒步。垂珠花树属安息香科植物，花香浓郁。铁丁山有五户人家，其中有三户常年大门紧闭。有中年妇人在树下摘花，兜着布裙，剪下花，塞入布裙。妇人说，花可做花茶，泡茶时，撮几片花下去，口舌不长疮。这里是荒山野岭，以前没有住户的。问了才知道，住户是山坞迁出来的。那个山坞距公路有五华里，有一条机耕道进去。我一直没有去过那个山坞。山坞还有一座很小的寺庙，只有一个僧人，自种自吃。机耕道路口有一座石砌的四角凉亭，路人在此歇脚。站在凉亭，可以眺望整个南坡。

坡上散了稀稀树叶的高树，开满了白花。树的冠部分出伞状的枝条，花铺在上面，如铺满了棉花。在视觉中，花呈絮状，其实不是，是呈珊瑚状。问了许多人，他们也不知道那是什么树，我爬上坡，入不了林。林太密。一个开翻斗车的师傅，在一块茅草地翻着车斗，倒泥土。他说，那些开花的高树，叫萝卜花树。

往前走半公里，右转进去，有一个山塆，有很多萝卜花树，你可以进去看看。开翻斗车的师傅说。他是毛村人，对这一带地形十分熟悉。

他说的山塆，其实是一个弯来弯去的山垄。山垄有一条荒草萋萋的小路，小块小块的梯田都荒废了，长满了茅荪、虎柄、野芝麻和酸模。山边有数十棵萝卜花树，高高地举起白焰似的花。花朵如白珊瑚，又像萝卜丝，花萼略带阴绿色。

我一直往山垄里走，走了约三华里，有些后怕。山垄太深了，空无一人。我控制不了自己的双脚，继续往山垄深处走，越往深处走，开花的树越多样。我知道那些是什么树，是栲槠、甜槠。

栲槠的花如新叶，淡黄泛白，簇拥而生，圆盖一样罩在树冠之上。这让我想起乡间酿豆腐，煮沸的豆浆泛起一层泡沫。栲槠花就是沸起的泡沫。有一次，我去婺源太白，见沿途的丘陵开满了栲槠花。同学俞芳说：斗壳科木本开花，都是穗状花序。她的话让我惊讶。栲槠和甜槠都是斗壳科锥属植物，花都是穗状花序。甜槠的花偏白，花萼偏黄。

春阳下，山是沸腾的山。树在喷涌，喷出了花。生长之树，注满了热情。

在栲槠花凋谢之际，油桐花开了。在大茅山，无论是南麓还是北麓，油桐树十分常见，长得也高大。尤其在大墓源，油桐花横切北麓，如一座巨大的屏风。一夜，满山飘雪，终月不融。油桐花素白，繁盛如雪，被称五月雪。2021年5月，我去大墓源下的一个小村，在村后的山路边，有数十棵油桐树。我拾级而上，看油桐花。

天微雨，石阶湿漉漉。雨窸窸窣窣，零星的水珠从油桐树滴落下来，滴滴答答。一个年过七十的大叔走在我前面，肩上搭一个棉布缝制的长布袋，低着头往山上走。布袋不知装了什么东西，半鼓半瘪。他脚上的布鞋半湿半干，他的头发半黑半白，他身上的衣服半灰半麻，他的脚步半轻半重，他手上的伞端举得半斜半正，落下来的油桐花打在伞布上，滚下来，落在背上，滚下来，飘飘忽忽落在台阶上。油桐花从台阶上一级级滚落。我捡起几片花瓣，缓缓站起身，大叔停下脚步，站着，回身看我。我看到了他的脸，菩萨一样的脸。

油桐是一种非常倔强的树，即使是十分贫瘠、难以蓄水的煤石堆，它也旺盛地长。它落叶早，开花晚，差不多和山矾、木荷同季节开花。在远处，木荷花不可见 —— 花藏在叶腋，花朵小，被树叶遮蔽了。而山矾不一样，花小朵，缀枝，满枝白花，盖住了树叶。

德兴是覆盆子之乡，也是中草药之乡。北宋药物学家寇宗奭撰《本草衍义》（刊于1116年，即宋政和六年）20卷，载药物460种，详尽阐述药性。其载覆盆子："益肾脏，缩小便，服之当覆其溺器，如此取名也。"乡野的黄泥山多覆盆子，花期5—6月，果熟期8—9月。其实，在低海拔的向阳山地，覆盆子、金樱子、悬钩子等蔷薇科小灌木，在3月末就开花，6月就结了青果，圆铃一样挂着。我去采覆盆子。青果多毛，酸涩。采下的覆盆子，摊在圆匾上晒三个日头，装入布袋抛抖，再用圆匾翻抖去毛去叶苞，装入酒缸焙酒。这是乡间小酒馆的制法，也是我的制法。

双溪村多黄泥山，也多覆盆子。我去采摘，在公路边看见一棵树铺满了白花，花大朵大朵，白绸结似的。树在山冈的顶上。我爬了上去。那是一棵大叶青冈栎，枝丫横生，却并没开花，开花的是缠在树上的藤萝。我不认识这种藤萝，藤粗黑，叶圆且肥厚，花排列成伞房状，单瓣，宽倒卵形。

有些藤本在树上寄生，如薜荔。有些藤本缠树而生，如络石和忍冬。树，是它们的骨骼和营养源。它们在树上开花、结果。这给了我们假象。其实，所有的树都会开花。即使是毫不起眼的白背叶野桐、盐肤木、楤木，也有漫长的花期，只是花色暗淡，或花藏在叶丛，不易被人瞩目。它们在不同月份开花，只有花色彰显或色彩艳丽或芳香浓郁的花，才会被注目。

《诗经》有名篇《伐檀》。"坎坎伐檀兮，置之河之干兮。"远古的先人在砍伐檀木，抬到河岸上。河水清清，泛着涟漪。黄檀或许是南方最迟开花的木本植物之一。在大茅山，黄檀也很常见，尤其在马溪溪谷，黄檀斜出，半边树冠压在溪面之上。黄檀是落叶乔木，春寒彻底结束了，它才从休眠中苏醒过来。到了6月，黄檀才开始发新叶，边发新叶边开花，圆锥花序顶生或生于最上部的叶腋间，花期很短，结出豆荚。

当然，四季都有木本植物开花。油茶树在霜降时开花。枇杷在小寒时开花。枇杷是被人类驯化的树。我不知道有没有野生的枇杷树。蜡梅、茶梅、结香、木棉也在冬天开花。在大茅山山脉，过了7月就鲜见木本植物开花了。山呈现出一派严肃、庄重、渐衰的样子。山色墨绿，看起来很凝重。树一层层地往山尖延伸，（在视觉中）树不再是树，仅仅剩下色彩。

色彩随着时间渐变，霜叶泛红泛黄，秋已深沉。花以果实的形式续存了下来。山民有捡拾栲槠子的传统。栲槠子即木栗，又称苦槠栗、尖栗、珍珠栗。霜熟，栲槠的斗壳开裂，落下栗子。栗子椭圆或扁圆，绛红色，泛着金属的光泽，摸起来润润的，溢出包浆似的，个头和色泽与桂圆核接近。它是猴子、松鼠和林鸟的至爱食物。山民背一个竹篓上山，蹲在栲槠树下，拨开落叶捡拾。一棵高大的栲槠，产百斤以上的栗子。入冬了，栗子拌沙子放在铁锅上翻炒，或浸在盐水里煮。山民煨着火熜，挨在门边，剥熟栗吃。或者剥壳磨浆，做苦槠栗豆腐。我还记得，三十年前，在上饶县城读书时，德兴占才的同学带一麻袋的熟苦槠栗去学校，我们围着木箱大快朵颐。熟栗松脆，满口生香。在物资匮乏的年代，栲槠子是山民度春荒的粮食之一。

我也跟乡人去捡栲槠子。水坞有一条幽深的山垄，栲槠树挤在垄里，挤得密不透风。那里曾有数户山民，在三十年前外迁了。走路去很近，不足十华里。树上长的，终究落回地下。树上长了多少叶，树下就积了多少叶；树上结了多少果，树下就落了多少果。叶与果，也终究会腐烂，化为腐殖物。这是刚刚入冬，地燥，落叶烘出舒爽的气息。地上都是苦槠子，无须拨树叶，就够一双手忙活了。

大地进入沉睡。我坐在栲槠树下休憩，零星的苦槠子落下来，打在落叶上，啪嗒一声，轻轻弹起，滚到水沟里。我仰起头，望着树冠，树叶斑杂。我想起王维的《秋夜独坐》：

独坐悲双鬓，空堂欲二更。

雨中山果落，灯下草虫鸣。

白发终难变，黄金不可成。

欲知除老病，惟有学无生。

天宝九年（750年），王维离朝屏居辋川，为母守丧。辋川便成了他的皈依之地。他归化了山水。一个被山水浸润久了的人会返璞，通透如玉。何谓通透？就是不痴妄、不纠结，如一盏暗室之灯，因油而燃、油尽而枯。《秋夜独坐》便是他晚年枯坐之作。空堂，是每一个人最后的归宿。世界喧哗，终归寂灭。

捡拾回来的栲楮子，洗净，锥子扎一个孔，入锅煮盐水。

腊月了，祖明兄约我去富家坞吃晚饭，说：今年最后一次去富家坞吃羊肉了，早点去，爬爬山、走走路，随意走走都是舒服的。

我们三点来钟就去了。大茅山北麓如横屏，翻动着尽染的深冬山色。入了村口，有妇人在剥油桐籽。油桐黑黑，烂了壳。妇人坐在竹椅子上，掰壳，抖出油桐籽。我问：现在还榨桐油吗？

当然有啊，桐油比菜油贵呢。妇人说。

祖明兄说，我们可以办一个桐油厂，大茅山的油桐籽捡起来，至少可以压榨十万斤桐油。

桐油是个好东西。我说。桐油不仅仅可以做漆剂，还可以做镇痛、解毒药物。2012年冬，我妈妈突发阑尾炎，在上饶县人民医院就医。医生说：急性阑尾炎很危险，不做手术，没办法解决。我身在安徽，急死了。我妹妹问我，是不是要做手术，得家属签字。我对医生说，老人体弱，身体耗不起，做手术失血太多，没有三五年恢复不了，不能做手术。

医生说：不做手术就治疗不了。

我说：古代没有切除技术，难道得了阑尾炎就不可医治吗？

医生喃喃地说：那我问问老医生。

老医生说，不做手术当然可以医治，有陈年桐油就可以。

老医生用十年的陈桐油糊老石灰，敷在我妈妈腹部，一天换药一次，敷了三天，阑尾炎就好了。

陈桐油就是从大茅山找来的。富家坞的前山，有大片大片的油桐林。油桐落尽了叶子，山显得空无。大山雀在唧唧叫着。小溪边的草丛，落了许多油桐籽。它们已经烂壳了。油桐籽富含植物油脂及氮、磷，有些林鸟吃油桐籽，吃了，又消化不了。鸟成了油桐的播种者。油桐雌雄同株，繁殖力惊人，生命力强大，满山遍野就有了油桐树。油桐籽在土壤表层也可以发芽、生根。

种子落土，埋在泥里，长出了树，树开出了花。花开得高高。

醅春酒

　　在三岔路口，遇见一个放水牛的中年人。中年人穿着雨披，跟在母牛身后，低声抱怨：快走啊，走得这么慢。母牛皮毛黑黑、糙糙、杂乱，石灰色的皮屑贴在肉皮上，脚一撇一撇地往前晃。一头半大的牛犊子边跑边停，撩起舌头吃芒草。芒草挨着路边生长，一蓬蓬，郁郁葱葱。山崖上，白花檵木开了蓬勃的花，碎雪似的。牛犊不时地回到母牛身边，摩擦母牛厚实的肚皮，哞哞，叫得春雨飘飘洒洒。

　　雨是雾雨。中年人脱了雨披，坐在路亭破旧的木凳上，望着不远处的村子。其实，他望不到村子，望见的是雾雨。雾雨稀稀，白白而蒙蒙。他的脸宽大而粗粝，有一层层的叠纹。时光以叠纹的形式告示各自的遭际。我问他：现在还有人以牛耕田吗？

　　养牛是耕自己的田，请机器耕，一亩得花费两百四十块钱。牛生了崽，还可以卖六千块。放牛人说。

　　你家有那么多田吗？还得养牛耕。我说。

我包了七十五亩山田种谷子。放牛人说。

可以收多少谷子呢？我问。

山田产量低，一亩收九百来斤，还得靠天赏。放牛人说。

谷价多少？我问。

不卖谷子，机了米，卖米，可以多挣一些。放牛人说。

他叹了叹气，又说，他叫杨阿四，靠种粮养家，厅堂里还堆了三千多斤稻荏谷，卖不掉，心里有些慌。

什么是稻荏谷？怎么不机米卖了呢？我说。

稻子收割了，稻荏还会长一季谷子，不施肥不打农药，天天然然长，产量很低，杂了很多杂草籽。谁会买这样的米呢？阿四说。

杂草籽也可以吃，很多人还爱吃杂粮呢。天然长的稻子是最好的稻子了。我说。

世上哪会有人吃杂草籽呢。阿四搓了搓手，望着藏在雾雨里的村子，又说，过几天又要耕田了，水多泡半个月的田浆，虫子少。

他的手又粗又硬，手指很短，指甲黑黑。雾雨从山谷一阵阵往下涌，梨树叶在瑟瑟抖动。溪水哗啦哗啦冲撞巨石。渡鸦在石桥下的灌木上，呜啊呜啊叫。他是杨村人。叶家村有数十户人烟。我去过很多次。村后溪流边有一棵古树，缠了粗粗的薜荔藤。树上有三个喜鹊巢，新巢架在旧巢。我对放牛人说：我跟你一起回去，看看那些稻荏谷。

雾雨落了一个多小时，就散了。虚虚白白的太阳，从树

梢上翻了出来。牛在前面走，嗒嗒嗒，踏着蹄子，嘴巴咀嚼
着草屑。他的家就在桥头下。桥是断桥。石拱桥断了半边，
络石从桥面绿瀑一样垂挂下来。一包谷子约七十斤，他的厅
堂堆着数十包谷子。我抱了一包下来，解开扎口，摸了一把
上来。谷子很饱满，芒尖刺指，谷黄色。草籽有灰白色、黑
灰色、深褐色，有圆形、肾形、卵形、圆锥形、多角形。我
不认识是哪些植物的草籽。杨阿四说，用孔筛子可以筛下草
籽，那样的话，花费的工夫太大了。

谷子塞在牙床，嚼了一下，脆脆的，微甜。谷子晒得熟。
我问他：稻荏谷多少钱一斤。

算一块二吧。卖出工钱就可以。我舍不得稻荏谷烂在田
里。他说。他的脸色露出了不自然的笑容。

我买一千斤。我说。

你不会买去喂鸡鸭吧。那样的话，谷子就遭罪了。他说。

我不养鸡鸭。我买来酿酒。我说。

那我的单价便宜一毛钱。他说。

那块山田在哪里，我去看看山田。我说。

跟着杨阿四去了那块收了稻荏谷的山田。山田在叶家村
右边的一个山坞，低缓、狭窄，一条深深的山垄往高处伸。
毛竹在山腰形成竹浪，被风追逐。山梁往东往南张开，如风
筝鼓起了欲飞的翅膀。山田一块一块，尚未翻耕，灌了水。
稻荏腐烂，发黑。落单的苍鹭在一棵樟树上，不鸣不呼，孤
零零地站着，既不翘头四望，也不低头梳理羽毛。这是一个

寂静的山坞。我赤着脚，下了田，踩田泥。田泥厚厚黑黑，冷脚。我对杨阿四说：这是冷浆田，田下有泡泉。

是冷浆田，易生莎草，无人种了。阿四说。

冷浆田种出来的稻子，糯糯甜甜，是稻中上品。我说。

买了谷子，我请来四轮车师傅，拖了谷子回去。

我每年都酿酒，不过，不酿谷烧，而是酿高粱烧。我是个不喝酒的人，但喜欢酿酒。高粱烧囤在酒窖里，封缸三五年，拆了封泥打开酒盖，满屋子酒香。每年腊月，我开两坛酒，用取酒器灌入瓶子里，送给老邻居、亲戚、爱酒的朋友。也送给帮我忙的人，比如给我送过菜蔬的人，比如给我检查过电路的人，比如给我菜秧种的人，比如送我千层糕的人。

有一个老邻居，七十多岁了，年年喝我的高粱烧过年。大年初一早晨，他见我开了门，就来我家拱手问好，说：高粱烧太好，过年又喝高了，晕乎乎，一觉睡天亮，早上起来，跟没喝一样。他的话让我无比高兴。我又是泡茶又是敬烟。我知道，他爱酒，不一定是我的酒好，而是敬相邻之谊。

稻荏谷堆在杂货间，我就去请阿彩。阿彩以酿酒为生，酿了二十多年了。

在路上，遇见了小忠。小忠见我急匆匆，问：有什么事值得你走得这么急的？

"找阿彩。"

"你又找阿彩吊酒了。吊什么酒呢？"

"买了一些谷子，难得的好谷子。"

"前年霜降，我吊了百来斤谷烧，酒非常好。"

"那你好口福了。"

"你来尝尝酒，你觉得酒好了，我把吊酒师傅介绍给你。"

"我哪会尝酒。酒进了口，都是冲脑的。"

"那你更要好酒师。"

"那个酒师是哪里的。"

"姜村人。他的高价比阿彩高两毛。吊一斤谷子两块六毛钱。多花两毛，完全值得。"

"那你把酒师电话给我，我请请看看。"

"我现在给他打个电话。"

小忠操起电话就打：大扁师傅，我是小忠，我朋友想请你吊几百斤酒，你什么时候可以安排出时间呀。

小忠说了几句，握着电话给我接听，我问：你定了时间，我就自自在在等你了。

清明后第三天，请小忠带我去你那里。这是准话。大扁师傅说。

傍晚，小忠提了一瓶酒来，对我说：你还是尝尝，你觉得比阿彩吊的酒好，就请大扁师傅，请师傅吊酒是大事。

大扁师傅挑着大蒸锅来了。看到他，我就笑了。他嘴巴扁扁大大，圆脸形，额头光光，脸色酒绛。他脖长、脚短、肩厚，相看之下，就觉得他是温厚、实在、气力大的人。我说，你挑口大铁锅来干活，辛苦。

一锅可以蒸百斤米，好用。大扁师傅说。

大扁师傅放下挑担，说：你去机米，我先去抱柴火。

不用机米。我吊谷烧，不是米烧。我说。

我知道。我吊谷烧要机出米吊，酒更醇，更绵柔，不会有燥燥的日头气，不冲脑烧喉。大扁师傅说。

机米厂就在路口，机了两担米，大扁师傅已烧开了一大锅翻滚的热水。水是山泉水，是从山尖引涧入村的，入家家户户。木柴在锅底呜呜呜呜叫，咆哮地叫。大扁师傅舀滚水泡大米，大勺大勺浇下去。我站在边上看他麻利地铲米，他说：你快去机米啊，谷子全机米，不留谷子。

米吸入滚水，涨得白胖胖，蚕蛹一样，和糠拌在一起，铲入大饭甑，架起木柴蒸。蒸汽从木板边溢出水泡，升腾，绕上房梁。从饭甑铲出半生半熟的米，铲入木桶，搅拌酒曲，用塑料布封紧密闭起来。一个木桶封百斤米，一桶桶挨着墙边摆整齐。

米蒸了两天，大扁师傅挑着大锅走了，说：三七二十一，过了三个周节律，我来吊酒。大锅被一根长草绳绑着，挂在扁担上，扁担另一头挂着他的风箱。

我问了其他几个酿酒师傅，糠拌米发酵、酿酒，有这样的工艺吗？他们都说没见过。阿彩说：这样吊酒，是糟蹋了米，纯米吊的酒当然比糠米吊的酒质地好。

在吴语系，我们不叫酿酒，叫吊酒。酿具有时间意义，吊则具有工艺意义。确实，乡间酿造白酒，是吊出来的。我等着吊酒这一天。隔三岔五，我问看守酒米发酵的冬声：米有没有酒香啊。打了六次电话，大扁师傅挑着蒸炉、风箱等器具来了。我摆了一张小木桌，炒了三个小菜，请路过门口的邻居尝新酒。

大扁师傅装置一个"M"形竖木架，架底闩上一根木档，贴着地面，一个"井"字形的平木架搠入木档，在平木架的另一头，固定一个"凹"字形的木头。装置完了，他铲热烘烘的潮潮的（发酵了）米糠（当地人称酒糟），包入榨包（圆口箕丝袋），搬上平木架，在竖木架与凹木头之间横一根木棍，他压木棍。我说，大扁师傅，你这是干什么。

榨酒糟。他说。他一直在压木棍，脸涨得红红。

蒸炉红堂堂，木柴烧得呼呼叫。水沸了。蒸器其实是一个大木桶的容器，榨出来的水，倒入锅状的铁盆，放在桶底，在铁盆之上搁一块栅栏状的蒸板，铲入酒糟，在桶口下沉一口铝锅（相当于冷却塔），锅沿扣紧了桶边，严丝合缝。铝锅盛半锅冷水，一根导管出水，引到窗外（排水），一根导管引冷水入锅。锅口盖上尖帽形的竹斗盖。木桶腰部切一个口，导入蒸馏管，接入出酒口。大扁师傅不紧不慢地拉起风箱，轻轻哼起了《出酒歌》：

> 滚滚的酒啊，辣辣的喉，
> 烧人的酒啊，烫胸的女人，
> 我的女人啊，抱个坛来，
> 刚出的酒呀，送给迎亲的人。
> ……

白汽在导管中慢慢液化、流动，从出酒口滴落，落入酒缸。酒香热热扑鼻。那是一种带有野性、呛喉的田野气息，泛着春天黏稠的淳朴之气。我向大扁师傅求教：百斤米出酒多少适合？

看你取酒的度数，由烈度定取酒多少。大扁师傅说。

头酒去五斤，尾酒去五斤，中间的酒取五十斤。你看看这个取酒，可以吗？我说。

去头酒三斤，去尾酒八斤，中间的酒取五十斤。这个取法，吊出来的酒差不多是五十三度。大扁师傅说。

一个过路客，早等不及了，摸碗靠在出酒口，接酒喝。他喝一小口，咂咂舌，吐吐舌，说：说不出的浓香，舌头都打卷了。

一桶蒸五十斤酒糟，出酒二十六斤，蒸馏时间一个时辰。每半个小时，大扁师傅用小碗接一口酒，眯起眼睛，尝一口。阿彩查验酒烈度，用碗漾酒花，酒花破得快、酒花少，烈度就低了。大扁师傅凭味觉，舌头点一下酒就知道。

我说：百斤谷子出五十五斤酒会不会多啊，出酒多，酒就淡。

大扁师傅摇摇头，说：一钱也不多，一钱也不少。酒过了五十度，烧着呢。

哦。阿彩出酒，一般是四十五至五十斤。我说。

阿彩不压榨，直接蒸馏，出酒率低。我这是古法。古法蒸馏，不但出酒率高，酒还特别香郁。大扁师傅说。

你也认识阿彩？我说。

他拜我老爹好几次，想拜师。我老爹不答应。大扁师傅说。

那你老爹跟谁学的。我问。

家传，到我这一代，传了四代了。大扁师傅说。

凡出酒，我必守着师傅，喜欢听新酒汩汩滴落酒缸的声音，看蒸汽从竹斗盖冒出来。我喜欢那种热气腾腾的气氛。粮食变成酒的过程，多么美妙。这个过程不仅是人的智慧，也是粮食的智慧。粮食藏三年，就作了陈化粮，而酒可存千百年。酒延续了粮食作为物质的生命，演变为人的精神之一种。人与自然之物融合，经过漫长的发酵，酿造了神曲。

头酒封缸了一坛。尾酒用于烧菜。烧肉、烧鱼、煎鸡蛋，喷洒一些尾酒下去，香溢飘窗。取下的酒，封缸十坛。

我自己封缸。酒缸是土陶的，缸口蒙一层棕衣，盖一块厚实的塑料皮，扎紧，用黏稠的黄泥浆糊在塑料皮上，再用黄泥浆把缸的上部糊得厚厚实实，蒙一张布，风干两日，存入酒窖。

大扁师傅见我封缸，点头赞许，微微笑。大扁师傅说：清明和霜降这两个节气，发酵出来的酒，是上好的酒。

为什么有这个说法呢？我问。

这两个节气的气候温和，不冷不燥，气温一般在18℃—22℃，最宜发酵、酿酒。清明后出的酒叫春酒，霜降后出的酒叫冬酒。景明和风，春酒柔和绵长，回味长。大扁师傅说。

纯谷酿造的谷烧，辣喉冲脑，需存三年以上，酒的锐气才会被地气吸走，软绵下来。米拌糠酿造的谷烧，存一年即可开缸。在发酵的时候，糠已经软化了酒的锋锐之劲。这是大扁师傅的奥妙之道。

数日前，清明的翌日，我请来大扁师傅、小忠、冬声和那个卖稻茬谷的阿四，一起开缸，喝开缸酒。我抱着酒缸，用清水冲洗板结了的黄泥。黄泥又化为浆水，洗走。掀开塑料皮，酒香溢出了缸口，满屋子弥散。小忠拿着取酒器，渡上小半碗酒，直接往嘴巴里倒。大扁师傅说：哪有这样品酒的？你这是馋喝。大扁师傅握着蓝边碗，渡了酒，手指扣着碗边，漾了漾，酒荡上碗腰，酒又缓缓回落下去。碗壁丝毫不沾酒珠。

碗壁挂珠，酒花透亮、历久不散，真是好酒。小忠说。

咔嚓。大扁师傅划亮火柴，放在酒碗里，酒烧了起来，淡淡蓝色，荧荧的。那种蓝，是天空深邃之处的蓝。阿四说：这么好的谷烧，这样烧了，太可惜了。

他们一人喝一渡（二两），再喝了一渡。小忠又喝了一渡，才作罢。无醉而返。我取了两瓶酒给阿四和大扁师傅，说：阿四的好谷，大扁师傅酿了好酒。

春和景明，春和景明。大扁师傅说。

白居易写过一首耳熟能详的思友诗，叫《问刘十九》：

绿蚁新醅酒，红泥小火炉。
晚来天欲雪，能饮一杯无？

刘十九是刘禹锡堂哥，白居易在江州时，常与他饮酒，交往甚密。大扁师傅是草野之人，也是酿造乡趣之人，酿造思情之人。春和景明，是酒之境，也是人之境。

霜露来信

露的寒，是渗进肌肤的寒。在清晨，一滴露落在额头上，便陷下去，长出了毛细血管般的根须，深入五脏六腑。植物就是这样衰老的。在雷打坞，林缘地带的荒草在快速结籽，草叶泛黄。荒草以狗尾巴草、鬼针草、一枝黄花、垂序商陆、钻叶紫菀、一年蓬、青葙居多。在干燥、贫瘠、生硬的黄土地，它们最先来到这里，成为"原住民"。一枝黄花一蓬蓬地生长，金黄金黄的花密集，寒露给了它灿烂时刻。它的叶子打蔫，叶尖蜷缩，死亡之兆是一副垂丧的样子。它以花照见了自己的模样。

狗尾巴草垂着穗，两叶斜对生，分茎而上，叶青翠而有弹性。在清晨，露水悬在叶尖上，闪射白光。穗饱满而圆实，芒针茸茸，籽壳青青。金头扇尾莺抓住弧弯下来的草茎，摇摇摆摆而不坠，翅膀张起欲飞，嘘哩哩嘘哩哩鸣叫，像个踩风火轮的杂技演员。狗尾巴草是南方最普通的草，长于菜地边、田埂、荒地、鱼塘堤坝、墙垛、瓦楞、水泥缝。它是一种性格倔强的草，顽固、偏执。3月，它已返青，草芽从枯烂的茬探出，芽根裹着黑草衣。从它的叶脉里，看到了大地旺盛、贪婪、永不满足的欲望：凡是死去的，必给予新生。当它穗头下垂，暮秋已经来了。枫香树的叶片边缘，慢慢焦黑。

寒露是慢火，在悄悄地煨烤，煨烤万物。画眉鸟很早就在我窗外叫了，"叽呱哩，叽呱哩，呱哩呱……"。我睡得迷迷糊糊，但鸟声真切。我下床，烧水煮茶。画眉在窗外的某一棵树上，我听到了天亮的声音 —— 天亮不光光是色彩在迅速变化，也是声音在交替。鱼开始穿梭，跳出塘面，啪嗒啪嗒。珠颈斑鸠是叫早的更夫，打着一面破锣：咕咕咕 —— 咕。种菜人用长柄木勺从水坑里搲水。我只有这个时辰，才听得到画眉鸟在叫。茶叶在热水里翻滚，腾腾的蒸汽从壶嘴噗噗噗冒出。一壶茶喝完了，画眉鸟也停止了鸣叫。继而是麻雀、白鹡鸰、黄山雀、黑枕王鹟、金头缝叶莺在"登台演唱"。听惯了画眉鸟的叫声，我对其他的鸟叫声暂时没有兴趣。画眉鸟啼唱得太热烈太持久，歌声圆润饱满，转音和滑音交替出现，如涧水出岫。喝罢茶，我去雷打坞。

唯有清晨，山林是湿漉漉的。巨石溺溺，裸露的地衣有了眼睛。钻叶紫菀焦缩的叶子暂时舒张，一束花籽被一泡露水裹着。草叶上的露水打湿了裤脚衣袖。山坞有一块斜长狭小的地，被竹鸡林人垦了出来种菜。我不知道他为什么选在这样的地方种菜。我认识他，我帮他挖过地，下过菜籽。我叫他余师傅，他叫我上饶客。我第一次去雷打坞是大暑之前。他在挖地。人热得像地面的蚯蚓。他戴一顶脱了帽檐的草帽，光着上身，仇恨似的对着手上的锄头发力。我从一丛枫香树林下去，见他扒山皮开荒。我说：挖出地种些什么呢？

"种些白菜、萝卜、菠菜。"他说。

我转过山角，见一块地种满了辣椒、茄子、丝瓜。辣椒挂满了枝丫，半红半青。茄子干瘪，很小，有很多的虫斑。余师傅说：这些菜种得还可以吧。

太可以了。我说。我拿起他的锄头，扒山皮。扒出的草根、矮灌木，堆在地头，开始烧荒。我浑身湿透了，汗如暴泉。我说，在这里种菜，要去半华里外挑水浇菜，很费力气。

力气总是要用的，不用会作废。余师傅说。

看得出，余师傅是个乐观的人。他给新垦的地浇水，我施菜籽。菜籽拌上灰土末，匀细地撒下去。菜籽比芝麻还小，黑褐色，落下了地，它们有了愿望：发芽吧，不要就此死去。余师傅给撒菜籽的地面铺上稀稀的干芒草，预防鸟啄食。

每次在傍晚去雷打坞，我多数时候，可以碰上余师傅。他热情地慢下摩托车陪我走一段路。他去给菜浇水。

寒露过后，我去看枫香树林，见辣椒、茄子、丝瓜全死了。死了的辣椒秆还挂着辣椒。辣椒白白的，空瘪瘪的，阳光生成的水嫩色泽被露水抽走抽空，只剩下纤维。白菜被移栽了，行距齐整。路边一棵大拇指粗的黄檫树，叶脱落。我举头望望四周山坡，清幽的杉树林有十余棵高大树木，完全脱了叶子。我不知道那是一些什么树，还是晚秋，就失去了生机。

一场细雨，山里完全寒凉了。细雨是傍晚来的。我在看《国家公园：野生动物王国》纪录片，窗玻璃在唰啦唰啦响。我拉开玻璃，雨飘到我脸上。我关了电脑，去院子，地面湿湿的黑黑的，泛着一层油亮的光。夜吟虫在喊喊喊叫。天边翻滚着黑云，黑魆魆的山峦生出神秘的尊严。

翌日，我顾不上聆听画眉鸟鸣叫，早早去了雷打坞。鬼针草结了一包包的果籽，盖住了枝头。在一座山民储藏肥料的简易木屋旁，有十余棵白背叶野桐，我发现许多叶面聚集着一堆甲虫。聚在一起的昆虫，有三个种类：一种是瓜片形，两支长长的触须，四肢（肢脚分三节）可以弹起身体，凌空而飞，甲壳桨形，拇指甲大，壳色是熟透了的番茄色，带有形状不一的黄斑纹；一种是椭圆片形，小指甲大，壳色如熟枣，头如黑豆；一种是个头、形状、壳色均如菝葜。我抖了抖叶子，虫散开了，但并不飞走。黑头虫趴着不动，我扒开它，虫腹之下是黏黏的液体 —— 一只刚死的虫，被其他虫吸了肉液。其实是一种叫椿象的变态性昆虫，体大的是成虫，体小的是幼虫，黑头虫是幼虫在发育。这时，我才看清，树叶上粘着许多虫卵，鹅黄色，粟米一般大。这些虫卵，随着树叶凋零，进入地面冬眠，来年开春破蛹。死去的虫被分解，进入生命循环，它的肉液成了美食。我这样理解昆虫时，我觉得死亡并非如想象中的那样可怕。

千金子单独一丛生长，一个根菀长九根茎出来，叶子不剩，开出了棉白的穗花。它在风中轻轻地摆动，悠然而立。它有一个很有意味的别名，叫看园老。这是一个既温暖又悲伤的别名。千年的荒园废墟，它不疾不徐地长，千百年一个模样，挺拔摇曳，一岁一枯黄。一棵草，守着故园，守着寸土，守着四季的荒老。它还有一个别名，叫千金药解，是治蛇毒的良药。其实，棉白的不是穗花，穗粒早已脱落，被风送往风歇之处，穗毛散开，一身素白。在有霜的早晨，肉眼分不清素白的是穗毛还是白霜。从下往上看，千金子比最高的山梁还高。

其实，雷打坞很少见到千金子，蔓延而生的是沿阶草和败酱。沿阶草还是青郁葱茏，在碎石堆、黄土堆，大蓬大蓬地长。败酱则盛开着白花，一茎一簇，花团满枝。看到败酱花，我知道，霜降已经来了。霜降是消失与涸散，是熟稔与繁盛。霜是大地的色笔，在每一株植物上洋洋洒洒地精雕细刻。

霜来了，酸浆红透了。没有见过酸浆的人，不足以谈论晚秋。酸浆是一种耐旱、耐寒、耐热的茄科植物，茎直立，不分枝，茎节膨大。在7月，酸浆果便挂了出来，像野梨。一场白霜蒙下来，酸浆透红，灶膛火一样炽烈。一棵酸浆草挂几十个"红灯笼"。它虽是常见低海拔植物，但我已有十余年没见过它。在孩童时代，我去摘过酸浆果，漫山遍野地找。它通常在山中番薯地生长，和杠板归一起，长得疯狂野性。我把酸浆果塞在大玻璃罐里挤压，压榨出"红颜料"，涂在脸上，涂在手臂上。

在福建荣华山，我特意寻找过酸浆，找了几次，都空手而归。在雷打坞，我在一处被人开挖了的山体，遇见了它。山体被挖出了一块平地，因雨水的常年冲刷，表层泥浆被洗去，成了一块片石嶙峋的石片地。这样的地方，长楤木、白背叶野桐、盐麸木、苎麻、垂序商陆、芒，和刚竹。刚竹还没长过来，它是统领林缘、路缘和荒地的最强大植物，一旦被它占领，寸草不生。我去石片地，是想看看地面是否有鸟巢。很多林鸟在地面筑巢，如环颈雉、短耳鸮、云雀、红胁蓝尾鸲、歌鸲、棕扇尾莺。冬季即将来临，鸟过暖冬，已开始营巢。荒僻、人迹罕至的开阔地是鸟营巢的首选之地。一棵苎麻紧挨着一棵酸浆。酸浆高过了我的腰部，茎冠斜出了一节节的细茎，我数了一下，挂了二十七个酸浆果。酸浆果褪去了果皮，留下了一层薄薄的果衣，一个个细格成网状。果衣残留着浆红，网状纤维麻白麻黄。果囊里是酸浆籽——浆水干涸，籽积淀了下来。在赣东的方言里，酸浆果被称作"灯笼泡"。酸浆是阳台或庭院的至美园艺植物，从挂果到红果，是一个漫长熬熟的过程。人生也是如此，需要很有耐性地熬，由霜催化，熬出自己绚美之色。

早霜很稀薄，远望而去，早霜还谈不上是一种物质，仅仅是一种颜色。厚实浑厚的山野，这个时候，变得纯粹。霜是月光白，白得迷蒙。我没有准确记录过早霜在草叶停留的时间。白露为霜，霜是露的晶体。我从雷打坞路口进去，霜铺满了荒草，走到野塘（约一刻钟），太阳上山，霜消失了。我很细致地观察过霜消失的过程：白菜叶上的霜，晶体变小，圆缩，白色变淡，菜叶有了水渍，水渍洇开，往叶心洇，有了第一滴露，霜消失了。霜还原成了露水。对植物而言，这是一个渗透、激发、催化、摧残的过程。草茎软化，耷拉下去，萎谢。荒路边，狗尾巴草倒伏下去，垂序商陆拦腰折断，一枝黄花成堆枯黄。枫香树林纷扬着稀稀拉拉的残叶。我们看到的秋境，是何等的残忍：暴露着惨败之相的草木，其实是一种本真的面目，与春夏之葱郁，是一种妥帖的对应。霜仅仅是一面幻镜，让万物照见自己衰败的一面。

野塘边的山矾树上，麻雀在育雏。它外出觅食，不慌不忙，在收割了的芝麻地啄食芝麻。我刚来山里，芝麻在收花，结荚壳。我还和收芝麻的人一起，割芝麻，用稻草扎捆。芝麻在荚壳里叫：芝麻开门，芝麻开门。麻雀在食源丰富之地，一年可抱窝3次，一窝5—7只。我见过最多的一窝，有九只。晚秋是草籽最兴盛之时，颗粒饱满，油脂丰沛。鸟在尽情地吃，吃绝皇膳（方言，皇膳指皇帝的盛宴）一样，止不住嘴巴。山斑鸠窝扎草丛，一天不露头。鸟把吃下去的草籽、果核，带到了种子适合发芽的每一个地方。很多鸟都会在秋冬交替之际育雏，如白鹡鸰、野鸽。在寒冬，一部分鸟会被冻死，它们唯有旺盛地繁殖，才能抵消死亡。

画眉鸟有好几日不叫了。也可能它去别的地方安家落户

了。人建房，是为了安家，安生才可安心。鸟营巢，是为了
繁衍。人眠于榻，是安睡。鸟憩于树，是过夜。画眉鸟去了
哪里，我不关心，虽然我有很多失落感，虽然我煮茶时还怀
念一阵阵悠扬的鸣唱。

似乎整个世界都在枯败：酸模一截截烂下去，垂序商陆
从根部开始往上死，溪涧断流，山樱裸了枝条，野芝麻萎缩
得只剩下一团根，乌桕叶上盆结着死虫。这是自然的一环，
也是原本的面目。枯败之相，让我们生出诸多的希冀。没有
希冀，我们不堪忍受眼前一切。无法忍受，便无法度过更深
的严寒。于是，我们盼着，望眼欲穿地盼着，盼到白发爬上
双鬓。

霜露垂降，大地沉重，万物轻盈。

南东其亩

那块叫三角丘的田，有五分二厘之大。我对我爸说：三角丘就给我种吧。我爸在削豆扦。豆扦是苦竹，他左手握竹根，右手用柴刀削尖头，竹屑落得满地。他站起来拍裤腿，抖竹屑，说，你见过狗拉犁吗？他看着我笑。

没见过。狗哪会拉犁。我说。我爸满脸坏笑，说，你真笨得可以。你会种田，狗就会拉犁。你现在种田，就是临老学阉猪。

确实，我不会种田。我耘过田，割过稻子，打过谷子，但没有育过稻种，没有拔过秧，没有喷洒过农药。什么时间下种，什么时间栽秧苗，什么时间施肥、施什么肥，什么时间喷洒农药、喷什么农药，我一无所知。我还是在十六岁之前下过田，跟着大人们做农事。我对田事陌生。我就对我爸说，种田是找一件事做做。

什么事不好做，偏偏找这样的苦差做。我爸说。我爸不是舍不得我做苦差，而是怕我种坏了他的田。他已经八十三岁，一直舍不得田撂荒，也不借给别人种，就怕坏了田。之前，我数次对我爸提议，田别自己种，毕竟种田耗体力，人老了，腿脚不方便。我爸就向我摆摆手，说，田就得自己种，你不懂。等我走不了路了，我就管不了这块田了。

村田有四分之一撂了荒，鸡肠草、酸模、鬼针草、青葙、马塘草、一年蓬、商陆等，盖住了田面。青壮年都去了外地做工或做小生意，种田人都是六十岁以上的老人。他们算过，种一亩田约赚两百二十块钱，还不计自己工钱。种不了田的老人，干脆种藕、种芋头、种甘蔗、种毛豆。千亩田畴就像一块靛蓝色大布，缝补了各色补丁。

清明过了，我请来老田师傅给我耕田。村里有三户人家买了耕田机，耕一亩田收一百块钱。老田师傅说，现在耕田早了，下谷种得在端午前。油菜还在结青籽。我说，早耕田早了事。老田师傅用摇把摇发动机，咕咕咕，咕咕咕，排烟管腾起了阵阵黑烟。他驾起耕田机往机耕道走。突突突，一路黑烟。

下了田，沿着田边绕圈，往田中央耕。咕咕咕。田泥往犁头两边翻。田耕了两圈，八哥、白鹡鸰就落下来了，踩在泥块上找蚯蚓找虫吃。老田师傅轰大油门，驱赶鸟。鸟也不飞走。数了数，八哥有十三只、白鹡鸰有六只。八哥习惯了耕田机，机器下田，它们云集而来。圈越来越小，鸟越来越多。耕了二十来分钟，田就翻耕完了。老田师傅问我：要不要耖田？耖了，秧苗长得快。我塞给老田师傅一包烟，说，让你一大早辛苦了。要耖田了，我再请你。

4月，正是狼萁疯长时。狼萁又称铁芒萁，属于真蕨目里白科植物。在二十世纪八十年代，乡人割狼萁烧灶膛煮饭。发育时期的狼萁，很适合泡田壮田。我挑簸箕去山边割狼萁，一个上午割满满两担。割了五个上午，割下的狼萁铺在田泥上。田灌满了水，任狼萁腐烂。

田塝长了很多茅草、射干、覆盘子、蓬藟、知风草，藏蛇。我爸看我扛着阔嘴锄出门，问：你又去做什么花样。我说，我去铲田塝，田塝铲出来可以种一季田埂豆。

铲了田塝，还要扶田塝。你会扶吗？我爸说。

田泥扶在田塝上，田塝就结实了，不会下塌。我说。

田呈三角形，一条边田塝约有三十米长，半米高，另两条边临水渠，没有田塝。从高往下铲，剥下塝泥块，踩入田泥里。田塝有很多泥洞，洞里居住着油蛉、蟋蟀、癞蛤蟆、蜥蜴、蚂蚁。用草茎戳洞，油蛉就露出头，触须舞动。蜥蜴则早已逃之夭夭，跑去另一块田。田塝铲了一个上午，光溜溜了，满塝墙洞口。我的手又酸又痛，肩胛骨似乎脱臼下来了。田塝是扶不了了。一铲一铲，揿田泥上塝墙，腰、腿、手都受重力，会累瘫下去。

吃了午饭，午休了，可怎么也睡不了。两块肩胛骨没办法落下床，挨着床就疼。我就靠着床栏打瞌睡。人累过度了，反而入睡不了。从书柜找出《加州的群山》（约翰·缪尔著，梁志坚译，四川文艺出版社，2015年5月版）翻阅。自然之书，适合在乡野小窗下静读。窗外是田畴，青绿，浓郁，淡然。入眼之色皆自然色，毫无违和之感。人对田畴的默认，是天然的，是对自己精神品质的一种认领。天还没燥热，阳光如温泉喷洒。

书翻完，已是傍晚了。我下楼。我爸坐在水坑边洗脚，洗阔嘴锄。我问：你去种什么了。每次种地回来，我爸都要很细致地清洗劳动工具，沥水，挂在杂货间墙上。他挽着裤脚，悠然吸着烟，笑着说：我做的事，不能说，不然，我就没秘密了。

过了两日，肩胛骨不疼了，我去扶田塝。我傻眼了。田塝被扶得结结实实。回到家，我从地窖抱了一坛老酒上来，洗去泥封，用取酒器（竹制酒提）渡酒上来，渡了两提（一提半斤）装瓶。我烧了干煸黄鳝段、香椿炒蛋、藠头炒咸肉、菜头炒咸肉，给我爸斟了一杯酒（一两）。我爸闻到酒香就主动上桌了，说：这个酒，与以往喝的酒不一样，醇香。这是什么酒？

这个不能告诉你。这是秘密。我说。

为什么请我喝这么好的酒。我爸说。

更不能告诉你。不然，我就没秘密了。我说。

这个酒，是我请采飞师傅酿的。建房那年冬，我酿造了四百斤谷烧，封在地窖里，还剩最后六坛酒了（一坛二十斤）。我爸不知道地窖还藏有酒。他藏不住酒，正如老鼠藏不住米。

油菜收了，田畴空出了旷地。田开始翻耕。我也请老田师傅给我耖田。耖一亩田收一百二十块钱。狼其霉烂，噗噗噗，冒出水泡泡。水汪汪，田野一片水汪汪。我问老田师傅：你家种了多少亩油菜？老田师傅以为我要买菜油，说：种了三亩田，菜油刚好够自己家里吃。

一亩油菜可以产三十来斤菜油。老田师傅算种得多的。村户种油菜，乡里有补贴，一亩补两百。但大多数村户不种。我说：老田师傅，能不能卖葫芦籽（油菜壳）给我。

"你买葫芦籽干什么？没人卖葫芦籽。"

"价格由你开。"

老田师傅抽着烟，思忖了一下，说：那就按一斤一块钱算，是你开口了，我才卖。葫芦籽铺大蒜地好，不长草。

"我买五箩筐担吧。我自己去挑。"

葫芦籽轻飘，一箩筐担才十多斤重。我挑着葫芦籽，倒进自己田里。葫芦籽漂浮着，如一层云在水面游。

翻了耕，下稻种了。我找双木。双木包了两百多亩田，自己种水稻自己机米。卖米与卖谷子相比，一亩可多赚六百来块。砻糠（秕谷）和米糠还可以喂鸡鸭。我对双木说：今年，你多打些秧，卖些秧苗给我，我种五分二厘田。

你要什么谷种呢？我是种中华优11号。这个谷种抗病强，适应性强，亩产达一千一百斤，大米口感好。双木说。

我也种这个品种。我说。

6月23日晚上，双木来我家，对我说：明天开秧门，你要的秧苗什么时候拔。

时间过这么快呀，就开始插秧了。我后天拔秧吧。我说。

我问我爸，后天插秧请谁好？

不好请，年轻人不在家。现在能下田插秧的，也就小叔、拨浪鼓、老五那么几个人了。这几个人不会帮人插秧，自己的事都做不完。余家的俊寿做事手脚快，工钱比别人贵二十块钱。我爸说。

村里小工工价是一天一百六十块钱，另加五块点心钱、一包香烟（一般是十七块钱一包的利群），不在东家吃饭的话，另加四十块钱饭钱。插秧、收割、打地基等重活，另加二十块钱。

翌日早晨，我去余家找俊寿。他老婆说他去上油榨了，帮俊良插秧。

上油榨在河边。一块大田有六个人在插秧。站在田埂上，我看他们插秧。我想起布袋和尚契此。契此是五代后梁时期的游方僧，矮胖敦实，面目慈祥温和，整天笑眯眯，肩上搭一个布袋，手捏佛珠。一日，契此见农人插秧，有了顿悟，写下禅诗《插秧诗》：

> 手把青秧插满田，低头便见水中天。
> 六根清净方为道，退步原来是向前。

以真诚对待生活，是最好的修行。看我们怎么去了悟了。

我招呼了声: 俊寿叔, 俊寿叔。一个个头偏矮、脸黑乎乎的人抬起了身子, 看看我。我说, 你不认得我了吧, 我是傅家的。

他走上田埂, 问: 找我有什么事吧?

"我有五分二厘田, 想请你明天拔秧、插秧。"

"起个早, 半天就干完了。半天的事, 不好做。"

"由你明天拔秧、插秧。我也帮不上手, 也烧不了饭。我按一天的工价给你。你看这样行吗?"

"你太客气了。"

"那就这样定了。我跟双木说好了, 你去双木田里拔秧。我的田就是那块三角丘, 在管葬山路口。明天早上, 我把工钱带去。"

"不急。不急。"

从上油榨回来, 我去了双木家。他在机米。机米机嘟噜嘟噜作响, 糠灰四扬。谷子从谷斗漏下去, 米从槽口落进箩筐。谷斗没谷子了, 双木关了电, 问我: 请谁插秧?

"请俊寿叔。"

"请了个好手。他是村里做事最撇踏(方言, 撇踏指干净利索)的人。他也是村里食量最大的人。别看他六十六岁的人了, 他一餐还可以吃一大钵猪脚。"

"明天早上, 俊寿叔直接去你田里拔秧了。这些秧苗, 我算些钱给你。你解决了我打秧苗的难事。"

"我们是老邻厢(方言, 邻厢即邻居)。种田人多打秧。

秧苗不值钱。一斤多谷种打出的秧苗，栽种一亩田呢。"

"你费了工夫，费了化肥。不能让你打倒贴。"我塞了两百块钱给双木，他怎么也不收，说，收了这个钱，怎么抬头见人啊。

吃了晚饭，我装了一壶（十斤）谷烧，对我爸说：双木不收秧苗的钱，他是个爱酒的人。你提壶酒送给双木。我爸哼着《林海雪原之歌》，提着酒去双木家了。月光落在小巷，落在他身上，显得有些灰白。小巷深深，杨金炎家的黄毛狗在狂吠。

田里插了秧，我便每天去看。似乎那不是一块水田，而是一处秘境。因此我多了一个造访的地方。每天去，看不出秧苗生长。每天都是老样子，只是秧叶扶正了，苗垄清晰，墨线拉直了一样。青蛙在水里跳，咕咚咕咚。过了半个月，苗垄被挤得密匝，植株根部粗壮起来。植株在分蘖。稗草长得比禾苗还高。我拔稗草。稗草是不死草，根须有泥巴，太阳也晒不死。稗草堆在田埂上，糊上泥巴捂死它，让它烂成泥。世上唯有泥巴好，长粮食，也长杂草，长出杂草肥泥巴，肥了泥巴长粮食。

一日早晨，我去田里，听见禾垄里发出"咯咯，咯咯，咯咯咯"的叫声。声音洪亮，时有时无。这是董鸡的叫声。在南方，董鸡是夏候鸟，吃种子和植物嫩叶，吃稻虫。在饶北河上游一带，董鸡并不常见。我见过多次。其中有一次，在水荣门口稻田，我居然看见了它，钻禾垄吃食。自己的田里有董鸡，我便不再下田了。

稻蝗、稻蓟马、稻椿、龙虱、稻蛾、蠓子、稻苞虫、稻纵卷叶螟、稻飞虱等稻虫，多了起来。村人开始耘田，喷洒农药。我爸就催我去买拉脲菊酯、氯氰菊酯，不杀虫的话，禾叶会被蛀空，像个癞痢头了。我坚持不买，说：自己种自己吃，不在意产量，能长多少算多少，天生天货。

有了董鸡，我不耘田，也不拔草。肥倒是施了两次。稻子扬花施了羊粪，稻穗灌浆施了羊粪。羊粪是从周兴那儿买来的。周兴养羊。湿羊粪三毛钱一斤，施一次肥，买两百二十斤。我不敢施过多的羊粪，担心烧坏了植株根系。

10月中旬，田野一片青黄。我的稻子始终茁壮不了，矮扑，稻虫结团。有些稻秆被虫蛀白了。田埂豆，我始终没栽种。我爸不赞同，说，没有一户种田埂豆，你种下去就是养田鼠。我打好的豆苗只好当豆芽吃了。

这个季节去田野，人是多么舒爽。秋风渐凉，渐黄的草叶缀满晨露，旷野显得异常开阔。走进田野的人，怀有喜悦。喜悦难以掩饰，绽放在眉宇和嘴角。村人忙着挖红薯，收芝麻，摘山油茶。山油茶摘下了山，稻子收割，已是深秋了。

请小型收割机收割水稻，一亩一百一十元。五分二厘田，十二分钟就割完了，咯嗒咯嗒。稻谷装了六蛇纹袋。过了秤，收了二百三十二斤谷子。收割机收割，浪费很大，穗头满地。我拾稻穗，拾了一天半，拾了两箩筐。过了秤，穗头有三十九斤重。

收了谷子，我就请老田师傅给我耕田。他有些讶异，说，现在没有人耕冬田了。我说，耕了田，稻草压进了田，灌满水，也就没了虫卵。稻草压田比狼萁压田好。压了田，田不会板结。老田师傅驾着耕田机又来翻耕了。现在的水田没有泥鳅、黄鳝、田螺，主要原因是乡人不耕冬田了，不灌水了。鳅鳝螺无水过冬，旱死在田里。

新米机出来了，我请老田师傅、双木、俊寿叔来我家吃个便餐。我渡了两瓶老坛陈酿出来。我是不喝酒的。我爸陪着。我给客人斟酒。斟了喝，喝了斟。菜边吃边烧。

人活着，真是很有意思。种菜蔬是有意思的，种谷子是有意思的，钓鱼是有意思的。田野闲走是有意思的，下河是有意思的。看人喝酒、划拳是有意思的，看人吵架是有意思的。蚂蚁抬食是有意思的，鸟搭窝是有意思的。有意思的生活，才是有生趣的生活。

请这些邻居吃饭，我就觉得特别有意思。他们是把谷种孕育出大米的人。这是他们的生活，也是他们的继业。在孩童时，每有新米出来，第一餐便是煮新米粥。好米必然熬出好粥。他们喝酒，我便在火炉里熬粥。木炭烧沸水，新米泡涨，入了砂钵，用筷子不停地搅动，米羹冒出泡泡，溢上钵沿，加冷水。不停地搅动，反复加冷水三次，米羹没了泡泡，熄了炭火，盖上钵盖捂实。一刻钟后打开钵盖，舀出新粥，黏黏稠稠。粥清酒肠。

打开钵盖，满屋子粥香。上四碟小菜：剁鲜椒、花生米、腌藠头、霉豆腐。

何谓生活，何谓幸福的生活？这是无可诠释的，也无注解，正如这钵新粥。新粥充满了炭火的热情，口感甜糯。粥要趁热喝，酣畅淋漓。因为粥很快会冷下去，米羹皱皮，口感寡淡，入胃胀腹。

南米北面。我们餐餐吃米。但很难参透水稻这个物种。种了一季水稻，我觉得更难参透了。作为一个农民的儿子，我面对这个古老物种时，怀有一种悲寒之感。水稻，是我们的历史，也是父土的宿命；是亲人，也是宿敌。

"我疆我理，南东其亩。"（《诗经·小雅·信南山》）这是大地上最古老的民谣，生生不息，从未湮灭。有人抛却土地，背井离乡；有人身归田园，抬头望月。

三吴坑

嘟嘟嘟嘟嘟，嘟嘟嘟嘟嘟，钻石头的声音从谷底传来，有剧烈的震动感，粗粝、撕裂、战栗，令人头皮发麻。溪谷深藏在密林之下，见无可见。一条野路约半米宽，被荒草吞没、遮盖，用脚尖撩开草，一块块巴掌宽的石板现出来。古道隐没在这里。石板被脚磨圆，石缝长出了草。林子不是老林子，最大的树是枫香树，也只有大碗粗。这是一片小林子，约有二十亩，枫香树却多，挺拔、高挑，树冠稀疏又膨大。乔木之下是野茶、山茶、大叶黄杨、金叶女贞、俏黄栌、海桐等灌木，藤萝和野荆在树与树之间牵来绕去。林子外，是一道黄土斜坡，直达谷底。一台钻机在钻一块圆桌大的溪石。嘟嘟嘟，嘟嘟嘟。司机坐在车厢里，吸着烟。钻了一个孔，平行下移，又钻一个孔。钻了十二个孔，钻头敲打敲打石块，石块裂开。钻裂一块石头花了三十五分钟。

碎裂的石头，摊在溪床。这些溪石都是从山麓滚下来的，又被山洪卷入了溪床。石头被溪水冲刷，没了棱角，滚圆滚圆，麻黑麻黑，被钻开了，露出了粉白的石质。大茅山是花岗岩地质结构，石头坚硬如铁。石头横陈在溪床，造型各异，有着天然的品相。钻机钻下的石块，很可能是做游步道。我这样想。可惜了这些石头，也可惜了溪谷。刘富荣说：来开发山谷的人，是花桥镇的，征收了我们五年的地，我没收到一分钱。他对开发山谷的人，一脸不屑，鼻孔冒出两股热烟，说，就是个骗子，五年了，就挖了两口鱼塘，骗我们的地，骗上面的钱。刘富荣年近七十岁了，坐在上座，吸着香烟，一副看透人间百态的样子。他说得有些偏激、愤慨，但得到了他爱人廖水仙的认同。她说：喜鹊占了乌春（学名乌鸫）的窝，不生蛋，还让乌春没窝生蛋。

三吴坑是大茅山北麓最大的山谷（当地人称山谷为乌垄）。山谷口到刘富荣家有四华里，再到山麓最深处，还有八华里。山谷口被两垄山梁关了门，漏出一道门缝，仅供一条溪涧流出来，流入南溪村前的洎水河。早年，三吴坑有二十二户住家，历经三十余年的外迁，只留下刘富荣老人一家了。他住石头房，房墙都是鹅卵石砌上来的，一路一路往上砌，砌出墙纹。龙头山乡、界田乡，有一帮老辈石匠，以鹅卵石砌墙，手艺非常精湛。鸡蛋大的石头，砌在黏稠的黄泥浆上，用麻线拉出水平线，可以砌出十数高的墙体，飓风狂卷下也不倒塌。鹅卵石，他们称开花石。他们使得石头开花，开在墙上，风雪不侵，数百年也不凋谢。龙头山乡陈坊村上源头自然村，民居全是石头房，被称作石头部落。村临泊水河上游，常有洪水泛滥，土房会在洪水中瓦解、坍塌，而石头房屹立如初。即使石头房无人居住，房梁霉烂，瓦砾破碎，水缸长出芦苇，石墙还直挺着，只是爬满了薜荔或络石藤。刘富荣结婚第三年，就白手起家建了这栋房子。他爸反对，他爸说：有房子，一大家子一起住。他爸是玉山县樟村镇人，十八岁那年，没得吃，被三吴坑刘家收作了养子，成家立业。刘家殷实，山地多。刘富荣高中毕业，学了木匠又学了石匠，和邻村的廖水仙结了婚，便谋划建自己的房子。

那个开发山谷的人，收了村里的民房，独独刘富荣不让收。他不会去别的地方生活，哪怕是山下的镇里。这个山谷多好，水直通门口，山谷平坦，田多地多。被收了的民房，也没有修葺，又没有使用，扔在那儿，门窗破败，梁柱倒塌。一栋带院子的民房里，我看见木板楼上还堆着谷仓、打谷机、犁耙、锄头、箬、木箱、大谷桶、躺椅，洗得干干净净，堆放得整整齐齐。看得出，屋主是个很细心的人，还想着再回来居住、生活。即使不回来了，那些器物也不能废了，有重新使用的那一天。谁知，抬上了楼，再也没用得上手了。木板楼梯从厅堂壁后升上木楼，有两米之宽，潮气太重，木板霉变了，一截截烂，一块块烂，烂穿了。脚轻轻踏上去，木板不是断，而是陷下去。木板像干燥的泥块。不知道屋主是否回来探视过，他心里会怎么想。厅堂上，箩筐、蜂箱、板凳、竹椅子、靠背椅、竹筛子，还原样摆着。不知道屋主的后人是否回来过。一栋屋子没了人居住，有再多的东西，都是空的。

还有几栋屋子塌了屋顶，大门打开，水缸、灶台长了芭茅，苎麻从厅堂长了出来。麻雀在芭茅上筑巢。屋前的柚子树，结了满树的柚子，拳头大。因无人管理，柚子也长得不饱满。橘树也结满了鹌鹑大的橘子，橘叶稀稀拉拉，叶被虫蛀白了。橘子酸得牙齿生疼。柚子成了野柚，橘子成了野橘。大山雀在橘树上蹦跳，喊喊叫。摇动一下橘树，橘子啪啦啪啦落下来。

一栋一栋的民房，我都看过去。雨水经年累月，人迹湮灭。潮气和蛀虫、细菌、白蚁，最终彻底消灭梁柱、器物。草和藤，最终占据了颓圮。入户的小路被草覆盖。它们抹去人迹，抹去人。人把一切归还了大地，毫无保留，也无可保留，让人确信，大地上的一切物种，皆为过客，无永恒的生物学意义上的生命，唯有生命的更替，让大地繁盛如初。更替，是自然最伟大的法则。

树林里的古道与村舍相连。因山洪，有的路段被冲毁了。这条古道是先人去山谷深处干活走出来的。先人挑担子，扛木头，去深山烧炭，需要一条经久耐用的路。沿着溪谷，循循而上，进入最深处的山麓。溪在古道下，湍急而流。溪床约有四米宽，石块叠着石块，溪水跃过石块，飞跳下来，又跃过石块飞跳。水往下流，有一层一层的白瀑。小乔木、灌木长在溪边沙层，冠层蓬松，枝丫斜伸，覆盖了溪面。巨石之下，有了三五米高的流瀑，瀑下有了清澈见底的水潭。水潭里，有一种动物，似虾虎鱼似蝌蚪。我不识，龚晓军兄也不识。龚晓军兄说是虾虎鱼，我说是小鲵或蝾螈。冬天了，溪里不会有蛙类的蝌蚪。这种体小、黝黑、灵动的动物，贴在水下石块上，近乎透明。只有洁净的溪流，才有如此美的水生动物。

古桥横跨溪床，连接古道。说是古桥，其实就是两块条石，横在溪面。桥头天然竖着两块巨石，如一扇门。一座土地庙供在巨石后面，摆着水果、香炉。站在土地面前，可俯瞰三吴坑。在龙头山方言中，三吴坑被称作霜乌坑。霜是白的，哪有乌黑的霜呢？

桥侧一片沙地，是一丛芭蕉。芭蕉原产琉球群岛，台湾也有野生，在我国内陆地区，早有栽培，可见它是一种生命力极其旺盛的植物。李商隐的《代赠》写过芭蕉：

楼上黄昏欲望休，玉梯横绝月如钩。
芭蕉不展丁香结，同向春风各自愁。

元代著名散曲作家徐再思有"一声梧叶一声秋，一点芭蕉一点愁，三更归梦三更后"之佳句。芭蕉是古典的艺术意象。南宋词人蒋捷也有"红了樱桃，绿了芭蕉"之偶句。雨打芭蕉，雨声令人惆怅、思归。三吴坑的芭蕉，是谁种下的呢？种下三两棵，可能种芭蕉是为了提取芭蕉粉，或做药物。居民外迁了，芭蕉开始旺盛地繁殖，占据了数亩之大的沙地，绿叶肥阔，高如中小乔木。芭蕉茂盛了，草与灌木被阴死。那个种下芭蕉的人是有福的，可以一夜听雨，点滴到天明。

在一个被大香樟包围的山坳，开发山谷的人建了一栋板房，做办公用房。板房里，三个人在吃茶。他们在闲聊着什么，不时发出哈哈哈的大笑声。山坳被推土机推平，做停车场。推出的地，并无硬化也无绿化，赤裸裸的。土就沿着山坡堆着，雨水冲出浅沟。一个进山谷捡板栗的人，见了破烂不堪的山坳，大大咧咧地说：这哪是个做事的人呢？这是糟蹋我们的土地。好好的山坳挖成这样，太不像话了。

入了深秋，每天都有人进山麓捡板栗、甜槠，摘野山柿。山麓之下，有许多板栗树，到了深秋，板栗裂开斗壳，掉下栗子。栗子深红，有金属的光泽，油亮油亮。糯谷熟了，机了米，用板栗焖糯米饭，是山民爱吃的。板栗树也是三吴坑人种下的，外迁后，没人打板栗了，任由栗子掉下来，被松鼠、山鼠藏着过冬。王维写过《秋夜独坐》：

> 独坐悲双鬓，空堂欲二更。
> 雨中山果落，灯下草虫鸣。
> 白发终难变，黄金不可成。
> 欲知除老病，惟有学无生。

不知廖水仙是否读过这首诗。摘了油茶籽，在院子里晒干，堆在厅堂，在竹筛上剥油茶籽。她剥下壳，分拣出油茶籽，装在箩筐里，送到油榨作坊榨油。她坐在椅子上分拣，她爱人吃茶。剥油茶壳伤手，指甲翻脱。山谷摘下来的油茶籽，可榨四千多斤茶油。现无人摘了。刘富荣也只摘自家山边的油茶籽。他爬不了山，即使爬上了山，也挑不下山。一担油茶籽，有一百八十多斤重。油茶籽就自然脱壳，落在山里，被环颈雉吃食。走到山里，听到油茶籽啪嗒啪嗒落下来，心一阵阵荒凉。

在山谷做事（做护坡）的人，休憩了，就到刘富荣老人家吃茶谈天（闲聊）。来做事的人，都是山下的人。刘富荣老人门前有二十余亩山田，也鲜有人耕种了，少部分种了稻谷、红薯，大部分荒着，长了芭茅、芒草。菜地大多种了芝麻、白菜、萝卜。芝麻已收割，鸟天天在芝麻地找食吃。他坐在厅堂，看着这片山田，和对面高高的青山，天渐渐明亮了起来，太阳照了下来，天又渐渐暗了下去，被暮色填满。溪水咕嘟咕嘟叫着，野鸟一样叫。他的两个孩子在市区买了地，建了房子，他也少去。他不喜欢人多嘴杂。

村前有一条小水沟，终年流水，水冲出了许多白沙。沙面上游着小虾、小鱼。沟边的部分巨石，被做了红漆标记，将被钻机钻洞切割。标记是一个圆圈，圆圈里打着"×"。天然的石头有时间的痕迹，裹着苔藓，石凹处还长出了蕙兰、菖蒲、槲蕨。槲蕨一丛丛，根部发白。石头与石头之间，长出了杜英、苦楝、岩樟。已彻底倒塌的屋舍，被推平，埋在了土里，成了一片地，似乎那栋屋舍从来就不曾存在过。油灯、锅、火熜，埋在地下。蓑衣、碗、棉袄，埋在地下。床、长板凳、木箱，埋在地下。

山巅在高处。太阳在山巅之上。森林纷披。

去山麓深处，有一条黄土机耕道，在森林间弯来弯去。机耕道坑坑洼洼，但很适合走路。脚踩在黄土上，松软。路面上，落满了树叶。茶树开着白花。天越寒，花开得越白越灿烂。寒气催逼花苞打开，迎接阳光。茶叶也无人采摘了。苦楝子挂在秃秃的丫上，一串串，铃铛一样被风摇响。去山麓捡板栗的人，暮色降临了，他们还没出来。他们终究会出来。进山的人，是一定会出山的。出山的人不一定还会进山。山始终在，不会老，老去的是树，是草，是一头头野猪。山巅上的云，也不会老，随风飘散，成了云丝，飘着飘着就没了。天蓝得苍翠，山一样苍翠。水时流时新，上午流出山谷的水，不是昨夜的水。那个开钻机的师傅，还在溪谷，嘟嘟嘟，钻石块。他在谷底钻石头钻了五年了。溪谷，是他的深渊。

山巅越来越高，比月亮还高。月光照下来，一片银白。月影被树叶熏黑了。霜一样的月光，落在树梢上，又朗朗又乌黑。

后

记

自然道德

在德兴市郊山居时，距住所百米，有山坞，名小打坞。小打坞约20亩大，树林十分茂密，有黄松、柃木、山矾、荆条、泡桐、枫香树、楤木、木姜子等。姜花、葱莲、知风草、芒、萁蕨等长于林下。蛙类栖息水沟。每天傍晚，去小打坞溜达。夕阳从山梁往下坠，非常壮观。许多鸟类、爬行动物也生活在林中。一窝野猫也在此（以墓前杂草为猫屋）安家。山坞虽小，却有一个非常和谐的生态系统。

2022年6月，乡民砍伐了树林，挖垦了出来，垦出地垄，裸露出了黄泥，草木不复存在。乡民也许是想垦荒种菜或种茶叶。但迟迟没有种下去，一直荒着。真是心疼那片树林，心疼曾在林中生活的野猫、蛇、鸟、野兔、松鼠，心疼林下的草本。

来山居，已一年。小打坞是第三个被垦荒的山坞。最让我心疼的是雷打坞的一个山坡被砍伐。山坡约百亩大，坡上的杉木是30年前种下的，杉林中还间杂地长着木荷、苦槠、枫香树、大叶冬青等十数种高大乔木。2021年12月，三个伐木工人扛着电锯，来到坡上伐木，伐了十余天，给山坡剃了光头。挖掘机开始取土，翻出了山的五脏六腑。山不再是山，是被人摧残而留下的骸骨。伐木那些天，我每天中午去看树消失。树一旦倒下，便再也无法站起来。树在电锯下，轰然而倒，被去枝断冠。电锯在嘟嘟地锯响，树在浑身发抖。树堆在机耕道边，已不是树，而是树的尸体，被称作木头。

2015年以来，去了非常多鲜有人迹的地方，深入鄱阳湖畔，深入五府山，深入大茅山，因为田野调查，分析过数百个生态样本。样本有生命个体，有物种，有生态系统。也见过很多骇人听闻的生态恶性事件。如泊水河的重度污染，豺在赣东北的消失，水獭及河鳗、沙蟹在饶北河的灭绝，等等。至于毒鱼、猎鸟、杀麂、捕野蜂、捉棘胸蛙等迫害动物事件，时常发生。

甚至有杀猴的。2020年7月，去武夷山镇（江西铅山县管辖）岑源做实地考察，居民说了一件令人喷血的事。10余华里长的大峡谷，沟壑深深，森林茂密，山溪汤汤。有十余个短尾猴种群，栖息在峡谷。在划归江西武夷山国家自然保护区管理之前，常有人进峡谷，捕短尾猴，用箩筐挑着，给猴蒙着头，卖给武夷山市餐馆。

在物质文明日益发达的时代，为什么会出现诸如此类的生态恶性事件呢？究其原因，一是缺少自然启蒙，二是人类中心主义盛行。

　　在世代的教育体系中，自然启蒙的教育，其实并不多。虽然小学就有自然学科，但仅仅是传授自然原理知识，即解析简单的化学和物理现象，少了人文精神，更谈不上自然精神和生态伦理。

　　人类中心主义占据了大部分人的大脑。2021年10月，读到一篇国内某著名评论家的文章，谈生态文学。该文明确提出"在生态体系中以人为中心"的观点。读罢，很愤慨。这样的观点，既不符合国家生态战略，也不符合文明的潮流。说白了，观点的核心就是"以我为中心""以实用为中心"。这个观点，代表了很大一部分人。这部分人，不会扼守生态底线。

　　人与自然共存、共生、共荣。人是最高级的物种，但也仅仅是物种。自然可以没有人类，人类却不能没有自然。自然是一切物种的母体。

　　人类需要自然道德。每个人都需要自然道德。自然道德和社会道德同等重要。

　　何谓自然道德？它区别于社会道德，它是人（社会）与自然相处的一种关系。这种关系是和谐、平等、相互尊重的关系。人（社会）的行动、行为服从于自然性，相处的方式必须和谐、平等，尊重自然界的一切生命个体，尊重并维护自然界的天然美学，不杀戮、不豢养、不掠夺、不破坏、不污染、不干扰。

　　自然文学的写作，自始至终，都需要贯穿自然道德。文学即人学。脱离了人，文学也非文学，仅仅是文字的累积。自然文学也不例外。写景写物，写草木虫鱼，写飞鸟走兽，写气象写枯荣，核心还是写人的态度、心境、生命观、世界观。物象皆外象，外象写出心象，才是文学。自然道德是夯在自然文学底层的基石，从而表现出自然精神。自然精神是人文主义的本源之一，也是文明的本源之一。只有把树当作生命敬畏，把黄鼬当作生命敬畏，才会把人当作生命敬畏。蕴藏自然道德的自然文学，熠熠生辉。